EL TERCER NACIMIENTO DE ULISES

Libro Primero

EL GRAN OJO

Título: El tercer nacimiento de Ulises. Libro Primero. El Gran Ojo
Ilustrador: Sanata
Diseño cubierta: Carlos Martí
Cuarta edición. Noviembre 2019
ISBN: 978-84-616-0976-5
Depósito legal: M-5314-2013
Editado en España

A mis padres, por su apoyo constante, y a la escuela de clown El Taller del Clown, por ser la inspiradora de esta historia.

Índice

Capítulo 1

El arco del tiempo ha sido doblegado

Mi padre era una persona muy inteligente. Como él quería ser padre y por diversas razones había optado por no relacionarse con ninguna mujer, decidió tenerme por sí mismo. A primera vista esto podría considerarse como una decisión muy infantil, pues que se sepa no existe ningún caso en el que un hombre haya dado a luz a un niño, sin embargo yo puedo atestiguar que no es así; porque por increíble que parezca y a pesar de que no tenía estudios, mi padre, después de muchos años dedicado a la investigación, al final consiguió darme la vida y acabó convirtiéndose en un gran doctor. Un gran doctor anónimo al que desde muy jovencito no le quedó más remedio que ayudar a su familia en las labores del campo.

Donde él vivía había mucho campo. Y por suerte también muchas tormentas. Una vez, a la edad de once años, mi padre se encontraba junto a su ganado segando la mies de sus tierras cuando de repente se vio sumido en una gran tempestad. Las negras nubes aparecieron encima de su cabeza sin previo aviso, como cuando uno va caminando y sin darse cuenta mete el pie en una gran mierda de vaca. No es que la mierda no se encuentre ya allí desde el principio, sino que de alguna manera sólo adquiere la forma de mierda cuando ya es demasiado tarde para reaccionar. Pues lo mismo pasó con esas nubes. De pronto comenzaron a descargar agua con una furia inaudita, como si se hubieran enfadado por algo que sólo les incumbiera a ellas y que no estuvieran dispuestas a confesarle a nadie. Lejos de dejarse arrebatar por el pánico, mi padre se acomodó en el tocón de un árbol y se dedicó a observar cómo la naturaleza de nuevo imponía su ley, contra la cual nadie podía hacer nada. Y fue entonces, al cabo de sólo unos minutos, entretanto sostenía la afilada hoz con una de sus manos y con la otra se frotaba la frente todavía sudada, cuando hicieron irrupción los relámpagos que cambiarían su vida. Él, por más que hubiera oído hablar muchas veces de casos de campesinos muertos por achicharramiento, se quedó sin moverse en su tocón, entregado a sus cavilaciones y a la plácida contemplación de la tormenta que había comenzado a desatarse. Mientras escrutaba esa ondulante danza de espigas blancas con sus pupilas negras y su mente de niño, mi padre no paraba de preguntarse por qué su familia había decidido detestarle. Aunque intuía las razones, por muchas vueltas que le había dado al asunto no había conseguido penetrar en su lógica. No le parecía bien que sólo por estar en posesión de un carácter a veces indomable, como por otra parte le ocurría ahora mismo a ese cielo que vomitaba furia y al que nadie juzgaba, hubiera dejado de ser merecedor del amor de los suyos, como así había sido. Y era precisamente por eso que tanto le gustaba la naturaleza: se sentía reconfortado por ella y él a cambio la aceptaba sin reservas.

La tormenta se iba aproximando cada vez más; los truenos daban tales estampidos que hasta la propia tierra parecía tambalearse, los relámpagos iluminaban el cielo con tal intensidad que daba la impresión de que el sol había estallado en mil pedazos, la atmósfera se había vuelto tan densa que apenas se podía respirar. En pocos minutos, una tarde bucólica se había convertido en un inmenso caos, un caos primigenio que amenazaba con fragmentar el mundo, un caos total en medio del cual sólo las vacas y mi padre permanecían en calma, porque éstas, sabedoras de la inutilidad de una posible huida, continuaban allí, rumiando impertérritas su deliciosa hierba. Y fue entonces, en el transcurso de todo ese fragor, cuando cayó el rayo que sin ninguna compasión acabó liquidándolas a todas; a las vacas ni siquiera les había dado tiempo a sorprenderse, pues en el mismo momento en que se iluminó el cielo estaban ya muertas. La sacudida fue de tal magnitud que se quedaron como congeladas, con la hierba a medio masticar saliendo por entre sus romos e inmaculados dientes. De hecho, para alguien que no las hubiera estado observando con detenimiento, aquellas vacas seguirían vivas; tan sólo sus ojos vidriosos podrían haber delatado su condición de muertas, porque por todo lo demás, constituirían un simple rebaño pastando en la quietud de una extensa pradera.

Sospechando lo que había ocurrido, mi padre se acercó con cuidado a uno de los animales y le propinó un suave empujón. En efecto, nada más tocarlo se cayó al suelo, como si en vez de a una oronda vaca hubiera empujado a una figurita de un portal de belén. Al darse cuenta de que todo su ganado había muerto, se sintió muy triste: aquello sin duda suponía para él y toda su familia una pérdida económica de la que nunca podrían recuperarse. Además, las vacas eran sus únicas amigas. A su lado se sentía muy a gusto y al mirarlas lo embargaba siempre una inmensa paz, emoción que no le despertaban las personas. Debido a ello, y también a que acababa de comprender que todo su mundo estaba a punto de desmoronarse, mi padre, alzando los ojos en actitud de súplica, pidió allí mismo y con todas sus fuerzas que cayera otro rayo fatídico; deseaba morir y poder acompañarlas en cualquiera que hubiese sido su ignorado destino. Sin embargo, nada de eso sucedió; parecía que el cielo aquella tarde había preferido mantenerlo con vida.

La lluvia mientras tanto continuaba fustigando su rostro con ráfagas cada vez más furiosas, las negras nubes abrían sus bocas hambrientas para engullirlo todo con sus gargantas llenas de tinieblas, el viento rugía con un aullido que nunca terminaba. Entre todo aquel jaleo sólo el silencio de las vacas muertas proporcionaba algo de paz a la violenta escena. Pero cuando la tormenta parecía que empezaba a alejarse, de repente otro rayo surgió de la nada y golpeó exactamente en el mismo lugar. En ese momento los ojos de mi padre se cegaron. Por unos instantes pensó que los dioses le habían escuchado y que estaba ya muerto, pero no lo estaba. Poco a poco recobró la visión; el agua que encharcaba la tierra se había evaporado y una espesa niebla lo cubría todo. Después, cuando los vapores se hubieron disipado, un panorama increíble se alzó ante su vista: las vacas habían vuelto a la vida y se aplicaban otra vez con fruición a la tarea de rumiar y masticar su hierba. Sólo la que estaba en el suelo parecía no entender lo que había pasado y, mugiendo con denuedo, intentaba levantarse sin poder conseguirlo.

Desde ese mismo día mi padre comprendió que las tormentas, al igual que podían quitar la vida, también podían animarla, y este suceso se quedó grabado en su memoria para siempre. A medida que transcurrieron los años, su relación con otros seres humanos se hizo cada vez más difícil. En aquellos tiempos ya le resultaba evidente que su carácter no lograba satisfacer a nadie, y aunque amaba mucho a todos los miembros de su familia, éstos, pensando que era un blasfemo y viendo que no dejaba de insistir en que sus vacas después de morir habían vuelto a la vida, siguieron empeñados en no corresponderle, al menos hasta aquel día de 1941 en que explotó la bomba que acabó desintegrándolos a todos. Su abuelo había encontrado el artefacto mientras araba el campo, y después de reunir a su mujer, sus dos hijos, algunos amigos y a todos sus nietos excepto al pequeño, de forma inexplicable la espoleta se activó, provocando con ello que sus seres queridos se convirtieran en un gran amasijo de carne calcinada.

Aparte de haberse quedado completamente solo y sumido en un estado de profunda aflicción, tras este suceso mi padre se enfadó muchísimo; no podía comprender por qué una guerra que había terminado hacía dos años seguía causando víctimas, y como no estaba dispuesto a olvidarlo ni a dejarlo correr, desde ese mismo instante se propuso luchar con todas sus fuerzas contra ésa y las demás formas de violencia que amenazaban con destruir su delicado mundo. Además, a partir de entonces mi padre decidió que sólo se relacionaría con sus vacas. Después de haber sido revividas por el rayo, ninguna de ellas había envejecido. Aunque había pasado mucho tiempo se conservaban igual que antaño; produciendo la misma cantidad de leche y los mismos terneros.

De esta forma, mal que bien, mi padre fue sobreviviendo en soledad durante los siguientes treinta y seis años, en los que, a su manera, se sintió dichoso rodeado de vacas inmortales mientras seguía dándole vueltas al modo en que podría llevar a cabo sus fabulosos planes. Pero a pesar de ser feliz se sentía muy solo. Seguía echando de menos a su familia y era consciente de que ese dolor que le carcomía por dentro no lo podría subsanar nunca con la sola ocupación de cuidar animales, por muy mansos y agradecidos que pudieran llegar a parecerle. Y por eso también desde hacía ya tiempo pensaba en tener un hijo. Ni que decir tiene que mi padre nunca había estado con ninguna mujer. Simplemente, en su orden natural de las cosas esta posibilidad no existía. Él estaba solo y creía con firmeza en la idea de que no necesitaría a nadie más para conseguirlo, como en efecto al final sucedió.

Durante treinta y seis años había estado rumiando sin descanso lo que pasó en aquella tormenta. Después de que su familia muriera, nunca lo había vuelto a comentar con nadie, primero porque lo habrían tachado otra vez de loco, y segundo y más importante porque, en caso de que lo hubieran creído, las autoridades le habrían confiscado su ganado para hacerle todo tipo de experimentos y pruebas sin sentido. Para evitar que alguien pudiera caer en la cuenta de que sus vacas eran inmortales, seguía criando parte de sus terneros, pues debido a lo que parecía ser un mecanismo cósmico de compensación, envejecían con extremada rapidez. Cuando ya convertidos en adultos morían a las pocas semanas, en el mismo lugar en que la bomba había volatilizado a toda su familia, los incineraba en una especie de ritual expiatorio mientras que en su cabeza continuaban fraguándose ideas imposibles. Y de esta forma fue cómo nunca nadie sospechó que aquellas vacas seguían siendo las mismas vacas que una vez, hacía casi cuarenta años, estuvieron muertas y que al poco tiempo volvieron a vivir para siempre.

Por alguna razón, mi padre no dejaba de darle vueltas a aquel recuerdo; intuía que en él se escondía un gran secreto y estaba convencido de que si abundaba en aquella idea con la suficiente perseverancia, se le acabaría desvelando sin remedio el misterio de la vida y de la muerte, tal y como a un cazador, agazapado en la oscuridad tenebrosa de la noche, a condición de que no se moviera ni un ápice durante el tiempo suficiente, se le acabaría revelando su presa. Y fue así, después de imaginar la manera en que por fin podría erradicar la mezquindad del mundo, cómo comenzó con el proceso de mi creación.

Cuando contaba cuarenta y siete años construyó su laboratorio. Al contrario de lo que en un principio podría parecer, mi padre no utilizó como fuente de inspiración la novela de Mary Shelley, pues de la misma manera que le hubiera ocurrido a cualquier otro hombre de campo en aquellos entonces, ni la tuvo a su alcance ni había oído hablar nunca del Dr. Frankenstein o de Boris Karloff. Sin embargo, aunque iletrado, mi padre era también una persona sumamente observadora. Debido en parte a este rasgo, y sólo tras haber analizado con detalle las miles de tormentas que habían tenido lugar a partir de aquella tarde, logró por fin determinar los factores que habían concurrido en la materialización de aquel milagro de la inmortalidad. Y estudiando los insectos de sus prados, y muy en particular cierta clase de saltamontes que mostraban signos inequívocos de tener una avanzada edad, se dio cuenta de que la clave se encontraba en la hierba, una hierba silenciosa y oscura que sólo crecía en esos pastos y que contenía un principio activo de vitalidad intrínseca.

El laboratorio lo construyó en la parte alta de un antiguo silo situado en uno de los extremos de su finca. Era un edificio solitario, de paredes grises y gastadas y cubierto en su parte baja por maleza, una mezcla espinosa de zarzas y arbustos que habían crecido allí, al descuido de las lluvias y del sol de los últimos años. El silo tendría unos quince metros de altura. Una escalera interior protegida daba acceso a un tejado sobre el que se divisaba un extraño semielipsoide de apariencia metálica. Antes de morir en la explosión, su abuelo lo había mandado construir allí encima con los restos del fuselaje de un avión de combate que se había estrellado en uno de sus extensos campos, el mismo en el que, sin él saberlo, encontraría la bomba que después lo condujo de forma inevitable hacia la muerte. En medio de esta especie de cúpula oblonga, a modo de pararrayos, se alzaba una pértiga de bronce que terminaba en una bola de cobre del tamaño de un puño. Por alguna razón misteriosa, el conjunto recordaba a la torreta de un submarino ruso atrapado entre los hielos de la Antártida.

Mi padre, allí oculto en las noches de tormenta, experimentaba con cuerpos de animales muertos con el fin de imbuirles la vida que les había sido arrebatada. Cuando los rayos golpeaban la esfera de cobre, la corriente generada era conducida mediante doce pares de cables hacia una parrilla suspendida en el aire y por debajo de la cual había recreado el lugar en el que todo había sucedido; allí había puesto la misma tierra y plantado la hierba especial que las vacas rumiaban aquel día, y abriendo aberturas en el techo había conseguido que creciera con brío.

Una vez terminada la instalación, mi padre crio algunos conejos y dejó que camparan a sus anchas por aquel prado diminuto. Para protegerse de los rayos, cuando llegó la primera tormenta se situó en el habitáculo de corcho que había construido a un costado a modo de guarida. Desde esa posición esperó paciente su llegada. Lo que ocurrió a continuación no cabe describirse. El primer relámpago que impactó en la bola dejó secos a todos los conejos. Unos minutos más tarde un segundo fogonazo les hizo recobrar la vida y los volvió inmortales. Cuando mi padre después logró repetir su hazaña con un par de ovejas, pensó que lo había conseguido y quedó satisfecho; su teoría era válida y el invento funcionaba de perlas.

Sin embargo, hasta poder conseguir sus propósitos una cuestión fundamental seguía sin respuesta: ¿cómo podría mi padre dar vida a algo que no existiera antes? Hasta ese momento todo lo que había revivido tenía una existencia previa, pero no era eso lo que buscaba él. Lo que buscaba en realidad era darle la vida a alguien nuevo, alguien a quien pudiera educar desde el principio y que no fuera el hijo de otro ni estuviera contaminado por la anticuada mentalidad reinante. Además, al sólo haberlo intentado con animales sin conciencia, quedaban todavía un buen montón de incógnitas por despejar, a saber: ¿qué ocurriría con los recuerdos de una persona?, ¿y con sus sentimientos?, ¿y con su personalidad? Tras mucho meditar sobre el asunto, se dio cuenta de que la única forma de responder a estas cuestiones era experimentar con él mismo y observar sus cambios. Sin embargo prefirió no hacerlo. No quería arriesgarse a que en el proceso se le olvidaran todos sus hallazgos y a que de paso su plan pudiera fracasar. La misión que se había impuesto era demasiado importante; sabía que estaba delante de una oportunidad única en su vida y no estaba dispuesto a renunciar a ella. Por lo tanto se olvidó de esa posibilidad y continuó con sus indagaciones.

Lo siguiente que hizo fue investigar con animales a los que él mismo había arrebatado la vida sin causarles heridas graves o daños orgánicos significativos. Para ello, poco antes de una gran tormenta, les hacía tragarse primero un puñado de hierba y después los asfixiaba con gas. Acto seguido se metía en su cubículo y esperaba la caída del primer rayo. Tal como lo había previsto, los animales volvían de inmediato a la vida. Y sólo entonces, a la luz de estos hechos, fue cuando mi padre se consideró preparado para comenzar con el proceso de mi creación.

La cosa sin embargo no fue nada fácil, al fin y al cabo no podía dedicarse a ir matando gente por ahí para luego devolverla a la vida, ya que esto, además de ser una actividad sumamente sospechosa, hubiera carecido por completo de sentido práctico. Pero él no sólo era muy inteligente, sino que también era poseedor de una excelsa paciencia. Un mes de mayo, al recibir la noticia de que un joven del vecindario acababa de morir de un ataque al corazón, supo que le había llegado su oportunidad. La noche después del entierro, tras haberse encomendado a la bondad de sus descubrimientos, se acercó al cementerio y exhumó su cadáver. A continuación lo llevó a la cúpula, le introdujo en la boca una ración de esa jugosa hierba, lo ató a una silla y lo colocó justo debajo de la parrilla metálica. Por suerte para él era una época del año en la que había tormentas casi todas las noches. Luego, esperando la caída del primer rayo, se apostó en su cabina. En cuanto la descarga lo alcanzó, el joven vecino revivió al instante, sin embargo, al intentar comunicarse con él no obtuvo ninguna respuesta; aunque su apariencia era humana se trataba tan sólo de un envoltorio hueco, como la funda de una almohada a la que le hubieran sacado todas las plumas. Ante esta desafortunada evidencia, unas horas más tarde lo volvió a matar y lo enterró otra vez en su lustroso nicho.

No obstante, este episodio, además de haber ratificado lo acertado de su decisión de no haberse sometido él mismo al proceso, le hizo comprender muchas cosas. A los pocos meses, en un hospital de la comarca, bajo la apariencia de un doctor en medicina dedicado a la investigación de enfermedades congénitas, consiguió hacerse con el cuerpo de un recién nacido que había nacido muerto. Disfrazado de esa guisa les pidió permiso a sus apesadumbrados padres y éstos, incapaces de negarse ante tan altruistas razones, se lo concedieron, siendo así cómo, en mi segundo nacimiento, durante una noche de tormenta, nací vivo por primera vez, puesto que por alguna causa que desconozco en mi primer nacimiento nací muerto.

Hoy es el día en que he enterrado a mi padre. Nadie más ha querido acudir al cementerio pero no los culpo; después de todo en ningún momento de su vida trabó amistad o relación con ninguna otra persona que no fuera yo mismo, si es que a mí se me puede considerar una persona, claro está. Esta noche, tras haber leído los escritos que me han sido entregados de la mano del abogado en que había depositado sus asuntos, he averiguado la verdad sobre mi origen. Ahora entiendo muchas cosas, y aunque esta noticia me ha dejado sumamente atribulado, aún considero que sus acciones han sido correctas. Es verdad que al principio yo pertenecía a otra familia, pero también lo es el hecho de que si no hubiera sido por su intervención yo no habría dispuesto de esta, por así llamarla, segunda oportunidad.

Al parecer, para que yo no me diera cuenta de nada, a medida que pasaron los años fue deshaciéndose poco a poco de sus queridas vacas. Dentro de lo que cabe yo he llevado una existencia normal, pues a pesar del aislamiento en el que él se hallaba inmerso por propia voluntad, éste jamás me fue impuesto. Aunque yo apenas me relacionaba con mis compañeros, iba al colegio y hacía las mismas cosas que cualquier otro niño. Luego continué con mis estudios en la universidad y me marché de casa. Sin embargo seguía visitándole con regularidad. Aun siendo un hombre taciturno tenía unos ojos que me transmitían una fuerza inmensa. Parecía como si a todas horas me estuvieran diciendo que yo podría realizar cualquier cosa que me propusiera. Ahora he comprendido la verdadera razón de por qué su mirada contenía la profundidad de un mensaje que no me fue dado con palabras, un mensaje que de haberme sido revelado tal vez hubiera hecho añicos los fundamentos de nuestra relación en vida. Porque la misión a la que mi padre se dedicó por entero y que ahora me encomienda, va más allá de todo lo plausible. No se trata solamente de que un ser como yo haya averiguado de pronto que tiene la capacidad de vivir para siempre, sino del hecho de que, a través de su muerte y de los accesorios que guardaba en su sótano, todos sus poderes me han sido transferidos de una manera radical, y que de este conocimiento súbito ha surgido una anomalía.

El mundo está asistiendo a mi tercer nacimiento y nadie ni siquiera lo sospecha. En un universo predominado por la muerte yo me he constituido en el centro alrededor del cual giran todas las cosas y hacia lo que todo acabará convergiendo. Mi sola transformación ha conseguido doblegar el arco del tiempo y lo ha revertido. Eso quiere decir que sin lugar a dudas el pasado y el futuro han dejado de existir. Cuando un ente atemporal como yo se desplaza por un universo de cuatro dimensiones, nada puede permanecer inalterado. Hacia dónde dirijo mis pasos es algo que en la actualidad aún ignoro, pues mi condición se está expandiendo ahora mismo, a medida que en mi mente se asientan los nuevos hechos que he averiguado. Lo único que se me hace evidente es que mis actos no podrán atenerse a ninguna moralidad ni a ningún derecho, y que por lo tanto yo no puedo estar sometido a los mismos parámetros que gobiernan el resto de la existencia.

Para empezar, ahora, situado como estoy en la azotea en la que nací por segunda vez, pues es aquí donde por deseo expreso de mi padre me encuentro leyendo su legado, observo de manera nítida que mi cuerpo, aunque tal hecho sólo pueda ocurrir en el mundo de los sueños, puede ocupar dos posiciones distintas a la vez, es decir, que afirmar que ahora estoy en la azotea del silo de la finca que por innumerables años perteneció a mis antepasados, no puede ser estrictamente cierto. Además, esta tarde, gracias a las revelaciones contenidas en estos escritos y a sus procedimientos, he logrado adquirir la extraordinaria capacidad de materializar rayos de pensamiento con los que puedo someter a cualquier individuo al poderoso influjo de mi mente. Hoy es el día de mi tercer nacimiento, y muy pronto el mundo tendrá noticias mías.

Capítulo 2

Amigas desde los ocho años

«—¡**Y** ahora qué me estás contando, qué te has follado al putón de Carmen en nuestra propia cama! ¿Y para eso tanta meditación y tanto tocar los huevos conque qué hago yo cuando voy a Madrid?, menudo morrazo tienes. Te doy tres días para que recojas tus cosas y te largues —tras lo cual se dio la vuelta y abandonó la casa.»

Antes de que Carmen fuera a visitarlos y todo se liara de la manera en que acabó liándose, Elena y Héctor hacía ya dos años que vivían en un pueblo de la costa de Lugo. Joven ingeniera de caminos, ella había aceptado un trabajo como jefa de obra de la piscifactoría que se estaba construyendo no muy lejos de allí, y él, ex marino mercante y buceador, no había dudado en seguirle los pasos. La pareja se había conocido en Vigo y su relación, aunque no exenta de conflictos, había logrado perdurar durante cuatro años, bastante más que los tres meses reglamentarios que como mucho Elena solía conceder a los hombres.

A Carmen, Elena la conoció en Madrid en los tiempos de la universidad. A las pocas semanas de comenzar las clases, ya se habían contado sus vidas y confesado sus secretos más íntimos. Además de quedar para estudiar casi todas las tardes, muy pronto comenzaron también a salir por las noches y ligarse a todos los tíos que se les antojaba. Sin embargo, pasados los primeros tres cursos, Elena ya empezó a aburrirse de ese juego nocturno. No es que se hubiera cansado de entregarse a las frivolidades, ni tampoco que no estuviera predispuesta a rendirse al amor, sino que en todos sus encuentros, lo que a los hombres al principio les atraía de ella, al poco tiempo acababa irritándolos. Era como si ser mujer y ser independiente fuera en realidad un pecado terrible. Y eso Elena no estaba dispuesta a pasarlo por alto; bajo ningún concepto tenía la intención de renunciar a la libertad de hacer con su vida lo que le apeteciera, por mucho que se hubiera acostado una o mil veces con la misma persona. No es que no creyera en la fidelidad, sino que para ella el amor de pareja no tenía nada que ver con las obligaciones.

Más adelante, cuando después de terminar la carrera Elena se marchó de Madrid, su relación con Carmen pareció congelarse. Por alguna razón su amiga se negaba a ir a verla. No la llamaba nunca y tampoco respondía mensajes, como si abjurara de lo que habían vivido, como si sus anhelos de entonces fueran algo que no deseara recordar y quisiera olvidarlos. Los motivos de esta ruptura Elena los supo unos años más tarde, de la forma más dolorosa y triste, cuando, estando ya con Héctor y tras haber retomado el contacto, Carmen fue visitarlos y acabó metiéndose en la cama con él. Y si no llega ser por los extraños sucesos que ocurrieron después, ése hubiera sido sin duda el final de la historia, una historia que volvió a comenzar cinco meses más tarde, el día en que la vida puso a Elena en una tesitura tan insólita que no tuvo más remedio que volver a llamarla.

Capítulo 3

Tierra bola de nieve. El reloj ya está en marcha

Cuando tenía doce años, uno de los profesores de mi escuela tuvo la osadía de preguntarme qué me gustaría ser cuando fuera mayor. Por aquel entonces, era un niño retraído y hosco al que todo el mundo parecía temer. Sin yo desearlo, mi mirada provocaba en los demás un espanto fulgurante, como si al divisarme desde lejos creyeran estar en presencia de un animal salvaje de intenciones dudosas. Aunque alumno aventajado, en aquellos días vivía inmerso en una especie de ensoñación constante, atormentado por todo un repertorio de visiones apocalípticas indescifrables, enfebrecido e inquieto, incapaz de dormir muchas noches mientras la blanca luminosidad de la luna me atrapaba en un hechizo sin contornos, un hechizo que me poseía y me dejaba exhausto. Pero esa buena mañana todo esto cambió. En cuanto aquel maestro me hizo su inocente pregunta, hubo algo en mi interior que se acabó rasgando. Sin que sus palabras hubieran terminado de llegar a mis oídos, me encontré a mí mismo diciendo en voz alta que lo que deseaba era ser geólogo por encima de todo. Sin embargo, fui yo también el primer sorprendido al oír mi respuesta: ¿de dónde había sacado esa idea tan exótica?, ¿desde cuándo me atraía a mí esa extraña materia? Estaba atónito, por algún motivo que no comprendía dicha afirmación había brotado de mi cabeza de manera automática. Mi boca se había movido a su antojo, sin yo darle órdenes ni pretender que articulara sonido ninguno. Después me quedé sumido en el silencio, anonadado, desconcertado por pensamientos que jamás se me habían ocurrido, imaginando mundos que ni siquiera sabía que existían. Luego me marché a casa. Esa tarde no hablé con mi padre pero al mirarle a los ojos me di cuenta de que él lo había sabido desde siempre. Y entonces, aquella misma noche, soñé que era espeleólogo y que exploraba cavernas insondables.

«Ataviado con un mono naranja estaba descendiendo a las profundidades de una inquietante sima. A medida que progresaba hacia la oscuridad de aquel siniestro abismo, mi casco, equipado con una linterna de carburo, iluminaba las paredes de forma irregular. Sobre ellas mi sombra achatada vagaba indecisa, adquiriendo al hacerlo la apariencia de un extraño fantasma. De repente, sin saber bien por qué, tuve la premonición de que una estancia gigantesca se abría ante mis pies. En efecto: las paredes se alejaron con rapidez de mí, las sombras se desvanecieron y el aire se congeló de pronto. Sin haberlo esperado me encontraba suspendido en la tersa consistencia del vacío. Mi lámpara de gas apenas alcanzaba a iluminar unos pocos metros alrededor de mí. Sentí pánico. Al mirar hacia arriba sólo podía distinguir la diminuta cuerda que, estrechándose cada vez más, se escapaba por lo que parecía ser la madriguera de un peligroso insecto. Quise trepar por ella y salir de allí cuanto antes, pero me fue imposible. Las fuerzas me habían abandonado; me sentía cómo una colchoneta a la que sin previo aviso le hubieran quitado el tapón y se hubiera comenzado a desinflar. Empecé a gritar pidiendo ayuda, pero fue inútil; allí dentro no había nadie más que yo mismo. El eco de mi voz reverberaba una y otra vez en la lejanía del tiempo, como si quisiera recordarme aún más mi soledad. De súbito, una ráfaga de viento apagó la llama de mi lámpara y me dejó sumido en una gran negrura. Fue entonces cuando comencé a llorar.

Permanecí entregado al llanto durante muchas horas, desesperado y hundido en esa oscuridad terrible, imaginando que en muy poco tiempo llegaría por fin el momento de rendirme ante la muerte. Sin embargo, en vez de su abrazo fatídico recibí la visita de una intuición fantástica: algo me indicaba que debía empezar a estudiar sin demora las Ciencias de la Tierra, y también que con los conocimientos así adquiridos me embarcaría años más tarde en una odisea sin retorno, una odisea que acabaría convirtiéndose en la única y sola razón de mi existencia. Después de esta visión, la luz de mi lámpara volvió a iluminar aquella gran estancia, pero esta vez lo hizo con tanta fuerza que fui capaz de distinguir toda su inmensidad. Y fue en ese instante, en las profundidades de esa inquietante sima, suspendido de una cuerda estática de doce milímetros, enfundado en un mono naranja de polipropileno, cuando por fin dejé de atormentarme y comprendí que mis ensoñaciones tendrían algún día un sentido que ahora no era capaz de vislumbrar. Un poco más tarde, cuando me desperté, me di cuenta de que todo había sido real: las sábanas aún conservaban la humedad de mi sudor y de mis lágrimas; mis ojos todavía estaban empañados por la bruma del llanto; mi pecho aún respiraba aceleradamente. Y supe desde entonces que quería ser geólogo y que deseaba conocer los secretos de por qué era posible que un lugar como aquel existiera un silencio tan extenso.»

Fue de esta manera cómo comencé a interesarme por la historia geológica de la Tierra. Lo primero que hice la mañana siguiente al levantarme, fue estudiar lo que ponía en los libros de texto. Aunque ya lo había leído muchas veces, lo allí escrito sobre la formación del planeta me pareció un descubrimiento fabuloso. Estaba fascinado, absolutamente perplejo por el hecho de que sólo en el tercer planeta del Sistema Solar se dieran las condiciones idóneas para que la vida hubiese prosperado: la geometría de su órbita era tan exacta que permitía que la atmósfera no fuera ni abrasada por el calor del Sol ni congelada por el glacial aliento del vacío; la inclinación de su eje era tan precisa que sólo así había sido posible la formación de los océanos de agua; su rotación de veinticuatro horas era tan justa que proporcionaba el equilibrio perfecto entre el día y la noche. Visto con esta perspectiva, era un milagro que la vida existiera, pero visto desde la vastedad de todo el Universo, era sólo una consecuencia necesaria.

Cuando seis años más tarde me matriculé en la Facultad de Ciencias Geológicas, había estudiado ya decenas de libros y visto infinidad de documentales sobre los procesos geológicos terrestres. Para entonces, mi retraimiento en la escuela me había abandonado por completo. Aunque muchas noches me las pasaba en vela ya no me sentía desolado. La mirada febril había desaparecido de mis ojos y una confianza tenaz habitaba mi espíritu. Aunque guardaba las distancias, mis compañeros ahora parecían buscarme, como si de pronto vieran en mí en vez de a una fiera desalmada a una especie de líder en el que poder depositar todas sus esperanzas. Imbuido de esta nueva fuerza me entregué a los estudios sin piedad, convencido de que en ellos encontraría mi anhelado destino. Cuatro años después, me licencié con la mejor nota de mi promoción. Al otoño siguiente, en mi afán de seguir acumulando conocimientos, ingresé en el programa de doctorado, llegando muy pronto a ser profesor adjunto de Geología Estructural.

Como quiera que desde el principio lo que más me había llamado la atención fueron los episodios geológicos en los que la vida había estado al borde del colapso, decidí escribir mi tesis sobre ello, dándole a mi trabajo el título de *Trazabilidad de los eventos geológicos catastróficos y su relación con las grandes extinciones*, con el que, a los veinticinco años, obtuve la calificación *Cum Laude*. En mi investigación estudié con todo detalle los acontecimientos que habían puesto a la vida en la Tierra al borde de la extinción completa.

El primer evento que aparecía en la tesis se denominaba *Snowball Earth*, que traducido al castellano quería decir *Tierra Bola de Nieve*. En el período Criogénico, justo antes de comenzar la era Paleozoica, hace 750 millones de años, tuvo lugar la mayor y más duradera glaciación jamás experimentada por la Tierra.

Durante al menos diez millones de años, la totalidad de los continentes y de los océanos del planeta se cubrieron con una gruesa capa de hielo de varios kilómetros de espesor, alcanzandose temperaturas medias de -50°C. Su impacto sobre la biosfera fue tan grande que la incipiente vida, que por aquel entonces consistía únicamente en los organismos unicelulares que formaban el plancton, estuvo a punto de desaparecer por completo. Sólo en las profundidades marinas, cerca de las dorsales oceánicas, en los lugares donde se producía la formación de la corteza terrestre a partir de las emisiones al mar del magma fundido procedente de la astenosfera, pudieron sobrevivir las comunidades de organismos extremófilos asociadas a ellas y que eran totalmente independientes del Sol para su subsistencia.

Después de este primer evento, ya durante el Paleozoico, hace entre unos 545 y 488 millones de años, se produjeron varios ciclos glaciales que provocaron las extinciones masivas de los períodos Cámbrico, Ordovícico y Silúrico, durante las cuales más del 85% de las especies de invertebrados desaparecieron. Por aquella época, todos los organismos complejos vivían en el mar y cerca de cien familias biológicas terminaron por extinguirse. Entre las más afectadas estuvieron los briozoos y los braquiópodos, y junto a ellas, la totalidad de los trilobites y graptolites.

El tercer evento que estudié en mi trabajo sucedió al término del Paleozoico. Hace 250 millones de años, entre los períodos Pérmico y Triásico, se produjo la mayor extinción ocurrida en la Tierra y que acabó con el 95% de las especies del planeta. El episodio duró aproximadamente un millón de años y fue debido a la confluencia de dos factores: el primero fue el impacto en la Antártida de un meteorito colosal. En una zona denominada la *Tierra de Wilkes*, bajo una capa de hielo de mil quinientos metros de espesor, se encuentran los vestigios de un cráter meteórico de 480 km de diámetro. El choque fue tan brutal que originó una onda sísmica que dio varias veces la vuelta a la Tierra, provocando la ruptura de la corteza terrestre en Siberia y dando lugar al segundo factor: las conocidas *trapps* o escaleras basálticas siberianas, cristalizadas a partir de los cuatro mil billones de metros cúbicos de lava que fueron liberados junto con cantidades ingentes de gases que elevaron la temperatura de la atmósfera en más de 5°C.

El último de los eventos geológicos incluidos en mi tesis fue el que dio lugar a la tan conocida extinción de los dinosaurios. Hace 65 millones de años, entre los períodos Cretácico y Terciario, un asteroide de once kilómetros de diámetro impactó en Chicxulub, en lo que ahora se conoce como la península del Yucatán, en el México actual, produciendo un cráter de 180 km de diámetro y provocando la volatilización de una inmensa nube de cenizas. Después de sumir al planeta en una ola de calor indescriptible, el polvo en suspensión oscureció el cielo y produjo el enfriamiento paulatino de toda la superficie de la Tierra, provocando la muerte de muchas de las plantas fotosintéticas y la extinción progresiva de los dinosaurios. Los mamíferos, gracias a su sistema de regulación interna de la temperatura, pudieron aprovechar esta ventaja evolutiva y sobrevivir a la catástrofe. Aunque este cráter ha desaparecido por los efectos de los agentes erosivos, existen evidencias gravitacionales de su existencia, confirmadas por el hecho de que la nube dio lugar durante su precipitación a un estrato de cenizas rico en iridio, compuesto que se encuentra en altas concentraciones en la mayor parte de los asteroides y cuya presencia se ha detectado a lo largo y ancho de todo el globo terráqueo.

Como resultado de mis investigaciones sobre estos acontecimientos catastróficos, muy pronto me di cuenta de que, aunque la vida siempre encontraba una manera de perdurar incluso bajo las condiciones más inhóspitas, las posibilidades de que una especie en particular prevaleciera durante un período geológico extenso eran muy reducidas. Al mirar la historia de nuestro planeta, resultaba evidente que la huella del ser humano podría ser borrada de un plumazo con una facilidad pasmosa. Y por esa misma razón, después de haber estudiado la Tierra durante muchos años, comencé a tener un notable interés por lo que sucedía más allá del límite de nuestro planeta, en el espacio infinito donde miles de millones de mundos giraban alrededor de miles de millones de estrellas. No sabía por qué, pero pensaba que las respuestas podrían estar ahí fuera, esperándome. Además, aunque en aquel entonces no sospechara las razones, tenía la intuición de que en todo lo que había estudiado hasta la fecha había alguna pieza que no encajaba bien.

Para mí, esos eventos catastróficos no explicaban nada. Sí, era cierto que un asteroide de once kilómetros de diámetro había impactado hacía sesenta y cinco millones de años cerca del mar Caribe y había provocado que la Tierra se sumiera en una oscuridad casi absoluta, pero ¿explicaba eso de manera cabal que no hubiera sobrevivido ni una sola especie de dinosaurios?, ¿no había demostrado la vida una y mil veces que siempre se terminaba adaptando a las nuevas circunstancias? Verdad era que gracias a ello los mamíferos pudieron apoderarse del nicho biológico que quedó disponible y acabaron dominando el planeta, pero, de una forma u otra, yo seguía convencido de que había algo misterioso que se nos escapaba.

Algo más debía haber acompañado a éste y a los demás episodios para que la extinción se hubiese obrado de manera absoluta. Incluso en el improbable caso de que ese algo se hubiera debido la intervención del mismísimo Dios, esta injerencia divina tendría que haberse manifestado en el mundo a través de las cosas concretas, por lo que en algún lugar debería poder encontrarse el rastro de las fuerzas que objetivamente habían provocado tales hechos. Y fue por ello, y para tratar de averiguar estas razones, por lo que a mis veintisiete años comencé a estudiar astronomía y geología planetaria.

Como premio a mi dedicación, tres años más tarde entré a formar parte del equipo de seguimiento de la *Mars Exploration Rover*, misión estadounidense que logró enviar con éxito dos vehículos no tripulados a la superficie de Marte, el *Spirit* y el *Opportunity*. Las observaciones realizadas a través de las cámaras de precisión e instrumentos analíticos de estos dos vehículos, así como la toma de datos climáticos, confirmaron la presencia de grandes cantidades de agua en forma de hielo y la existencia en el pasado de condiciones aptas para la proliferación de la vida.

Mi labor dentro del equipo, era la de reunir evidencias de posibles eventos geológicos que hubieran podido influir en las condiciones de habitabilidad del planeta, y que por ende hubieran conducido a la extinción de una supuesta vida en Marte. Algunos de los datos recabados parecían indicar que esto habría podido ser así, sin embargo, era necesario realizar más investigaciones para que la conjetura diera lugar a una teoría demostrable. La humanidad por tanto aún tendría que esperar algún tiempo antes de que esta noticia pudiera ser publicada oficialmente.

Yo por mi parte, en las horas que me quedaban libres, buscaba los indicios que pudieran llevarme hasta la evidencia de que, no sólo un evento geológico singular era lo que había provocado la desaparición de la vida en Marte, sino la conjunción del mismo con algún otro factor externo fundamental, que, al igual que en la Tierra, había coadyuvado para que aquello al final sucediera. En los últimos meses, algo así como el armazón de una teoría se había comenzado a ensamblar en mi mente. De momento era sólo una frágil estructura, pero poco a poco estaba adquiriendo la consistencia necesaria para conformar un sólido edificio.

Una mañana, estando en el observatorio analizando las últimas imágenes microscópicas tomadas por el *Opportunity* de los gránulos esféricos encontrados en el Cráter Águila, muy cerca de su punto de *amartizaje*, recibí una llamada de teléfono urgente. Mi padre había fallecido. Encontraron su cuerpo en el interior de su vehículo. Al parecer había ido al pueblo como cada martes y después de hacer la compra y subirse en el coche el corazón se le había parado. Tenía ochenta y tres años. El abogado, tras darme su más sentido pésame, me dijo que hacía unas semanas mi padre le había dejado una caja que debía serme entregada en el momento de su muerte y que lógicamente ya podía pasar a recoger. Al día siguiente fui a buscarla, y lo que allí encontré ha cambiado por completo la panorámica de mi existencia tanto pasada como futura, si es que el tiempo, ya lo he dicho antes, tuviera algún sentido para mí.

Ahora me encuentro aquí, en la azotea donde empezó todo, aunque para ser más precisos el ser que ahora soy no tiene nada que ver con la persona que recogió esta caja del despacho del abogado de mi padre hace unos días. Esa persona ahora está muerta. No es que su cuerpo haya dejado de respirar o de cumplir con ninguna de sus funciones vitales, en absoluto, es sólo que su mente ya no existe.

La descomunal tarea que mi padre me ha encomendado a través de su legado y que yo, de forma insólita, ya intuí con sólo doce años, me deja sin aliento. Hacia dónde he de dirigir mis pasos es una cuestión que se me antoja imposible de resolver, pero por mucho que intente eludir mi destino no me corresponde a mí la decisión de hacerlo. He mirado en el fondo de mi alma y he encontrado todos los elementos necesarios, y me he dado cuenta de que en la existencia sólo existe una fuerza capaz de neutralizar los espasmos a los que el núcleo de mi nuevo ser se ve sometido. Sin embargo, no he de ser yo quien se ocupe de desvelar la naturaleza de esa fuerza misteriosa, sino que más bien he de ser el que se ocupe de ponerla a prueba para verificar por mí mismo que este mundo, casi con total seguridad, sí que merece ser por completo devastado.

Durante la semana que llevo recluido en esta estancia, he tomado consciencia de que, al igual que Jesucristo soportó la enorme carga de la redención, yo he sido designado para soportar la enorme carga de la destrucción. Soy como un meteorito que, habiéndose desprendido hace miles de millones de años de un gigantesco planeta conformado en una galaxia muy lejana, viajara a través del espacio con precisión milimétrica para acabar impactando de lleno sobre la superficie de esta incierta Tierra. ¿Es justo que la encarnizada lucha de las especies para sobrevivir a lo largo de eones se vea truncada por un acontecimiento que ocurrió al principio del tiempo?, ¿cuál es entonces el sentido de la evolución si en el mismo instante en el que se comenzó a fraguar ya estaba condenada por un pedazo de materia inerte?

La conciencia es ajena al devenir del mundo. Ella se manifiesta sin razón necesaria y si en un lugar la vida es destruida, en algún otro ésta surgirá de nuevo con más brío. El ser humano se aferra a las formas con angustia y no se da cuenta de que ésa es la causa de su muerte. La ley de la existencia es categórica: toda forma que nace tarde o temprano tiene que morir. Hasta yo mismo, que he sido engendrado por una fuerza de una índole que se escapa a la genética, seré arrebatado de este cuerpo. Mi corazón late como el de cualquier otro ser humano y algún día alguien conseguirá pararlo; el cuándo sucederá es algo que ignoro totalmente y de lo cual no he de preocuparme en este momento. Ahora lo tengo claro, mi misión es detener la rueda de la vida y he de comenzar a hacerlo sin tardanza. Pero antes he de estudiar con meticulosidad la forma en que esa tarea ha de llevarse a cabo. A pesar de que mi poder es enorme y que muchas son las maneras en que podría destruir la civilización, no ha de ser así como concluya todo. Ahora puedo confirmar que los conocimientos que he adquirido a lo largo de todos estos años serán la base de lo que ha de venir. Estos conocimientos me han permitido averiguar los mecanismos por los cuales una especie en particular puede ser erradicada de la faz de un planeta, y ellos sin duda me conducirán a la respuesta.

Cuando a los doce años bajé a aquella sima en mis sueños, me enfrenté con la muerte, vislumbré mi destino y decidí que quería ser geólogo, no estaba más que soñando con mi propio futuro, que es ahora mi presente, pues al igual que entonces no siento ningún miedo. Ha llegado la hora, los engranajes están articulados, el reloj ya está en marcha justamente porque el tiempo se ha detenido. Sólo falta que las últimas piezas se coloquen en el lugar exacto.

Capítulo 4

El que se disuelve en el océano

Agonizaban los años sesenta y con Franco todavía en el poder España seguía estando a la cola de Europa. Al amparo de la iglesia y del decadente régimen un tufo patriarcal y rancio invadía la atmósfera. Una atmósfera de aire clasista que asfixiaba a los pobres; una atmósfera de aire corrosivo que quemaba los sueños, pero que a la vez era una atmósfera que sabía proteger a los privilegiados.

Jaume y Montserrat, jóvenes diplomáticos pertenecientes a la todopoderosa burguesía catalana, soñaban en aquellos días ávidamente con la modernidad. Se habían conocido en el Ministerio de Asuntos Exteriores y en cuanto tuvieron la ocasión, no dudaron en utilizar sus influencias para obtener un destino en la embajada española de París, donde poco después, tuvieron a Héctor, su único y querido hijo.

Las nuevas directrices gubernativas habían dejado atrás las persecuciones políticas y la pareja dedicaba sus jornadas a la promoción del turismo y la imagen de España. Gracias a la libertad de movimientos que les proporcionaba esta coartada diplomática, Jaume y Montse trabaron enseguida amistad con varios de los intelectuales exilados en Francia. Influenciados por sus ideas, pronto comenzaron a albergar la esperanza de que, no ha mucho tardar, la democracia volvería al país. Pero mientras el momento llegaba, disfrutaban del arte, de la vida bohemia de París, y de leer cualquier cosa nueva que caía en sus manos.

Estando en la capital francesa, la pareja comenzó también con la práctica de la meditación y el yoga. Durante una de sus clases, uno de los profesores les recomendó la lectura de un libro escrito por un tal Bhagwan Shree Rajneesh, más conocido como Osho, nombre que él mismo había adoptado y que significaba algo así como *el que se disuelve en el océano*.

Osho era un líder espiritual entregado en cuerpo y alma a la demolición de las religiones y estructuras políticas. Durante dos décadas había viajado por todo el mundo explicando sus acerados argumentos. En sus charlas, instaba a sus seguidores a pensar por sí mismos y a no conformarse con los valores que habían heredado de sus familias, aunque no sin haber comprobado antes que aquello no tenía una validez real para sus vidas. Su postura sobre el sometimiento a leyes injustas o a convencionalismos tales como la represión sexual o la doble moral del patriarcado, era radical en extremo y le había valido la crítica de infinidad de estamentos sociales, religiosos y gubernamentales. Para finales de los ochenta, Osho tenía prohibida la entrada en más de veinticinco países diferentes. En una de las ocasiones en que visitó Francia, el matrimonio fue a oírle hablar, quedándose de inmediato prendados de su agudo discurso y de su gran carisma como orador.

A los dos años de haberlo escuchado por primera vez, cuando Héctor tenía cuatro, Jaume y Montserrat pidieron el traslado al consulado de España en Bombay y se marcharon de camino a la India. No hacía mucho tiempo, Osho había creado una comuna en Pune, ciudad situada a unos ciento cincuenta kilómetros al este, y deseaban formar parte del proyecto. Allí residía Osho junto a cientos de sus *sannyasins* y allí fue donde Jaume, Montse y su hijo pasaban los fines de semana.

En Bombay, Héctor estudiaba en la escuela británica. En sus aulas, en las que imperaba todavía el clasismo inglés, se impartía una enseñanza apuntalada sobre los valores de la disciplina, la obediencia y el respeto incuestionable a los maestros, lo que contrastaba de forma notoria con la laxa pedagogía de sus padres y la displicente actitud de los gurús de Pune. Héctor, que disfrutaba de ambos mundos a su manera, no sospechaba entonces que sobre el fértil sustrato de esas contradicciones acabaría germinando un carácter rayano en lo esquizoide.

A los pocos años de la muerte de Franco, los padres de Héctor regresaron a España. Deseaban participar en la creación del nuevo gobierno catalán y de un estatuto propio y por el cual esperaban que muchos de los derechos robados durante la dictadura les fueran restaurados. Héctor tenía entonces apenas doce años. A su vuelta a Barcelona Jaume y Montse no quisieron seguir viviendo juntos. Sus estancias en Pune habían transformado su visión del amor y ninguno de los dos deseaba mantener las consabidas ataduras del hogar conyugal. La monogamia había dejado de parecerles un valor absoluto y como consecuencia vivían en un continuo conflicto de intereses. Los celos afloraban con frecuencia y la familia entera se resentía por ello.

En Barcelona Héctor estudió en el liceo francés. Durante aquellos años, a medida que iba haciéndose mayor y para el asombro sobre todo de su madre, apenas dejaba traslucir algo que no fuera más que un vago y lejano interés por el sexo. Nunca había tenido dificultades para relacionarse, pero en aquel entonces parecía que su personalidad se sustentara sobre unos principios distintos a los que eran habituales en los adolescentes. Sin embargo, si este era el caso era sólo porque Héctor no deseaba problemas. Y es que cuando todavía era un niño todo su cuerpo había sufrido las inclemencias de unos sentimientos desconocidos de los que todavía no había sido capaz de desembarazarse.

Había ocurrido en Pune. Allí había sido víctima de unos celos atroces. Samanta, una niña de la que sin saberlo estaba enamorado y que tenía dos años más que él, se dedicaba entre los árboles a darle besos a su mejor amigo. Lo hicieron una tarde, y luego, mientras Héctor los espiaba y su corazón se consumía de rabia, lo repitieron innumerables veces. Y aunque poco después se marchó del país, aquel recuerdo amargo seguía viviendo en su interior, como la larva de un pequeño parásito dispuesta a crecer a expensas de su huésped. A partir de ese momento, observando con otra perspectiva las continuas peleas de sus progenitores, Héctor empezó a darse cuenta de que la mayor parte de los conflictos humanos afloraban a partir de los celos. Y por eso se propuso no volver nunca a ser víctima de esa clase de trampa. Y así acabó el colegio y la universidad, pudiendo dominar a duras penas aquella fuerza que tocaba a rebato y pretendía desintegrarle el alma. Pero aunque casi siempre lograba dominarse, sabía muy bien que habría un día en que le tocaría claudicar al amor, y en el fondo Héctor esperaba impaciente que llegara la hora.

Y era por esos miedos que lo atormentaban por los que Héctor había adquirido la costumbre de sentarse en silencio a meditar. Varias veces al día se entregaba a esa práctica. Con ella tomaba consciencia de todo lo que habitaba en él, haciendo al instante que todos sus temores se volvieran amables. Héctor tenía comprobado que si dejaba de hacer esa gimnasia interior perdía muy pronto la noción de sí mismo, comenzando entonces a navegar sin rumbo en un espacio lleno de exigencias y estímulos que tiraban de él en muchas direcciones. Para Héctor, esos minutos de silencio constituían su oasis personal, un ejercicio consciente dedicado a poner un orden interno que le era imprescindible para poder vivir. Pero aunque no lo supiera todavía, ese hábito, que hasta ahora le había funcionado y que también lo ayudaría en el futuro, no iba a protegerle para siempre.

Héctor era un chico moreno de cabellos negros y rizados. De cuerpo atlético, ojos saltones y nariz prominente, hablaba de manera grave y con una cadencia tan lenta que casi exasperaba. Era debido a ello, pero más que nada al marcado misticismo con el que regalaba todo su lenguaje, por lo que al conocerlo la primera vez la gente solía pensar que era sólo un colgado, otro de los tantos que andaban por ahí flotando en el vacío, ajenos al mundo y excusados de todo por virtud de su supuesta espiritualidad. Sin embargo, por detrás de esa apariencia, Héctor resultaba otra cosa. Porque a pesar de que sus palabras carecieran de lógica y de que la mayor parte de las veces fueran incomprensibles, tenía un gran sentido del humor. Y ése era el don que acababa salvándolo de todo, sobre todo de sus propias locuras y de sus entelequias.

Fue también al llegar a Barcelona cuando Héctor se inició en el arte de la navegación. Comenzó con el *Vaurien*, una embarcación de dos velas y que podía montar una tercera, el *spinnaker*, la cual le permitía ganar velocidad con el viento de popa. Era un barco muy táctico con el que disfrutaba sobre todo en los días de invierno, cuando azotaba el potente nordés y las olas chocaban con un ruido sordo contra el casco de fibra reforzada.

Al cumplir los dieciocho, Héctor se matriculó en la escuela de marinos mercantes. Quería convertirse en capitán de barco. Después de cuatro años, con el título de piloto en el bolsillo, se enroló en el portacontenedores de bandera danesa *Laura Maersk*, que realizaba la ruta Rotterdam-Manila, haciendo escala en los puertos de Alejandría y Singapur.

Después de tres años navegando, un día decidió que había tenido suficiente y se fue a vivir a Pontevedra. Esa semana se había ido a recorrer Galicia y la magia de Vigo lo había cautivado. Después de tres meses, cuando ya se sentía como en casa, ordenó que le enviaran su velero, un 470, modalidad a la que había evolucionado tras el *Vaurien*, y el cual mantenía amarrado en un muelle cercano. Conforme pasó el tiempo, Héctor se fue rodeando de amigos con los que navegar. Con frecuencia visitaban las Cíes, y si la climatología acompañaba pasaban allí las noches bajo el cielo estrellado.

Un domingo, a los cuatro años y medio de haber llegado a Vigo, su amigo Daniel llegó con una compañera de trabajo. Se llamaba Elena, era de Madrid y le había pedido por favor que un día la llevara a navegar. Le encantaba el mar y siempre lo había deseado, aunque no había tenido casi oportunidades. Así que aquella mañana estaba ilusionada; hacía un sol espléndido y el aire agitaba las banderas, presagiando que las condiciones serían excelentes.

En total serían tres barcos y siete tripulantes. Habían quedado en verse una tasca ubicada justo al pie de los puntos de amarre. Héctor, acuciado por su puntualidad británica, llegó como siempre el primero. Después lo hicieron los demás. A excepción de Elena todos se conocían. Poco después Daniel se apresuró a presentársela al resto de sus amigos.

—Esta es Elena, mi jefa. Me ha prometido que si lo pasa bien me subirán el sueldo, así que espero que la tratéis como a toda una dama.

—Bienvenida —dijeron los otros mientras ella los saludaba plantándoles un beso y le reían el chiste.

Y fue entonces cuando a Héctor comenzaron a caérsele todas las estructuras que con tanto cuidado había construido en los últimos años. Porque en cuanto la miró a los ojos casi le da un espasmo, y porque al cabo de un segundo, cuando sintió el contacto de los labios de Elena, el barco inexpugnable de su corazón se había ido ya a pique sin remedio.

Aquel día navegaron con Daniel. A las nueve y media, veinte minutos después de haber abandonado el puerto, los barcos enfilaban las Cíes con un viento de través de fuerza cuatro. El velero de Héctor lideraba, navegando a una velocidad de cinco nudos; a ese ritmo alcanzarían las islas en menos de dos horas. Delante de ellos la proa cortaba la espuma de las olas, debajo de sus pies el casco crujía enfurecido, encima de sus cabezas el velamen se hinchaba desbocado. Mientras que con una mano Héctor empuñaba la escota con la otra manejaba la caña del timón. Daniel a su vez se encargaba del foque. Elena, sentada entre los dos, se agarraba al obenque. El agua salpicaba sus rostros y perlaba sus frentes. Apoyados sobre la amura de barlovento y procurando navegar lo más plano posible, ninguno de los tres dejaba de moverse. Y de pronto: ráfaga inesperada entrando por la proa, barco que se escora cuarenta y cinco grados, Héctor que tira del timón para evitar el vuelco. Y un instante después: viento que aúlla y rola hacia la popa, velas que se avientan en las drizas y jarcias que chirrían en los mástiles, trasluchada imparable y botavara que silba. Con su mano izquierda Héctor cogió a Elena del chaleco y la hizo bajar al interior del casco. Luego se oyó el estruendo: cruzando veloz por encima de sus cabezas el palo había golpeado el obenque de estribor y el barco se inclinaba. Viendo que iban a zozobrar, Daniel liberó las escotas e intentó contrapesar la nave. La maniobra fue rápida, pero no lo bastante como para que Héctor y Elena no cayeran al mar. Lo hicieron agarrados y, no sabiendo ni cómo ni por qué, después de comprobar que no habían sufrido ningún daño, acabaron besándose.

Habían pasado cuatro años y por alguna clase de misterio seguían compartiendo la misma complicidad que el día en que se conocieron. Parecía que Héctor, a pesar de haber sufrido lo indecible, había aprendido a manejar sus celos y se había rendido finalmente al amor. Y parecía que Elena, al lado de ese hombre que se reía de todo y que hablaba de cosas que ni él mismo entendía, había dejado de pensar que vivir en pareja era como vivir dentro de una prisión.

Hacía más de dos años que ella había sido puesta al frente de un nuevo proyecto en la costa de Lugo y Héctor la había seguido sin dudarlo. Él continuaba haciendo trabajos esporádicos: unas veces descargando pescado, otras saliendo en los barcos de la localidad, y otras incluso trabajando como buzo profesional para algunas de las tareas de la obra de Elena. Por poner un ejemplo, el verano anterior había estado en el equipo que se había encargado de fondear la torre de toma que luego sería conectada con el túnel de abastecimiento. La torre había tenido que ser emplazada a treinta y cinco metros bajo el nivel del mar, y para ello fue necesaria la supervisión constante de un equipo completo de submarinistas. El trabajo estaba bien remunerado y Héctor disfrutaba con ese tipo de labores técnicas. Para descender en inmersiones casi sucesivas a esa profundidad, era necesario seguir un exhaustivo protocolo de descompresión. Héctor, dotado de una paciencia casi maniática, era el encargado del control de los tiempos y bajo ningún concepto permitía que nadie se desviara de sus indicaciones. Cuando no tenía trabajo, aprovechaba para navegar, bucear, visitar a sus padres o simplemente para pasar el rato. Pero todo esto había ocurrido mucho antes de aquella semana en la que Carmen fue a su casa a visitar a Elena.

«—*Pues si ella es un putón entonces tú qué coño eres. Después de la juerguita que me he enterado que os corristeis yo también tenía ganas de pasármelo bien. ¡Estoy más que harto de morderme la lengua!* —le contestó antes de que Elena hubiera salido por la puerta y no sin sorprenderse de sus propias palabras y su procacidad.»

Capítulo 5

Ramita

Después de más de dos años de duro trabajo, los tanques de engorde y casi todas las conducciones terrestres, al igual que los edificios destinados al personal y a los laboratorios, se encontraban en su fase final. Elena estaba satisfecha. El plan de obra se estaba cumpliendo con una exactitud que hasta a ella misma la sorprendía. Parecía que la suerte estaba de su lado. Sólo habían ocurrido un puñado de accidentes menores y las paralizaciones y los días perdidos podían contarse con los dedos. El último ejemplo de ello estaba siendo la excavación del túnel. La ejecución del foso de ataque, de veinte metros de diámetro y quince de profundidad, había sido finalizada con éxito hacía ya tres meses. Dos semanas después, la tuneladora, colocada sobre los raíles instalados en el fondo del pozo, había iniciado los trabajos y estaban ahora ya próximos a su conclusión. Una vez que la máquina alcanzara la posición final y fuera rescatada, la galería de un kilómetro y medio de longitud y tres de diámetro podría comenzar a cumplir su función: conducir los caudales de agua de mar necesarios hasta los tanques de la piscifactoría.

Elena vivía en un pueblo de la costa situado a siete kilómetros del lugar en el que se estaba construyendo la fábrica. Allí tenía alquilada una casa de piedra no muy lejos del mar. La vivienda disponía de un patio trasero y un jardín, y en aquella época del año, sin veraneantes ni turistas pululando por las inmediaciones, era muy silenciosa. Elena guardaba su bici en el doble garaje adyacente a la finca. Le encantaba montar en bicicleta y cada vez que tenía la oportunidad se escapaba del trabajo y recorría con ella muchos de los caminos todavía inexplorados de la zona. La comarca ofrecía infinidad de rutas por las que perderse y albergaba unos parajes de belleza increíble; ríos de aguas transparentes que se escabullían entre bosques de hayas, inmensos prados verdes salpicados de ganado que pastaba a sus anchas, restos de calzadas romanas, puentes visigóticos, pazos señoriales e iglesias destartaladas que conservaban la magia de los tiempos pasados. Todo ello constituía el encanto de una región que ella amaba desde el mismo momento en que la había pisado por primera vez hacía varios años.

Aquella tarde Elena se marchó a casa un poco más temprano. Todo estaba bajo control y quería aprovechar ese momento de tranquilidad. En general, durante las complejas operaciones de excavación, las largas jornadas de trabajo se sucedían una detrás de otra y apenas le quedaba tiempo libre. Pero aquella tarde la cosa fue distinta. «Hoy me merezco un premio», se dijo a sí misma mientras ordenaba los papeles desparramados por su mesa. Y después cogió el coche y abandonó la obra.

Una vez llegó a casa se duchó rápidamente, se puso ropa deportiva y, tal como había sido su deseo, salió a pasear con su bicicleta. Al principio pedaleaba despacio, respirando de manera profunda y dejándose acariciar por el viento que soplaba del este. Pero luego, en cuanto calentó sus músculos, se puso de verdad a la tarea. Aplicó más fuerza a los pedales y la bici comenzó a ganar velocidad. Tensó los brazos, asegurándose de tener bien cogido el manillar. Curvó la espalda y el cuello y le dio más potencia. El velocímetro digital marcaba cuarenta kilómetros por hora. A los cinco minutos su cuerpo rompió a sudar y su mente voló lejos de los problemas. Acoplada a su bici se sabía libre. Pocas cosas podían igualar aquella sensación. Impulsada por aquella máquina de un poco más de diez kilos de aluminio y acero se sentía en paz con el mundo, a salvo de sus locuras y trastornos, como si el aire fresco que azotaba su cara pudiera convertirla en una mujer invulnerable.

Tras rodar unos veinte kilómetros a toda velocidad, decidió detenerse en una zona de recreo en la que se erguían dos grandes moreras. Ya la conocía de haber parado allí en varias ocasiones y le agradaba su ambiente familiar. El área estaba habilitada con tres mesas de madera y algunos bancos. Se bajó de la bici y la dejó apoyada en uno de los árboles. Bebió un poco de agua del bidón. Después se quitó las zapatillas, cogió el chubasquero de la mochila y lo puso en uno de los tableros a modo de mantel. Acto seguido se tumbó boca arriba encima del impermeable, con las rodillas dobladas y apoyando sus pies descalzos en la mesa. Luego se caló la gorra hasta el final y, aprovechando el calor de los rayos de sol de aquella tarde, cerró los ojos y se dejó invadir por la modorra. Una joven yegua y su potro se hallaban al otro lado de la valla. Elena escuchaba el rumor de sus cascos mientras correteaban, y también el eco de sus relinchos al ser arrastrados por la agradable brisa.

En los últimos meses cada una de las veces que se había dejado abrazar por ese cálido sopor, por razones que no averiguaría hasta mucho más tarde y que ni siquiera se había cuestionado, Elena siempre terminaba cayendo en una especie de trance que la conectaba de forma muy potente con la naturaleza, como si en esos momentos su conciencia intuitiva estuviera a sólo unos milímetros de poder comprender las certezas por las que se regía el mundo. Y encontrándose en ese estado, al amparo de los cambiantes matices de la luz de aquel atardecer, mientras el tiempo seguía deshaciéndose en destellos fugaces, Elena, aún medio dormida, barruntaba la inminencia de algún suceso extraordinario, aunque ni por asomo podría haberse imaginado nunca el embrollo en el que se iba a meter.

—Siento conocerte en estas circunstancias, pero mucho me temo que el reloj ya está en marcha —le comunicó la vaca de manera grave mediante la emisión de unos sonidos sumamente extraños.

Elena, aunque había entendido el mensaje con claridad, continuó tumbada encima de la mesa con su gorra calada cubriéndole los ojos. A pesar de que su primer impulso había sido levantarse de un brinco, por alguna razón había decidido permanecer allí tendida, quieta, sin mover ni un solo músculo del cuerpo. Estaba claro que su mente se negaba a aceptar que aquella frase tuviera ninguna relación con los ruidos que acababa de oír. Su cerebro sabía que esos sonidos pertenecían a alguna clase de animal rumiante y que no podían contener un mensaje como el que había escuchado, pero había algo que no terminaba de encajarle del todo.

Que ella supiera se encontraba en medio de la nada, tumbada en una mesa de madera junto a un camino vecinal apenas transitado. Al llegar, el área estaba desierta, y mientras dormitaba no había escuchado la aproximación de ningún vehículo a motor ni el sonido característico de ninguna otra bici. Sin embargo, parecía evidente que alguien la había interpelado con la intención de advertirle de algo. Tras haber razonado de esta forma Elena se incorporó. Mientras se sacaba la gorra miró a su alrededor; allí sólo había una vaca que se dedicaba a masticar la tierna hierba que prosperaba al lado del camino. Todavía desconcertada, Elena se calzó las zapatillas que había dejado en el banco cercano y se levantó a inspeccionar la zona.

Sus sospechas enseguida quedaron confirmadas: en aquel lugar no había ninguna otra persona. Entonces Elena, como queriéndole quitar hierro al asunto, comenzó a pensar que lo que había escuchado había sido sólo parte de un sueño y que lo mejor que podría hacer sería olvidarlo todo y dejarlo pasar. Con esas intenciones se sentó de nuevo encima del chubasquero, cerró los ojos y trató de relajarse. Y entonces, rodeada de ese silencio mágico, acariciada por los rayos de un sol que ya moría, acompañada de una joven yegua que daba de mamar a su dócil potrillo, cayó otra vez en ese estado de profunda conexión con la naturaleza. Y fue en ese instante cuando lo supo. Supo que había sido la vaca la que había querido comunicarle algo. Después abrió los ojos, y conteniendo la respiración y hablando muy bajito le dijo al animal:

—Ha sido usted la que me ha dicho eso, ¿verdad?

—Sí querida, he sido yo, ¿quién podría haberlo hecho si no? Que yo sepa aquí estamos sólo nosotras dos. Pero por favor, antes de nada permíteme que me presente, me llamo Ramita, aunque prefiero que me llamen Rami. Encantada de saludarte —dijo la vaca de un solo tirón y sin apenas dejar espacio entre las frases.

—¿Ramita? —replicó Elena todavía estupefacta.

—Sí, sí, Rami, me lo puso mi madre hace ya muchos años.

—¿Tu madre? —acertó sólo a balbucir Elena.

—Sí, sí, ella misma —y como vio que la chica se limitaba a responder con un gesto de extrañeza, aprovechó para continuar, pues llevaba muchos años sin poder comunicarse con un ser humano y estaba ansiosa por hablarle a alguien de su lejana infancia—. Según lo que me contó, el mismo día en que nací cayó una granizada muy intensa. Al parecer las bolas de hielo eran enormes. Para protegerme de ellas mi madre me llevó bajo la copa de un frondoso árbol. Entonces, justo en el instante en que lo alcanzamos, se oyó un fuerte crujido y una gran rama se desprendió, cayendo a muy escasos centímetros de mi cabecita. Un poco más y me hubiera matado —le explicó cuidadosamente la vaca mediante los ruidos que hacía mientras regurgitaba—. Sin embargo sobreviví. Yo no lo recuerdo, pero según ella ni siquiera me asusté. Cuando mi madre se acercó para obligarme a salir de allí debajo, se percató de que adherida a mi cuello había una ramita muy pequeña. Y por eso me llamó Ramita, para agradecerle que me hubiera protegido en ese primer día de mi vida. ¿A que se trata de una historia fascinante?

Para cuando la vaca terminó de decir esto, Elena todavía no había logrado salir de su estado de estupefacción. Aquel animal se comunicaba con ella a base de mascar hierba como si fuera una persona normal y corriente. No podía creerlo. Con certeza aquellos ruidos no constituían algo que se pudiera parecer ni remotamente a un lenguaje, sin embargo estaba entendiendo lo que la vaca le decía como si fuera perfecto castellano. Algo muy raro estaba sucediendo y no podía discernir qué era. Estaba claro que necesitaba ganar tiempo para poder pensar. Y sólo para eso, para ganar tiempo, se limitó a seguirle la corriente.

—Sí, sí claro, fascinante. Por cierto, mi nombre es Elena, pero por favor, cuénteme más cosas.

—¿Cómo que te cuente más cosas?, por más que saber tu nombre me haya encantado tengo decirte que creo que tienes mucha cara, Elena. ¿Acaso no te ha parecido ya bastante? Lo siento, pero yo no he venido aquí para pasar el rato. Como ya te he dicho antes, no soy portadora de buenas noticias —le contestó Ramita, que a veces tenía tendencia a ser un poco brusca.

Para Elena esa respuesta fue la gota que colmó el vaso. De repente tuvo claro que si quería averiguar lo que aquella vaca intentaba transmitirle, no podía permitirse el lujo de quedarse pasmada por más tiempo. Entonces, haciendo un gran esfuerzo para alejar sus prejuicios y procurando ceñirse al presente, acabó preguntándole:

—¿Y qué quieres decir con eso? —dijo Elena, ya tuteándola y tratando de vocalizar al máximo todas y cada una de las palabras, pues en el fondo todavía no se creía que aquel animal la pudiera entender.

—Sólo eso, querida Elena, que el reloj ya está en marcha y que no hay nadie que lo pueda parar. Pero antes de explicarte nada más, déjame decirte que me alegro mucho de que al final hayas decidido tomarme en serio. Hasta ahora no había habido ninguna persona que lo hubiera hecho, ni tampoco ninguna que me hubiera entendido. Por desgracia para mí, llevo incontables años dirigiéndome a los humanos sin obtener respuesta. Y es por eso que ya sólo me limito a decir una única frase y que si no me contestan me doy la vuelta y me marcho enseguida por donde he venido. No es que hubiera perdido la esperanza, pero resulta terriblemente desalentador que no la comprendan a una, pues después de todo yo también tengo mi corazoncito. Pero todo eso gracias al cielo ya forma parte del pasado. Además, justo ahora tenía algo muy importante que comunicaros, y si hubiera tardado mucho más tiempo quizás hubiera sido demasiado tarde. Por lo tanto…

—¿Algo muy importante que comunicarnos? —interrumpió Elena aún más incrédula si cabe.

—Sí, sí, eso mismo, has oído bien.

—¿Y de qué se trata si puede saberse?—replicó Elena, que a duras penas empezaba a asimilar la información que la vaca le estaba dando.

—Elena por favor, no seas impaciente. Ya te he dicho que llevo muchos años sin hablar con nadie y tengo muchas cosas que contarte antes. Quiero que comprendas que, aunque tiendo a extenderme en mis explicaciones, suelo ser muy amena. Es verdad que mis compañeras a veces se quejaban, pero también lo es el hecho de que, en muchas ocasiones, en las largas y calurosas tardes de verano, agradecían mis entretenidas peroratas, pues hay que admitir que la vida de una vaca en general no es tan excitante como a primera vista pudiera parecer. Reconozco que rumiar hierba durante todo el día sin descanso hay veces que se hace aburridísimo, y por eso mismo, después de muchos esfuerzos e investigaciones, he logrado desarrollar una técnica oratoria que me permite rumiar y hablar a la vez, habilidad que por otra parte nadie había conseguido perfeccionar antes que yo y de la cual me siento enormemente satisfecha. Cuando yo nací…

—¡Ramita por favor! —dijo Elena un poco enfadada, pues ella también poseía un fuerte carácter, sobre todo cuando pasaban cosas incomprensibles.

La vaca, a la que como ya se sabe le encantaba contar historias familiares, al ver que Elena volvía a interrumpirla se quedó callada un momento mirando al cielo, como en una actitud un poco melancólica. Sin embargo muy pronto reaccionó, «después de todo —pensó para sí— es natural que esa chica se sienta intrigada», y entonces, con su mejor disposición, intentó contestar sólo a lo que ella le había preguntado.

—Sí claro, en fin, lo que te decía, se trata sin duda de algo muy importante. Pues resulta que el hijo de aquel que asistió primero a mi muerte y luego a mi resurrección hace ya muchos años, ha decidido, siguiendo las instrucciones de su padre, *acabar con vosotros*. Espero que no te lo tomes a mal y que no creas que para mí resulta sencillo decirte todo esto, pues al margen de que si no te lo digo no me sentiría bien conmigo misma, así he sido instruida. Es posible incluso que ya sea demasiado tarde, pero ante todo quiero ser equitativa con todas las partes involucradas, con independencia de que yo, en ocasiones, comprenda sus motivos. Al fin y al cabo la mayoría de las veces hacéis sólo lo que os conviene sin tener en consideración las consecuencias. No es que yo en concreto apoye su decisión, pero…

Para entonces Elena ya estaba a punto de volverse loca del todo. Una cosa era que una vaca se hiciera entender mientras comía hierba y otra muy distinta era que tuviera un discurso tan locuaz y dijera unas cosas que, ni partiendo de una persona medianamente sensata, fueran en absoluto creíbles. Pero por mucho que mirara y remirara a aquel animal, no veía la manera en que aquello pudiera ser un engaño. Lo que tenía delante era un vaca de verdad, de las que tenían manchas negras por todo el cuerpo y de las que, cada mañana, daban abundante leche de sus generosas ubres. No había lugar a dudas. Ramita era una vaca y hablaba. No sólo tenía nombre propio, sino que además era educada a más no poder, y aunque apenas dejaba espacio entre una frase y otra todas sus sentencias estaban cargadas de significado. Pero lo que ya Elena no podía digerir era que le hubiera dicho que ella misma había resucitado y que alguien, en algún lugar, estaba planeando destruirles, pues por lo que parecía se había referido ni más ni menos que a toda la especie humana.

Elena se miraba las manos y después miraba a la vaca, pero aun así no lograba despertar de su sueño. Quería decir algo, pero al ritmo que iba obteniendo respuestas le llevaría toda la noche averiguar algo que tuviera sentido. El sol hacía ya unos minutos que se había puesto, y aunque llevaba luces no tenía baterías y podría acabar tropezando con algún obstáculo inesperado. Además, comenzaba a hacer frío y sólo disponía de un fino chubasquero para abrigarse. Por mucho que deseara quedarse allí hablando con Ramita, todos sus sentidos le indicaban que debía marcharse.

—Rami —dijo entonces Elena sin poder evitar mirar primero hacia ambos lados, no fuera a ser que alguien la viera hablar con un animal y deseara internarla en un siquiátrico—, ahora me tengo que ir, pero me gustaría saber si mañana podré encontrarte aquí.

Ramita, que ante esta nueva interrupción se puso incluso aún más triste que antes, torció el cuello y miró otra vez embelesada al cielo. Con estos mimbres pasó un minuto sin que ninguna respuesta saliera de su boca. Tras un segundo minuto la vaca seguía sin decir ni mu. Pero después de un tercer minuto de incertidumbre, tras haber llegado ella misma a la conclusión de que con los humanos era inútil intentar explicar las cosas con detalle, finalmente contestó.

—Querida Elena, es posible que esté aquí pero también es posible que no. El tiempo y el espacio son cosas que ahora mismo ya no tienen la validez de antes. Yo ya te he avisado y en eso consistía mi misión. No creo que conversar conmigo pueda modificar de ningún modo lo que ya se avecina. No obstante, quizá me puedas encontrar, aunque he de avisarte de que tal vez no sea el caso. Como ya te dije antes el arco del tiempo ha sido distorsionado y no hay ninguna fuerza que lo pueda revertir. Yo no soy ni árbitro ni juez de esta contienda, tan sólo me limito a informar, de acuerdo con el código que me fue instaurado, de lo que está pasando, para que si entre vosotros podéis llegar a algún tipo de arreglo no se produzcan las circunstancias tan desagradables que de no ser así se producirán. De igual manera también te digo que no soy adivina y que no puedo saber con certeza de qué lado se acabará equilibrando la balanza. Yo sólo soy una simple vaca que por una serie de casualidades adquirí la inmortalidad, y que gracias a este hecho he conseguido desarrollar una técnica que me permite hablar a la vez que rumio esta hierba que ahora ves salir entre mis romos dientes. En realidad no difiero en casi nada con respecto a cualquier otra vaca de las que ves en estos prados, incluso una vez, cuando era recién nacida, estuve a punto de morir bajo los efectos de una simple granizada...

Mientras Ramita hablaba, Elena la miraba sin pestañear. Aquella vaca era increíble de verdad. Definitivamente no poseía ningún sentido de la proporción o del tiempo, podría estarse horas hablando para acabar comunicando una sola idea, y ahora encima le había venido con el cuento de que era inmortal, cosa que ya excedía todo lo imaginable. Lamentaba mucho tener que marcharse, pues la había advertido de que al día siguiente tal vez no estaría por allí, pero no tenía más remedio. Además,

Elena sospechaba que su encuentro tenía un significado más allá del que ahora era capaz de interpretar y estaba convencida de que muy pronto volverían a verse. Pero hasta que eso sucediese tendría que pensar en muchas cosas. De momento se propuso no contarle a nadie lo ocurrido. Todo había sido demasiado extraño y estaba segura de que hablar de ello sólo le traería mayor confusión. Necesitaba tiempo para reflexionar. De repente Elena se dio cuenta de que la vaca había detenido su monólogo. Y entonces aprovechó el momento para despedirse.

—Rami, tengo que irme ya, espero poder verte mañana — dijo todavía con ciertas dudas.

A continuación Elena se enfundó el chubasquero, cogió su bicicleta, se montó en ella y se puso a pedalear con energía en dirección a casa. Y mientras se alejaba, un gran desasosiego comenzó a apoderarse de su alma.

Capítulo 6

Mi teoría ha dejado de ser una teoría

En realidad no tendría que hacer nada. Bastaría con quedarme quieto y limitarme a contemplar el grotesco espectáculo de la autodestrucción hacia la cual os estáis dirigiendo con pasos cada vez más veloces. La Tierra, como el ser inteligente que es, no tardará mucho en despertar del letargo en el que se halla sumida y comenzará muy pronto a defenderse de las agresiones que le estáis infligiendo. Sus mecanismos son muy poderosos y ninguna fuerza humana será capaz de hacerles frente. La batalla está perdida de antemano. Sin embargo, antes de que se produzca la derrota, que no por irremediable dejará de ser menos definitiva, el virus en el que os habéis convertido podría causar heridas tan graves que, sólo quizás, y sólo después de un tiempo que sería en cualquier caso demasiado prolongado, podrían llegar a restañarse, y eso es algo que yo no estoy dispuesto a consentir. ¿Permitiría una madre que su hija jugara con un cuchillo escrupulosamente afilado sólo para que, una vez producido el corte, aprendiera que aquello le traería dolor?, ¿o por el contrario se lo quitaría de las manos y trataría de ahorrarle el sufrimiento? En esa situación me encuentro yo. Soy como una madre que, a pesar de la angustia en la que vive, sabe de sobra que no ha de sucumbir a los caprichos de sus hijos sólo porque si no lo hace se agarrarán una gran pataleta y se pondrán a gritar desconsolados.

Ahora he de volver con la máxima premura al observatorio. El nuevo poder que me habita me ha permitido penetrar por completo en la verdad de las causas. Mi teoría ha dejado de ser una teoría y se ha convertido por fin en un axioma. Un axioma insoslayable cuyo rastro me veo obligado por fuerza a destruir, pues si mis averiguaciones traspasaran los muros de mi despacho y se llegara a sospechar siquiera de mi existencia, las terribles acciones que pretendo llevar a cabo podrían ser contravenidas. Es necesario que nadie sepa lo que está a punto de suceder. Es necesario que nadie sepa que todo se deberá a la intervención concreta de un solo individuo, porque por mucho que yo no pueda ser considerado como una persona normal, de resultar así, la rabia colectiva se concentraría en un punto, y ese punto, que sería yo, por el poder cósmico conferido a miles de millones de mentes enfocadas en una sola tarea podría resultar aniquilado.

No es que tema la muerte de mis cuerpos, al fin y al cabo son los vehículos que me permiten intervenir en este lado de la conciencia, sino que es fundamental que yo permanezca aquí como testigo material, pues en cierto momento la verdad tendrá que ser revelada para que más tarde pueda ser comprendida. Sólo de esta forma el sacrificio tendrá sentido. Sólo bajo estas circunstancias el cuerpo que aquí muere podrá dar lugar al nacimiento de una flor aún más bella en algún otro rincón del Universo. Cuando el cambio haya sido introducido y no haya forma de dar marcha atrás a las poderosas fuerzas que voy a desatar, será sin duda el momento idóneo para que el mundo conozca lo que está por venir. Sólo en ese instante quizá la paz podrá volver a enraizarse en la Tierra. Es una lástima que las cosas tengan que ser de esa manera, pero así son. Está demostrado que la expectativa de que existe un futuro conduce inevitablemente a la violencia. Ahora vamos a asistir a lo que pasa cuando en un cuerpo enfermo se inocula la evidencia de que el futuro es sólo una promesa falsa. ¿Tendrá esto un efecto sanador?, ¿o por el contrario se acelerará la llegada de la muerte? Estoy ansioso por averiguarlo. El reloj ya está en marcha y empiezan a oírse ya las campanadas a lo lejos.

Capítulo 7

Un camión de bomberos

Cuando Elena escuchó las palabras de Héctor no pudo hacer otra cosa que volverse hacia él. En su pecho sólo le quedaba sitio para la rabia y lo que menos deseaba era que se quedara allí, contaminando su lucidez y alimentando algo de lo que ella había renegado desde que recordaba; no sostenerse sobre sus propios pies, no depender interiormente de nadie que no fuera ella misma, no estar sujeta a la valoración de alguien que no la valorara. Su primer impulso había sido abandonar la casa, dejarle tiempo para que recogiera y no volver a verlo, pero su desafío había sido demasiado flagrante como para que no fuera merecedor de una aplastante réplica:

«—Si yo me he follado a otros y no te has enterado es porque nunca te has querido enterar. Qué me cuentas ahora de lo que yo he hecho o dejado de hacer. No me largo porque te hayas follado a mi mejor amiga, a mí me la suda a quién se la metas mientras uses condón, sino porque te quedaste estancado en los catorce años —le dijo, sabiendo muy bien que sí que le importaba y que tenía el corazón partido y desgarrada el alma.»

La discusión había tenido lugar hacía cinco meses, a mitad del invierno, más de cuatro años después de haberse conocido, período en el que no todo había sido fácil y en el que tuvieron que sortear muchos momentos malos pero al final del cual parecía que la tormenta empezaba a calmarse.

Atrás había quedado la época en que cada vez que ella salía de casa Héctor sufría lo indecible pensando que estaría con otro. Los días en los que tenía que morderse la lengua para no echarle en cara cosas que tal vez sucedieran sólo en sus fantasías. Las noches en las que en su ausencia lo único que podía hacer era meditar y sentarse en silencio, sentarse para no enloquecer y para comprender que ella era una persona adulta que había nacido libre y que así deseaba seguir, aunque la sociedad, en la cual se incluía, cargada de un montón de prejuicios que no se cuestionaba, no quisiera dejarla.

Elena había seguido con él porque la hacía reír. Y también porque hablaba despacio y a veces parecía comprender la verdad que habitaba en las cosas, excepto quizás en todo lo que tuviera que ver con sus celos atroces y que ella nunca le toleraba, bajo ningún concepto, y con los que gracias a su inquebrantable actitud Héctor parecía haberse por fin reconciliado. Había seguido con él porque incluso costándole muchísimo le dejaba tranquila, aunque para ello necesitara la excusa de irse a meditar bajo la tenue luz de los atardeceres, o la de bucear en los silencios de los fondos marinos, o la de subirse en un barco para sentir que las olas le limpiaban por dentro, eso a Elena le daba un poco igual; cada uno era libre de inventarse sus drogas, de la misma manera que ella se había inventado la droga ilusoria de pretender ser libre. Pero después, Carmen los vino a ver y todo pareció derrumbarse. Hacía un año que las dos habían retomado su amistad olvidada. Desde que sucedió, Elena había estado dos veces en Madrid, pero siempre había preferido que Héctor no se fuera con ella. Decía que necesitaba salir sola de ese pueblo perdido con el aire tan puro y respirar un poco de inmundicias y ruidos. Él se enfadó en las dos ocasiones, aunque ya no le resultaba tan fácil cabrearse con una persona que se tomaba a risa sus cabreos de niño.

Héctor no hubiera podido intuir jamás que estando en su casa iba a sentirse atraído de esa manera tan feroz por aquella mujer que además de menuda y preciosa poseía una voz todavía más dulce que el canto de un millón de sirenas, sirenas con las que se infatuaba navegando en el *Maersk*, en las noches oscuras de octubre, cuando el mar rugía tan fuerte que sólo la esperanza de poder escucharlas evitaba el espanto. Lo mismo que después no pudo evitar las miradas de Carmen, sabedor de que la deseaba y de que ella también lo deseaba a él. No sabía por qué. Ignoraba qué rencillas antiguas hicieron que una tarde, mientras Elena se marchaba al trabajo, Carmen se lo dijera como un recuerdo remoto de una vida pasada, le contara que hacía sólo tres meses, cuando Elena una tarde se presentó en Madrid casi sin avisarla, habían acabado la juerga acostándose con dos desconocidos. Después, diciendo que lo sentía mucho y que no sabía por qué había tenido el deseo irrefrenable de decírselo todo, lo abrazó y se lo llevó a la cama para hacerle el amor.

Héctor no sólo no trató de impedirlo sino que la devoró de inmediato con un ardor alimentado con la carga incontenible de todos los deseos incumplidos de los últimos años, unos anhelos que se había negado para poder arrogarse el derecho a sentirse una víctima, de hacer de sus celos un paragón legítimo, de recubrirlos con una capa de pudor y de moralidad que fuera inexpugnable. Pero Héctor ignoraba que todo eso se estuviera gestando desde hacía ya años. Por más que meditara y se creyera que estaba muy despierto permanecía dormido, ausente a lo que sucedía detrás de esas miserias que no hacían otra cosa que flotar en sus aguas, como una película emulsionada de desechos que le impidieran ver lo que estaba pasando en el fondo de su angustiada alma, un fondo que no era tan transparente como él se pensaba, ni tampoco tan opaco como para poder usarlo de excusa para la compasión.

Siempre había sospechado que Elena tenía sus aventuras, pero hasta ese momento no las había escuchado de la boca de nadie, y al oír aquellas palabras innombrables de los labios que articulaban esa voz tan sonora, se dijo que había llegado la hora de equilibrar la balanza y cobrarse las deudas. Prefería pensar que lo que estaba haciendo lo hacía por venganza, pero era mentira. Inconscientemente era sólo un pretexto para hacer algo que su ramplón decoro le tenía prohibido. Algo que sus padres habían intentado creyéndose de forma equivocada que el sexo era sólo un juguete y que no los podría dañar, y mucho menos llevar hasta el lugar al que los había llevado, un lugar lleno de soledad que había derrotado a su madre y de la que su padre no quiso saber nada.

Cuando Carmen, al cabo de dos días, se marchó por donde había venido, Héctor terminó por contárselo todo. Y entonces toda la verdad se sacó a relucir. Después de dos semanas en las que no hubo llamadas, Elena una tarde volvió. Él la había esperado sin recoger sus cosas pero con la certeza de que si volvía a pedírselo saldría por la puerta sin preguntarle ni reprocharle nada. Sin embargo aquel día no hablaron del asunto. Y los demás tampoco. Llevaban cinco meses viviendo en una suerte de silencio nostálgico, sin tocarse ni un pelo ni contarse sus cosas, hablando sólo de quehaceres domésticos y de lo que les ocurría a personas que les eran ajenas, construyendo un nuevo principio sin que ninguno de los dos tuviera la convicción de que fuera a ser el principio de algo, inmersos en una especie de pasión congelada que sentían por dentro y flotaba en un aire cargado de esperanzas lejanas, y en el que la mentira había quedado desterrada porque ya no servía.

Y entonces fue cuando llegó la noche en la que Héctor escuchó que Elena golpeaba la puerta. Sabía que había cogido la bici para dar un paseo y en cierta medida se había imaginado que regresaría pronto. Pero la exaltación contenida con la que tan sólo unos meses atrás se hubiera despegado del sofá para abrirle la puerta, ahora ya no estaba, ahora lo que estaba era un estado puro de complacencia y de agradecimiento. Por primera vez en su vida no sentía dolor por la ausencia de Elena. Por primera vez en su vida no sentía alivio al oírla llegar. Porque sólo ahora y por primera vez se había dado cuenta de que pensar que uno estaba enamorado no tenía nada que ver con el amor real. Y por eso, cuando le abrió la puerta sin hacer aspavientos, se limitó a decirle en un tono que huía a todas luces de los paternalismos y la infantilidad:

—¿Qué tal mi amor?, tenía unas ganas increíbles de verte. —Y esas breves palabras, tan exentas de súplica y tan cargadas a la vez de sincera verdad, bastaron para que Elena se arrojara en sus brazos.

Todavía afectada por el desconcertante encuentro con Ramita, había pedaleado a toda prisa para volver a casa. A medida que la oscuridad se cernía sobre ella y que el camino se convertía en una superficie indescifrable y negra, iba acordándose cada vez más de Héctor y de lo mucho que lo necesitaba. Se había creído inmune al sufrimiento y pensaba que su ecuanimidad y su mente pragmática la salvarían de todo. Cuando meses atrás comprobó que el dolor laceraba su alma viendo cómo Héctor y Carmen se decían sin palabras lo que era evidente, se dijo a sí misma que ella estaba muy por encima de esas puerilidades. Cuando se marchó al trabajo intuyendo que dejaba detrás un campo abonado para la seducción, se dijo que eran dos seres libres y que no la incumbía. Pero cuando a Héctor se le ocurrió contárselo todo, su ideal de mujer invencible se rompió en mil pedazos, como un cristal que sometido a excesiva presión terminara estallando. Su dolor había sido tan intenso que al principio ni siquiera se dio cuenta de que era dolor. No podía entender que sufriera por algo que ni cuando era más joven le había preocupado, cuando los hombres entraban en su vida creyendo que eran hombres y salían intentando emponzoñarle el alma.

Quince días después de que Héctor soltara por su boca las palabras que la habían hundido en el cieno y en la desesperanza, empezó a comprenderse, y de paso también por primera vez a comprender a Héctor. Aquella misma tarde regresó dándose cuenta de que todo había muerto, de que todo lo que habían vivido hasta ese momento no servía de nada. Era inútil hablar. Era inútil recordar lo que ya no existía. Ahora sólo le quedaba esperar a ver si la vida le traía el amor, o si por el contrario le traería el olvido.

Y lo que la vida le trajo fue una vaca parlante que le dijo que el ser humano no merecía vivir, y mientras pedaleaba de regreso a su casa no dejaba de pensar que una vida sin amor no merecía la pena, y que aunque ya no sabía cómo acercarse a Héctor y romper ese muro fabricado de un acero invisible, lo quería intentar. Y cuando abrió la puerta y lo vio y le oyó diciendo las palabras que ella misma pretendía decir, arrojó la bicicleta al suelo y lo abrazó con la misma fuerza con que lo había querido golpear el día que le dijo que se fuera de allí.

A trompicones se arrastraron hasta su habitación. Después de hundirse en su pecho y derramar lágrimas de alegría, y de besarse hasta el fin de los labios, y de mirarse y sonreír hasta que les dolió, se quitaron la ropa muy despacio y se amaron a tientas, instalados en esa soledad compartida que habían descubierto y desde la que ahora podrían aspirar algún día a entender de verdad lo que era el amor.

Después ella quiso decirle algo pero guardó silencio. El recuerdo de Rami flotaba en su memoria pero de otra manera. Su desconcierto se había transformado en una paz profunda y ahora sólo la podía ver cómo una imagen vaga, una silueta oculta por un tamiz translúcido de lujuria y de sexo, pero también de amor y de complicidad. Y entonces supo que ese no era el momento de contar con palabras lo que había vivido, aunque tal vez sí que fuera el momento de compartirlo a través de sus sueños, porque Héctor, cuando por fin se acabaron rindiendo al cansancio y la noche, tuvo la suerte o la desgracia, eso aún no se sabe, de soñar con Ramita.

«Se había declarado un gran incendio en la ciudad. Una nave de papel reciclado había ardido y antes de poder controlarlo, el fuego se había extendido a cuatro edificios contiguos y a un almacén de pinturas. Nunca mejor dicho, la cosa no pintaba nada bien. Héctor conducía a toda velocidad un camión de bomberos que desde el aeropuerto se estaba sumando a las labores de extinción. En el asiento de su derecha había una vaca. Por alguna razón, el hecho de que hubiera una vaca sentada a su lado no le resultaba extraño.

No había nadie más en el vehículo. En el interior, Héctor sudaba copiosamente bajo su traje ignífugo. Concentraba su atención en las calles a la vez que sus brazos asían el volante y que sus pies se aplicaban a la tarea de acelerar, frenar, embragar y volver a acelerar. Hacía sus movimientos de manera automática, pero se adaptaban instantáneamente a las condiciones exteriores del tráfico. Ignoraba las luces de los semáforos, pero con asombrosa rapidez calculaba posibles trayectorias de colisión y escape. Mientras tanto, su casco de la brigada especial aeroportuaria se mantenía reluciente en su soporte. Faltaban todavía diez kilómetros y a ese paso aún tardaría otros quince minutos en llegar al incendio. Aprovechando un tramo de recta despejado, Héctor miró de reojo a la vaca y le preguntó:

—Bueno, ¿y tú qué tienes que decir a todo esto?

La vaca le devolvió la mirada. Mientras rumiaba, la hierba se le salía por entre sus romos dientes. Luego comenzó a hablar.

—Ya se lo he dicho a Elena esta tarde. El reloj ya está en marcha y no hay nada que pueda detenerlo. Lo que está sucediendo es sólo una pequeña muestra de lo que ha de llegar. El fuego es sólo un símbolo y esto es sólo un sueño, pero si lo analizas con cuidado te darás cuenta de que es muy significativo. Las llamas purifican la tierra y de sus cenizas surgirá una nueva esperanza que, aunque en esencia se alimenta de la misma vida que ha calcinado, no tiene nada que ver con ella. Ya sé que nos dirigimos a su encuentro con la misión de poder derrotarlo y que tú estás involucrado en ello con todos tus ímpetus, pero es inútil. Por mucha agua que se arroje el poder del

incendio es tan inmenso y su temperatura tan elevada que ni todos los océanos del mundo bastarían para apagar su sed. Porque su sed no proviene del combustible que se quema, sino que es la manifestación de la voluntad de un planeta que está en guerra contra un enemigo que ha querido usurparle su poder. Yo no tomo partido por ninguna de las partes, y de hecho, como podrás comprobar, me he subido en este camión de bomberos con el fin de advertirte y de que no mermes tus fuerzas en una tarea que no ha de dar ningún fruto. Más vale que te detengas y veas el espectáculo desde la distancia, pues sólo tomado cierta holgura puede uno vislumbrar algo que abarca una zona mucho más extensa que vuestro estrecho campo de visión.

»El hijo de aquel que asistió hace ya muchos años —continuó diciéndole la vaca—, primero a mi muerte e instantes después a mi resurrección, ha tomado ya una determinación y está a punto de poner en práctica su axioma. Al principio nadie notará nada, sin embargo, no tardando mucho tiempo, los efectos comenzarán sin duda a aparecer. No puedo hablar mucho, pues los detalles concretos no me han sido revelados, pero créeme cuando te digo que vuestro sufrimiento será enorme y durará muchos años. Yo no sé si existe alguna posibilidad de salvación, pero en todo caso si es que hay alguna se encuentra con seguridad fuera del tiempo. Que yo esta tarde haya hablado con Elena y que ahora me aparezca en tus sueños no puede ser ninguna casualidad ni debe ser tomado a la ligera. Qué papel jugaréis en la partida cósmica que está a punto de comenzar es algo que yo ignoro. Yo sólo soy una simple vaca que ha conseguido desarrollar una técnica que me permite hablar a la vez que rumiar esta hierba que ahora ves salir entre mis dientes. No ha sido mi elección formar parte de esta trama. Me limito a cumplir la función que me ha correspondido, y en ese sentido soy sólo un engranaje más. Ahora eres tú el que debes decidir qué hacer.

»Si sigues conduciendo este camión, aunque sólo sea en tus sueños, y llegas hasta donde está teniendo lugar ese gran incendio, te garantizo que lo conseguirás apagar y que salvarás muchas vidas, *pero cuando te despiertes no lograrás recordar el contenido de mi profecía y cuando Elena te hable de mí pensarás que está loca. Si por el contrario te detienes ahora y dejas que la ciudad sea pasto de las llamas y que innumerables personas perezcan en ellas, al despertar te acordarás de todo y podrás tal vez llegar a comprender su significado, aunque eso es algo que a mí se me escapa y que no me concierne. Pero en este caso te aseguro que una noche no muy lejana, como pago por tu negligencia, uno de tus ojos te será arrancado. Tú decides —y a continuación Ramita dejó de hablar y se sumió en un lacónico silencio.*

Mientras escuchaba el discurso de la vaca, Héctor seguía conduciendo el camión a toda velocidad dirigiéndose al incendio. Las sirenas ahogaban los ruidos de la noche. El aire gélido entraba por la ventanilla bajada y traía el inconfundible olor de la carne quemada. Su mente intentaba procesar toda la información que estaba recibiendo, pero no lo lograba. Parecía que cuanto más se aproximaba al lugar el tráfico se hacía más denso y mucho más caótico. Había habido varios accidentes y no quedaba apenas espacio por donde maniobrar. A lo lejos se escuchaban gritos de dolor y por todas partes había gente huyendo despavorida. Él estaba programado para intervenir y todos sus músculos se afanaban en conseguir su objetivo. Y por detrás de todo aquel barullo las palabras de la vaca seguían resonando en su cerebro, como si fueran un gong llamando a la oración en un templo budista. Lo podía oír, pero no sabía con certeza qué debía hacer. Tenía la sensación de que cualquiera que fuera su elección no sería correcta.

Héctor seguía conduciendo; faltaban aún quinientos metros. Aceleró al máximo. Las vidas de muchas personas dependían de él. Durante mucho tiempo había sido entrenado para ello. No había manera de que fuera a fallar. Hacía ya años hizo su juramento y ahora había llegado la hora de cumplirlo; llegaría al incendio, se pondría su reluciente casco de la brigada aeroportuaria y arrojaría agua sobre él con las potentes bombas de su camión cisterna, pero cuando llegó el momento no fue capaz de hacerlo; el temor al olvido y a perder a Elena era demasiado doloroso, así que en el último instante, justo antes de dar la última curva, clavó los frenos del camión y se detuvo en seco. A los cinco minutos hubo una gran explosión y todas las luces se apagaron. Y mientras escuchaba a lo lejos los lamentos de los que estaban a punto de morir, Héctor lloraba sin consuelo y se hundía cada vez más en las negras tinieblas de sus culpas.»

Cuando se despertó, Elena ya se había marchado. Antes de levantarse, extendió la mano hacia la mesilla, cogió su móvil, lo encendió, y le envió un mensaje: *hola mi amor, he soñado con la vaca.*

Capítulo 8

La deconstrucción de la Tierra

«*En los últimos doscientos años la concentración de dióxido de carbono en la atmósfera se ha incrementado en más de cien partes por millón, llegando a alcanzar las 440 ppm. Similarmente, la temperatura media del planeta ha subido casi un grado centígrado, desde los 13,5°C hasta los 14,4°C. Estos datos, que en sí mismos no resultan demasiado alarmantes, son claros indicativos de que nos estamos dirigiendo con toda probabilidad hacia una gran catástrofe...*»

Como había hecho en ocasiones previas, Carmen inauguró con estas palabras su segunda y última conferencia en el pabellón principal de la Ciudad de las Artes y las Ciencias de Valencia. Un día, después de varios años de haber ejercido su profesión sin cuestionarse nada, debido a uno de esos juegos del destino en los que la vida te mete sin pedirte permiso, comenzó sin mucha convicción a involucrarse en el entonces embrionario movimiento de la *ecología humana*, disciplina muy alejada del ecologismo radical y que abogaba, según sus principios más elementales, por la *autoconciencia* como única vía de solución a los dilemas ambientales a los que la humanidad tendría con seguridad que enfrentarse en las próximas décadas. Sin ser consciente de ello, en el corto intervalo de unos pocos meses, Carmen había pasado de dedicarse con total entrega a la construcción de infraestructuras presuntamente inocuas, a darse cuenta de los enormes impactos que su actividad profesional, que desarrollaba quizá de forma ingenua pero no intrascendente, podía causar y que de hecho estaba ya causando.

Hacía tres mil años, cuando los egipcios erigieron sus pirámides, la Tierra estaba casi deshabitada y apenas se utilizaban los recursos fósiles. Poco importaba, a no ser que se tuviera en consideración el elevado precio pagado por los pueblos esclavos, que un faraón quisiera construir su tumba en medio de un desierto arenoso. Visto desde la estratosfera aquello no significaba más que una pequeña mancha en un extensísimo océano de agua, vegetación y arena. Pero las cosas ya no eran tan simples. En un planeta superpoblado en el que todos sus ocupantes estaban ávidos de consumir cuantos más recursos mejor, era necesario analizar la realidad de una forma mucho más objetiva. En la actualidad, Carmen, además de colaborar con un grupo internacional de investigación sobre el *cambio climático*, dedicaba su tiempo a dar clases por toda la geografía española. A su disertación le había dado por título *La deconstrucción de la Tierra* y llevaba más de cuatro años impartiéndola.

Impulsadas por la fama que la precedía, sus conferencias solían estar siempre a rebosar. Estuviera donde estuviera, en cuanto abría la boca la gente se quedaba embobada, sugestionada por una elocuencia que los conducía hacia un espacio único en el que, a pesar de estar escuchando ideas que habían sido repetidas hasta la saciedad, se respiraba el aire de lo nuevo, el aroma salutífero de una certeza plena, la que cada uno de los allí presentes intuía cómo el camino de un progreso verdadero y unánime, englobado no sólo por los seres humanos, sino por la totalidad de un planeta que desde hacía tiempo se debatía por su supervivencia.

Para la propia Carmen, la transformación que sufría cuando se subía a un estrado seguía siendo un misterio. Por mucho que en su vida personal sólo reinara el caos y un desorden total, cuando hablaba en público del perjuicio que el ser humano estaba infligiéndole a la naturaleza, su ser se enaltecía. Su misma cara, ojerosa muchas mañanas por la falta de sueño, rejuvenecía de manera instantánea. Al principio, el asunto le pareció como una continuación más de su incorregible necesidad de ser siempre el centro de atención, y estaba convencida de que aquello, al igual que le había pasado con la música y otra serie de cosas, acabaría aburriéndole. Pero el paso del tiempo no le dio la razón. Todo había comenzado por azar. Cinco años atrás, un compañero del trabajo, le pidió que lo sustituyera para dar una conferencia sobre el *cambio climático*. Aunque el tema no le tocara lo más mínimo, lo conocía a fondo. El éxito fue monumental y no pasó mucho tiempo antes de que comenzaran a llegarle solicitudes de muy diversos organismos y escuelas.

Por aquella época, después de haber dejado *Extra-Vagancia*, el grupo *indie* del que había sido líder durante varios años, ya había comenzado a sospechar de sí misma. Su amiga Elena se lo había dicho infinidad de veces; que sería capaz de venderse al diablo con tal de que éste le ofreciera su atención exclusiva. Ella ya lo sabía, pero mientras siguiera logrando puestos de responsabilidad tan sólo sonriendo, o pudiera ir saltando de un escenario a otro y obteniendo los aplausos y favores de cuanto hombre se ponía a su alcance, no le pareció que ese atributo de su personalidad fuera a ser un problema. Más bien lo consideraba como una gran ventaja, aunque bien era cierto que pocas eran las mujeres que estaban dispuestas a brindarle amistad. Sólo Elena parecía alegrarse y ser inmune a su apabullante afán de estar en el centro de todas las miradas. Pero después empezó a llegar el tedio y la insatisfacción. Los conciertos y las noches de juerga ya no la seducían. Dar órdenes y dirigir proyectos la aburría de manera mayúscula. El sexo la dejaba más ansiosa que nunca. Fue entonces cuando decidió iniciar un proceso de investigación personal a través de la *gestalt*. Fue entonces también cuando comenzó a necesitar alejarse de su amiga del alma. A medida que se hundía en el pozo sin fondo de la desolación, una envidia feroz le asaltaba por dentro. No podía soportar que los años no hubieran hecho mella en la capacidad de Elena de enfrentarse a la vida y todavía pareciera feliz. Escucharla le producía demasiado dolor. Llegó un momento en que tuvo muy claro que nada que tuviera que ver con su pasado le servía de nada. Sólo las conferencias conseguían aliviar parte de su amargura, sólo en esa tarea al principio anodina veía ahora un resquicio de luz, una grieta por la que poder asomarse a un mundo que era mucho más ancho de lo que había creído.

Pero el tiempo seguía pasando y por muchas sesiones a las que se entregaba, su angustia no quería ceder. El año anterior, tras un desgarrador encuentro que tuvo lugar en la Sierra de Gata, el nudo gordiano de su vanidad ilimitada pareció disolverse. Un antiguo ligue le había hablado de una terapia que a él sí lo había ayudado. Carmen, a pesar de que el pretencioso nombre de *constelaciones familiares* no le dijera nada, ahogada en su desesperación, no dudó ni un segundo. Cuando volvió estuvo llorando durante dos semanas. Lo primero que hizo al secarse las lágrimas fue escribir a su amiga. Al poco tiempo Elena la visitó en Madrid. Casi un año después, cuando Carmen fue a verla a Galicia, todos sus antiguos fantasmas regresaron de golpe. No pudo resistirse a tratar de obtener lo que aún no tenía, ni tampoco a intentar demostrar que en la vida de Elena no era oro todo lo que brillaba. Se acostó con su novio, y por supuesto al hacerlo su relación acabó por joderse definitivamente.

Esa tarde, después de finalizar su conferencia en la Ciudad de las Artes, en vez de irse a cenar con los organizadores como solía ser lo habitual, se disculpó y se marchó al hotel; la noche anterior había dormido mal y quería acostarse. Cuando terminó de recoger sus cosas, activó su teléfono y salió a la calle por uno de los accesos laterales. Allí esperó sola, apoyada en un quiosco hasta que después de hacerle una seña, un taxi se detuvo a su lado. Apenas se hubo arrellanado en el asiento, sonó su móvil.

Carmen miró la pantalla antes de responder; era el número de su buzón de voz. No le apetecía escuchar los mensajes, así que volvió a silenciarlo. Cuando llegaron al hotel, Carmen se bajó del taxi, reclamó su llave en la recepción y subió a la habitación. Tras abrir la maleta y sacar de ella lo indispensable, bajó a la cafetería y se pidió la cena. Mientas comía miraba distraídamente la televisión; estaba muda, pero al parecer hablaban de algo relacionado con el ganado vacuno del sur de Holanda. Al terminar subió otra vez al cuarto. Después de darse una ducha se puso el pijama y se metió en la cama con la intención de leer un rato antes de ponerse a dormir.

Dos días atrás había comenzado *El Igual a Él* y le quedaba poco para terminarla. La novela giraba en torno a la figura de Odilon de Bernay, un monje normando de la abadía de Jumièges que, mientras escribía en un grueso volumen la historia de su vida y tras sufrir un ataque de demencia senil, se convencía de que estaba en posesión del poder del mismísimo Dios y de que con él podría castigar al ser humano por todos sus pecados. Acodada en la cama, Carmen abrió la novela por la página en que la había dejado. Mientras se apartaba el pelo moreno y liso que le caía por la cara, vio por el rabillo del ojo una luz que emitía destellos; no era nada importante, sólo su móvil recordándole que tenía mensajes. La comodidad del colchón y la suave fragancia que flotaba en el aire, junto a su ferviente deseo de olvidarse del mundo, la indujeron a continuar leyendo. Sin embargo, antes siquiera de haber podido completar el primer párrafo, el látigo de su memoria inmisericorde le volvió a fustigar: la extrañaba muchísimo y no había día que no se muriera por llamarla y pedirle perdón; quizá fuera Elena, pensó esperanzada, como llevaba pensando cada día desde que sucedió todo. Tras un instante de duda, se incorporó, alcanzó el teléfono, y sin hacer caso al temblor de sus dedos marcó el número de tres dígitos de su contestador.

Una voz de mujer dijo en un tono neutro: «Tiene dos mensajes nuevos. Primer mensaje...». Carmen oyó un zumbido y luego el sonido de alguien colgando el aparato. «Segundo mensaje...», continuó diciendo la mujer en el mismo tono de antes. Después, contra todo pronóstico, escuchó por fin la voz que había añorado tanto: «Hola Carmen ¿cómo estás? Este fin de semana no podremos ir, lo siento, ha surgido algo inesperado. De todas formas la película tiene mucha clase, vete a verla tú sola, está en el liceo francés, no es broma. Es tu día de suerte, hay un gran manojo de rosas para ti. No me llames, voy a estar ocupada. Un abrazo. Adiós mi niña». Al oír aquella pronunciación inequívoca Carmen se quedó paralizada. Incapaz de moverse y con el auricular todavía pegado a la oreja, no lograba procesar lo que había escuchado. Era Elena, de eso no cabía duda. Sin embargo era imposible que el mensaje se dirigiera a ella. Tras descartar la idea improbable de que se lo hubiera dejado para fastidiarla, pensó que tal vez sería para una Carmen distinta. En más de una ocasión ella misma había marcado el número de alguien con el mismo nombre de pila por equivocación. Era algo que sucedía con relativa frecuencia desde que existían las engorrosas agendas de los móviles. «Sí, seguramente eso es lo que ha pasado», se dijo mientras le invadía la pena. Ya se disponía con los dedos otra vez temblorosos a borrar el mensaje y a tratar de olvidarse de todo, cuando cayó en la cuenta de que para despedirse Elena había pronunciado con toda la intención tres palabras concretas: «adiós mi niña».

Carmen sabía de sobra que no utilizaba esa expresión con nadie más que no fuera con ella. Fue por algo que les había sucedido en su segundo año en la universidad. Habían ido a una manifestación y sin saber muy bien cómo, las dos acabaron detenidas en la comisaría. El policía que las interrogaba no dejaba de decirle a Elena «que si mi niña por aquí, que si mi niña por allá, que si mi niña esto, que si mi niña lo otro...». Mientras

Carmen la miraba, el brillo de sus ojos se encendió y comenzó a sudar; Elena no soportaba el paternalismo de ese tipo de hombres. Carmen lo sabía y adivinó lo que iba a pasar. Efectivamente, un segundo después Elena se levantó y sin pestañear le dijo de un tirón al policía:

«Señor agente, haga el favor de dejar de llamarme mi niña, usted no es mi padre y le aseguro que a mí no me gustaría que lo fuera, así que guárdese sus expresiones donde le quepan y, si va a arrestarme, métame en el calabozo de una puta vez», y después se sentó de nuevo en la silla, cruzó los brazos por delante de su pecho y se quedó mirándolo con cara de asesina.

Mientras aullaba de furia, el hombre se las llevó derechas a la celda. En ella se pasaron dos noches. Desde entonces cada vez que se metían en líos sacaban a relucir lo de *mi niña* y se desternillaban. Así que al haber utilizado Elena esta expresión tan personal, Carmen supo sin lugar a dudas que era ella la destinataria de aquel mensaje tan extraño y al que seguía sin encontrarle el sentido. Hacía cinco meses que no se hablaban. Desde que pasó lo que pasó no la había llamado. Ni siquiera para echárselo en cara, ni siquiera para decirle que se fuera a la mierda. Hubiera preferido cualquier otra cosa que el silencio, pero no había tenido el valor ni la vergüenza para ser ella quien cogiera el teléfono. Y ahora la llamaba para decirle que deseaba cancelar una cita que no había existido y para comentarle algo sobre una película. Y después la advertía de que no contestara.

Todo era sumamente confuso. Carmen no entendía nada. Miró su reloj; eran las nueve y media de la noche. Pensó que no era muy tarde todavía, pero no se atrevió a tocar el teléfono. No quería fallarla ni hacer nada distinto a lo que le pedía. La conocía bien y sabía que por mucho que las cosas hubieran sido como fueron ella no le dejaría un mensaje sólo para hacerle sufrir. Debía de existir alguna otra razón y antes de meter la pata pensaba averiguarla. Y entonces, se acordó de las sesiones de relajación que solían preceder a la terapia.

Dejó el libro en la mesilla, atenuó las luces y se estiró en la cama. Comenzó a respirar con el diafragma. Cerró los ojos y trató de aflojar todas las tensiones de los últimos meses. Necesitaba recapacitar sobre el mensaje y no lo podría hacer a menos que lograra calmarse. Poco a poco una sensación de bienestar se fue apoderando de su cuerpo. Al cabo de unos minutos se encontraba mejor. Después, por alguna razón extraña e intuyendo que esa visión podría ayudarle, se imaginó que era una vaca que, acostada en un prado silencioso, rumiaba una y otra vez la hierba que tenía entre sus dientes.

«De todas formas la película tiene mucha clase, vete a verla tú sola, está en el liceo francés, no es broma. Es tu día de suerte, hay un gran manojo de rosas para ti.» Estas palabras resonaban en su interior con insistencia. Las dos frases transitaban a toda velocidad por su cerebro, como si se trataran de un tren circulando por una vía llena de curvas y que estuviera al borde del descarrilamiento.

Carmen permaneció inmóvil mirando cómo pasaban por delante de ella los vagones. Después de cinco minutos, la velocidad, lejos de disminuir, se hizo cada vez más frenética. Otros diez minutos transcurrieron; *«de todas formas la película tiene mucha clase, vete a verla tú sola, está en el liceo francés, no es broma. Es tu día de suerte, hay un gran manojo de rosas para ti.»* El convoy, con su fuerte traqueteo, se desplazaba por una vía en forma de espiral que descendía hacia las profundidades de una inmensa caverna. La velocidad seguía subiendo sin parar, hasta el punto de que Carmen ya no podía distinguir las palabras. Al llegar a la posición más baja del trazado, sintió cómo un estallido de luz inundaba su mente. Pasados unos segundos se hizo un silencio ambiguo; el tren circulaba ahora por una llanura de color plateado. La velocidad empezó a descender y el espacio entre las palabras se volvió a hacer mayor. Y fue entonces cuando Carmen, mientras continuaba rumiando silenciosamente su hierba imaginaria, comenzó a comprender lo que Elena le había querido transmitir.

Las dos frases iban agarradas de la mano como hermanas siamesas, unidas sin poder evitarlo en un único e irremediable destino. Carmen se dio cuenta de que no tenía sentido analizarlas por separado. Recordó una y otra vez la entonación que Elena les había imprimido, la longitud de sus silencios, la intensidad de su respiración, el timbre de su voz, su volumen, su cadencia... y, en definitiva, todos los pequeños detalles que estaban contenidos en una frase hablada y que iban más allá del estricto significado de las puras palabras.

Poco a poco, un sentido que hasta entonces había permanecido oculto se le fue revelando. Al principio era algo muy sutil, tan sutil como el aroma de la primavera en el mes de febrero, pero después fue cobrando consistencia hasta que acabó concretándose en una evidencia clara; aquella voz era la voz de Elena, pero no era su voz. Era ella, de eso no cabía duda, pero a la vez no era ella. Ése era el verdadero mensaje. No eran las palabras lo que importaba, sino la manera de pronunciar esas palabras. Para alguien que no la conociera muy bien, ese pequeño detalle habría pasado inadvertido, de eso estaba segura, pero no para ella, y eso Elena lo debía saber. Era un mensaje que sólo Carmen podría comprender, como las ordenes encriptadas de un submarino alemán dirigidas sólo a su comandante. La cantinela de las dos frases seguía resonando en su cabeza, y mientras tanto ella permanecía acostada en la cama con los ojos cerrados.

Capítulo 9

La próxima luna llena

Hace sesenta y cinco millones de años, un meteorito del tamaño de la ciudad de Madrid se estrelló contra el fondo marino del Atlántico Norte. Un minuto antes del impacto, justo cuando colisionaba con la atmósfera a una velocidad superior a los treinta y cinco mil kilómetros por hora, la gran roca inerte se transformó en una bola de fuego cien mil veces más brillante que el Sol. Al traspasar el océano, nubes gigantescas de gas incandescente se alzaron en el aire, y también un colosal tsunami de más de medio kilómetro de altura.

El choque liberó una energía equivalente a mil millones de bombas de Hiroshima, provocando una onda sísmica sin precedentes que primero deformó la corteza, después desató terremotos y por último erupcionó volcanes. A las tres horas, el tsunami ya había llegado a las costas de todas las tierras emergidas y arrasado con ellas. La lluvia posterior de fragmentos de fuego, hizo que la temperatura global ascendiera por encima de los 90°C. La mitad de los casquetes polares se derritieron en cuestión de minutos. A las veinticuatro horas del impacto un negrísimo velo de cenizas cubría ya la Tierra, dejando sumido al planeta en la noche más larga de los tiempos. Durante dos años las temperaturas no subieron más allá de los 10°C. Todas las plantas fotosintéticas y los animales que dependían de ellas murieron en el lapso de unas cuantas semanas. El ochenta y cinco por ciento de las especies desaparecieron de un plumazo de la faz de la Tierra. El resto, las mejor adaptadas, se las pudo apañar de alguna manera para sobrevivir.

Este evento devastador fue el que, según la teoría actualmente consensuada por la mayoría de los científicos del mundo, produjo la gran extinción que tuvo lugar entre los períodos Cretácico y Terciario y durante la cual acabaron por desparecer todas las especies de dinosaurios. Sin embargo, yo sé a ciencia cierta que están equivocados. Mis investigaciones ya me habían hecho sospechar que faltaba algún otro elemento fundamental que coadyuvara a la ocurrencia de esas desapariciones de carácter masivo. Esa teoría explica muchas cosas, pero no explica, por ejemplo, por qué se han encontrado fósiles de alosaurios y triceratops que tienen trescientos mil años menos que el cráter de Chicxulub, situado en lo que es hoy la península del Yucatán.

El poder en el que ahora habito, intuido hace ya muchos años pero sólo activado a raíz de los hechos recientes, me ha permitido por fin comprender la verdad de las causas. Este proceso terminante, indetectable para un observador que no haya sido entrenado de acuerdo a unas instrucciones muy precisas, se me ha aparecido como un axioma que se produce sólo bajo condiciones muy especiales y que provoca la extinción de ciertas o todas las especies, dependiendo de algunos factores que no me es posible dar a conocer en este instante. Cuando el núcleo denso de una masa de dimensiones críticas que rota sobre sí misma a una velocidad que se aproxima a los dos mil kilómetros por hora, tal como lo hacen la Tierra o el mismísimo Marte, se somete a ciertos cambios de presión, éste se acaba contrayendo a velocidades ultrasónicas. Dicha contracción origina un pulso electromagnético gigantesco que se propaga a través de todas las capas del planeta, alcanzando indefectiblemente su superficie y luego su atmósfera. Yo conozco los efectos de ese pulso. Si en estos momentos se produjera un fenómeno similar que durara por espacio de más un segundo, todos los aparatos eléctricos y electrónicos dejarían de funcionar al instante. Las consecuencias serían catastróficas, de eso no cabe duda.

Gracias a la herencia de mi padre yo tengo ese poder. Ni que decir tiene que no lo pienso utilizar en esa dirección. Hacerlo así sería una tremenda vulgaridad por mi parte. Por otro lado, mi propósito dista mucho de querer producir el caos social a través de toda una suerte de accidentes aéreos, fallos hospitalarios, pánico generalizado u otras cosas de la misma índole. Lo que yo deseo es inducir a la reflexión. Inducir a la reflexión pero no con el ánimo de que el ser humano enmiende su camino y se salve, en absoluto. Ya es demasiado tarde para eso. El tiempo disponible ha sido excedido. Cada criatura tiene derecho a comerse una sola porción y nuestra especie, o mejor dicho, vuestra especie, ya tiene la barriga completamente llena. Si se le permite continuar con el festín lo arruinará todo y acabará vomitando una plasta de bilis, inservible y oscura. Eso no ha de suceder. Yo deseo invitar a la reflexión con el sólo ánimo de que la conciencia así adquirida florezca de vuestras cenizas en algún otro lugar muy distante sin la necesidad de repetir vuestros mismos errores. De no ocurrir así se podría decir que mi misión habría sido un fracaso.

A partir de la noche en la que con sólo doce años comencé a tomar consciencia de mi destino, ocurrieron en mí cambios extraordinarios. La oscuridad en la que entonces vivía se transformó en una luz radiante. El temor y la duda en certidumbre, la timidez en una locuacidad demoledora. Toda la energía que me sobraba y que de niño percibía como una fuerza hosca, comenzó a fluir en mi interior como ríos de lava, corrientes subterráneas sanadoras, substratos de roca inteligente depositados en capas de un orden inmutable desde el albor del tiempo, cuando el agua ni siquiera existía, cuando tormentas eléctricas descomunales caían sobre una atmósfera seca pero llena a la vez de secretos benéficos. Todo esto me hizo percibir el mundo de manera distinta. Muy pronto descubrí el caos interior que reinaba en todos aquellos que por aquel entonces estudiaban conmigo; chicos adolescentes arrebatados de su lógica por espasmos de hormonas, mujeres en ciernes desorientadas por deseos contrarios; el recato de su educación y la pasión que anhelaban por dentro.

Durante dos años viví embriagado de sexo, buscando con desesperación sentimientos que ahora sé que no me corresponden, pensando que quizás hubiera en mí algo terriblemente erróneo. Muchas fueron las mujeres que en aquellos días cayeron en mis brazos, seducidas por mis ojos de fuego, entregadas a la lujuria y a un placer del que después les era casi imposible recobrarse. Las mismas que más tarde se apartaban de mí, convencidas de que mi naturaleza escondía un peligro, parajes demasiado remotos de los que luego no podrían volver. Me hablaban entonces del amor y de cosas que yo no compartía, palabras resonantes que chocaban contra los muros afilados de mi mente de hierro, forjada como ahora he averiguado por fuerzas desprovistas de ética y que en ocasiones me hacían todavía dudar, pensar quizá que era un ser insensible, incapaz de empatizar con nadie e impermeable por completo al amor.

Pasado ese tiempo de experimentación y viendo que aquello no me conducía a ningún sitio, me volqué en mis estudios. Aunque mi padre me hablaba sólo de temas intrascendentes, para entonces ya sospechaba algo. Si bien empleaba los días cuidando de sus vacas y cultivando el campo, se pasaba las noches en vela, trajinando en su sótano, acarreando cosas y ocultando paquetes, envíos que recibía de países lejanos y cuyos envoltorios incineraba luego sin que nadie lo viera. Después me fui a la universidad y me olvidé de todo, intuyendo que en algún momento acabaría contándome los secretos que guardaba allí abajo pero incapaz de imaginarme que no lo haría hasta después de muerto, justo cuando yo estaba listo; cuando había comprendido que de seguir así el equilibrio del mundo se rompería muy pronto; cuando había deseado disponer del poder suficiente para llevar a cabo una tarea que, aunque él me acababa de asignar, yo ya consideraba como mi propia idea.

Es verdad que ese poder del que ahora dispongo no es ili-
mitado y que sólo tendré una oportunidad. Es verdad también
que, ya que conozco su secreto, podría seguir sus pasos y obtener yo mismo mis propios hijos para que me apoyaran en esta,
por así llamarla, misión cósmica. Sin embargo eso es una tarea
que se me antoja ingente y que me llevaría un número de años
que no puedo desperdiciar. Es cierto que estoy situado más allá
del tiempo, pero no por ello puedo abstraerme de la particularidad que un cuerpo de niño necesita para desarrollarse. La
mente concreta no es algo que pueda aparecer de súbito. Necesita un proceso por el cual las neuronas van estableciendo una
red de sinapsis. Sólo en el instante oportuno puede esta mente
concreta dar el salto y acceder a la mente superior en la que yo
radico. Mi padre intuitivamente lo sabía, y por eso esperó a que
yo madurara para trasladarme su conocimiento. Sin embargo,
ahora compruebo que la misión que él quiso encomendarme era
poco ambiciosa. Ahora que he vislumbrado mi destino puedo
decir que sus deseos fueron demasiado parcos para la situación
actual en que se encuentra el mundo.

Él nunca fue a la escuela y por amigas no tuvo más que a un
rebaño de vacas inmortales que al final tuvo que ir sacrificando.
En su testamento, me informó de que fue incapaz de matarlas a
todas. A su favorita, una vaca que siendo recién nacida estuvo a
punto de morir bajo los efectos de una granizada, la dejó marchar. Por no se sabe qué circunstancias extrañas, aquella vaca
pudo aprender a comunicarse con las personas. No es que mi
padre la instruyera especialmente, sino que ella, *motu proprio*, se
dedicó a investigar sobre la naturaleza del habla humana y fue
capaz de aprenderla a la vez que rumiaba su hierba. Antes de
soltarla le enseñó la manera en que podría pasar desapercibida
entre los pastos donde un montón de vacas con dueño cam-
paban a sus anchas. Su nombre era Ramita. Ignoro cuál será su
paradero, pero en cualquier caso eso a mí no me incumbe. En

cierto sentido ella y yo estamos unidos por virtud de nuestra inmortalidad y estoy seguro de que, si quisiera encontrarla, podría hacerlo; bastaría con llevar mi conciencia al lugar donde exista una anomalía temporal semejante a la mía, pero ni ése es mi deseo ni veo ahora la necesidad de entablar relación con una vaca.

Ahora he de reunir todas mis fuerzas para desatar el mecanismo por el cual todo el proceso se pondrá en marcha. He de buscar con esmero el momento adecuado. Calculo que durante la próxima luna llena, que no por casualidad será cuando el satélite esté en el punto más cercano a la Tierra de los últimos seiscientos sesenta y seis años, se darán las condiciones idóneas para mi propósito. He de lograr que en esa fecha específica toda la fuerza de las mentes concretas de todos los habitantes de este minúsculo planeta, se concentre en un mismo punto. Ellos serán los rayos y yo seré la lente que los hará concurrir de manera fatídica. Sólo con que consiga detener la rotación de la luna durante la fracción de un nanosegundo, será suficiente.

Como ya he dicho, al principio nadie notará nada, ni siquiera esa insignificante detención orbital será detectada. Pero no tardando mucho tiempo, primero la sorpresa, luego el miedo, y más tarde el espanto, habitarán los corazones de todos los hombres y mujeres sin excepción. Que ese espanto sirva para hacer el bien o para hacer el mal es algo que nadie sabe y que nadie sabrá hasta que llegue el momento. El reloj ya está en marcha y todos los engranajes están comenzando a ocupar su lugar.

Capítulo 10

Bajo las sombras de unos esbeltos álamos

Eran las dos de la madrugada. Un cielo despejado en el que brillaba el fulgor de una miríada de estrellas presidía la noche. La luna, gibosa ya en su cuarto creciente y extrañamente pálida, apenas alcanzaba a romper la negra opacidad del aire. Elena, incapaz de quitarse de la cabeza a la vaca Ramita, tenía que esforzarse muchísimo para poder seguir organizando los trabajos de perforación que estaban ya próximos a concluir. A duras penas podía recordar cómo, hacía ahora poco más de un mes, el transporte especial en el que viajaba la tuneladora, precedido por los ineludibles coches de escolta y la guardia civil, había llegado al parquin principal de la obra.

A mediodía de la mañana siguiente, la máquina de ciento treinta mil kilos de peso fue bajada sin contratiempos hasta los raíles del bastidor de empuje situados en el fondo del pozo. Aunque en apariencia se trataba de una maniobra sencilla, no estaba en absoluto exenta de riesgos; cualquier error de sincronización entre las dos grúas de quinientas toneladas habría terminado con aquella mole cilíndrica estampada en el suelo. Al cabo de dos días de trabajo, una vez que los operarios hubieron completado todas las conexiones, la tan esperada excavación del túnel pudo al fin comenzar.

No era poco frecuente que durante la perforación surgieran dificultades; los maquinistas tendrían que realizar continuos ajustes en los parámetros de perforación para adaptarse a unas condiciones geológicas que no por haberlas estudiado con anterioridad dejaban de ser en gran medida imprevisibles. Una única maniobra incorrecta podría derivar en una gran catástrofe.

Por el momento las labores se estaban desarrollando según lo programado. De los mil quinientos metros previstos ya se habían logrado excavar mil cuatrocientos veintiséis.

Sin embargo, incluso con esos datos tan esperanzadores, Elena seguía sin fiarse. Conocía los riesgos y no quería que se le escapara nada. Todo tenía que obedecer a un plan preestablecido. Esa noche había ido a visitar la obra porque en los últimos días no había podido concentrase. Creía que sin sus jefes merodeando por allí y sin ninguna llamada que atender le sería posible, pero por más que esas dos condiciones se estuvieran cumpliendo, Elena no podía quitarse de la cabeza los recuerdos de su encuentro con Rami y de su posterior reconciliación con el imbécil de Héctor. Porque era así como le había llamado en una conversación que habían mantenido esa misma semana, durante una de las excursiones que habían hecho en busca de la vaca.

«—Pero chaval, ¿cómo puedes ser todavía tan imbécil y creerte que me has sido infiel? ¡A ver si despiertas ya del sueño!

Héctor, sentado junto al árbol contra el que había apoyado la bicicleta y presa del desconcierto que el asunto le seguía produciendo, dejó a un lado su habitual tendencia al humor y su parsimonia y le contestó con indicios de furia: —Ya sabía yo que me saldrías con tu retórica de mujer liberada, ¿y cómo lo llamarías?, porque está claro que tú sí que me lo has sido a mí.

—¿Yo?, yo no puedo serle infiel a nadie guapo, por más que cinco mil años de tradición judeo-cristiana sostenga lo contrario.

—¿Eso crees? ¿Y entonces por qué renegaste de mí y no has vuelto a llamar a tu amiga Carm...?

—¿Ahora no te dará vergüenza decir su nombre, no? Venga tío, no me vengas con patochadas. Renegué de ti porque me dolió mucho, pero sobre todo porque creía que estaba por encima de todas esas cosas y resultó que no. Mira tú por dónde.

—¿Y ahora sí lo estás?

—*Por supuesto que no, pero eso no quita que sigas siendo un iluso. La fidelidad no existe. No está en la naturaleza humana no sentirse atraído por otras personas por muy casado o recasado que se esté, y eso lo sabes tú muy bien. Si se partiera de la verdad, habría bastante más amor en el mundo.*

—*Pues fíjate en mi madre. Tan liberada y tan fuera de la realidad.*

—*Lo que te decía, Héctor, tú mucho meditar y flipar en colores pero a la hora de enterarte de algo nada de nada. Anda, déjalo y dame un beso. Tenemos que seguir buscando, esa vaquita tiene que estar por algún lado —y después de ayudarlo a levantarse, abrazarle y besarlo en la boca, cogió su bicicleta y reanudó la marcha.*»

La mañana siguiente a su encuentro con Ramita y a su reconciliación, tras haber recibido su mensaje en el móvil, Elena llamó enseguida a Héctor. Estaba entusiasmada, que hubiera soñado con la vaca era una clara muestra de que su conversación con ella no había podido ser una alucinación. Cuando por la tarde se reunieron en casa, se contaron sus respectivas historias con pelos y señales. Elena su encuentro en el área recreativa y Héctor su sueño de la noche anterior, excepto el inquietante detalle de que quizá le arrancarían un ojo y que prefirió ocultar. Cuando terminaron, ambos estaban perplejos: ¿cómo era posible que una vaca se hiciera entender a base de sonidos y además presentarse en los sueños?, ¿por qué los había elegido precisamente a ellos?, ¿qué mensaje estaba intentando transmitirles? Antes de ponerse a buscarla, decidieron que lo más apropiado sería analizar la situación desde todos los ángulos posibles.

La primera cuestión que trataron de dilucidar fue saber si estaban volviéndose locos. Elena recordó aquella tarde. Había estado en la obra hasta las cinco. Durante la mañana había supervisado los trabajos de excavación del túnel. Después mantuvo una reunión con los responsables del ayuntamiento. Cinco personas habían atendido esa reunión. Las cinco eran personas reales con nombres, apellidos, y teléfonos móviles, y con todas ellas había mantenido conversaciones también reales. Luego habían ido a comer a un restaurante cercano. Tras la comida regresó a la oficina. Estuvo revisando el contrato firmado con la empresa subcontratista que estaba realizando los trabajos de perforación. La empresa ciertamente existía. Su nombre era K-Boringen. Se trataba de una compañía belga especializada en la ejecución de túneles. Después de haber revisado las cláusulas, se reunió con sus dos jefes de producción. Estuvo una hora reunida. Cuando terminó, ordenó los papeles de su escritorio, se quitó el chaleco reflectante y las botas de seguridad, se calzó sus zapatos y se puso la chaqueta que había traído por la mañana. Después cogió el coche y condujo los siete kilómetros que le separaban de su casa. Hasta ahí todo había sido normal, no había habido ninguna señal de que algo extraordinario fuera a suceder. Se acordaba de todo lo que había pasado. No tenía lagunas, y el hecho de que aún hoy la obra siguiera su curso demostraba que al menos en esa parcela su cordura era impecable. Cuando llegó a casa se había dado una ducha rápida, puesto ropa deportiva y cogido la bici para dar un paseo. Tras recorrer unos veinte kilómetros, se detuvo en un área recreativa donde había algunas mesas. Se tumbó encima de una. En un prado cercano una yegua alimentaba a su potrillo recién nacido. Y fue entonces cuando le habló la vaca y le dijo todo lo que le dijo.

En realidad, el hecho de que ocurra algo fuera de lo habitual no sitúa el suceso *per se* en el ámbito de lo paranormal. Que un fenómeno desconocido hasta la fecha ocurra, no quiere decir nada más que eso, que se desconocía su existencia o que era la primera vez que sucedía. Alguna vez tuvo que ser la primera para todas las cosas. En el principio de los tiempos, no existían las ranas, pero un día apareció una; quizá no fuera igual que las ranas que conocemos hoy, pero al fin y al cabo era una de ellas, o mejor dicho, la primera de ellas. Si una rana puede suceder de la noche a la mañana, ¿por qué no una vaca que habla? La cuestión fundamental es si el fenómeno que se manifiesta puede ser observado directa o indirectamente por alguien más que no seas tú misma, pues de lo contrario esta nueva normalidad se convertiría en locura. Por suerte, Héctor, aunque no había hablado con Ramita, soñó con ella, y eso, aunque no demostrara nada en particular, la convertía al menos en una locura compartida. Con este razonamiento se otorgaron el beneficio de la duda y partieron de la hipótesis de que la suya había sido una experiencia perteneciente al mundo de lo real, significara esto lo que significara.

La segunda cuestión que se plantearon, asumiendo que no eran ellos los que habían perdido la razón, era que fuera la vaca la que estuviera loca. No hacía mucho tiempo había saltado una alarma sanitaria en el Reino Unido sobre una enfermedad denominada *encefalopatía espongiforme bovina*, conocida vulgarmente como la *enfermedad de las vacas locas*. Esta dolencia afectaba al cerebro de los animales y acababa produciéndoles la muerte. En algunos casos, y era por ello que la alarma había sido bastante grave, la enfermedad había sido transmitida a los humanos y varias personas habían fallecido. Analizando este hecho quizá cupiera la posibilidad de que uno de sus efectos fuera el que una vaca pudiera adquirir la facultad de comunicarse, en cuyo caso el discurso de Ramita podría considerarse como el discurso de una loca y no habría que prestar atención al contenido del mismo. Aquí lo verdaderamente significativo sería el hecho de que Ramita hablara, y eso sin duda era un suceso extraordinario.

La tercera cuestión a la que se enfrentaron, asumiendo entonces que todos estuvieran cuerdos, fue la de tratar de comprender el significado de la conversación con Elena y de la aparición de Rami en el sueño de Héctor. Según sus propias palabras, ella era una vaca inmortal que había desarrollado por sí misma la facultad de hablar. Al parecer había un hombre en algún lugar que había asistido al momento en que, tras morir, había resucitado, y que ese hombre le había encomendado a su hijo la misión de «*acabar con vosotros*». Todo indicaba que ese acabar con vosotros se refería en exclusiva a la especie humana y no a las demás formas de vida del planeta, pues de lo contrario no habría hecho tal distinción en sus palabras.

Ramita había dejado muy claro que ella no estaba de parte de nadie, sino que tan sólo había venido a avisarnos de este hecho por un acto de responsabilidad como parte de un código que le había sido asignado y que de ninguna de las maneras podría dejar de cumplir. También había dicho que el, por así llamarlo, proceso de eliminación, ya estaba en marcha y que probablemente ya fuera demasiado tarde para evitarlo, pero que la solución, si es que había alguna, sólo se encontraría fuera del tiempo. «*El reloj ya está en marcha*», habían sido sus palabras exactas. Este proceso duraría muchos años y no sería detectado de inmediato por la humanidad, sino que iría revelándose poco a poco, produciendo con ello un gran sufrimiento en todos nosotros. Hablaba también de un planeta que estaba en guerra contra un enemigo que intentaba usurparle el poder. Elena y Héctor creían entender que Ramita se estaba refiriendo a la lucha que la Tierra, en su legítima defensa, estaba manteniendo contra el ser humano. En cualquier caso parecía que todo tenía que ver con las propiedades del espacio y con el hecho de que el tiempo había sido detenido y que había dejado de tener importancia. Todo su discurso era alegórico y bastante ambiguo. No daba detalles, sino sólo una información general de algo que estaba por venir y que era inevitable. Estas eran las conclusiones que, por muy absurdas que parecieran a primera vista, podían extraerse de la conversación de Elena y del sueño de Héctor. Después de su largo análisis, a eso de las tres de la mañana, decidieron acostarse y recuperar algo del tiempo perdido en los últimos meses.

Al día siguiente por la tarde, en cuanto los dos volvieron del trabajo, cogieron sus bicicletas y se dirigieron hacia el área de descanso en busca de la vaca. Durante los diez primeros kilómetros un abigarrado bosque de álamos, chopos y eucaliptos en el que no había ningún tipo de ganado ocupaba ambos lados del camino. La senda discurría paralela a un arroyo. Mientras pedaleaban el murmullo del agua se escuchaba a lo lejos. En el pasado se habían detenido en varias ocasiones en una pequeña pradera que se extendía en un remanso del río. La descubrieron un día por casualidad, pues se encontraba oculta por los árboles y no era visible desde la carretera.

Esa mañana de mediados de la primavera anterior, hacía un calor intenso. Innumerables insectos zumbaban a su alrededor mientras avanzaban a media velocidad con sus bicicletas; de repente Héctor soltó un grito y se detuvo. Elena, que iba por delante, al oírlo hizo lo mismo. Cuando llegó a su altura vio que tenía una gran hinchazón en el antebrazo. Al parecer había sido aguijoneado por algún tipo de abejorro. Dejaron las bicis al borde del camino y fueron en busca del rumor que se escuchaba no muy lejos de allí. A medida que progresaban en dirección al arroyo, la vegetación se hacía cada vez más intrincada. Tras haber recorrido trescientos metros, era tal la maraña de árboles y ramas caídas que estuvieron a punto de rendirse, sin embargo, justo un momento antes de tomar la decisión, como por algún tipo de arte de magia sólo posible en las tierras gallegas, delante de sus ojos se abrió un claro y se encontraron de pronto frente a una extensión de hierba, de una hierba silenciosa y oscura.

La pradera estaba despejada. En medio de un pasto que parecía recién cortado, se encontraba el cristalino río. Los rayos del sol penetraban oblicuos por entre las copas de los cercanos árboles. Héctor se acercó hasta el arroyo y metió el brazo en las gélidas transparencias de sus aguas; el picor se le alivió al instante. Cuando lo sintió entumecido, lo sacó de nuevo. Repitió el proceso sucesivamente hasta que el dolor se redujo a una vaga sensación de escozor. A su lado Elena se había quitado las zapatillas y metido los pies en el agua. El sol bañaba su rostro y lo perlaba de un sudor de hielo. Sus cabellos resplandecían en el aire como si fueran oro. Al mismo tiempo un pájaro picapinos lanzaba sus sonidos huecos. Héctor miró en su dirección y contempló la escena. Pensó en lo hermosa que era y en cuánto la amaba. Sin moverse ni un ápice le hizo ver su deseo. Tenía el torso desnudo y sus músculos adquirieron la apariencia del fuego. El brillo de sus ojos aumentó por momentos. Y entonces la llama que habitaba en él atravesó el espacio y golpeó las pupilas de Elena. A los pocos segundos, ella ya se había despojado de la camiseta de licra y del sujetador que llevaba debajo. Su cuerpo se reveló preciso. El pliegue de sus pechos descansaba con suavidad sobre su blanca piel. Al verla semidesnuda, Héctor sintió como si le hubieran clavado un aguijón el doble de potente. Durante unos instantes se le nubló la vista. Al recuperar la visión, todo le pareció más nítido; el murmullo del agua subió de volumen, la pradera cercana parecía una moqueta recién estrenada, las señales del pájaro picapinos rebotaban hasta el infinito en los lejanos árboles.

Héctor continuó sin moverse. El escozor del brazo había desaparecido por completo. Elena entonces comenzó a bajarse el maillot arrastrando con él las pequeñas braguitas que cubrían su sexo. Una tímida línea de vello púbico hizo su aparición. Ella siguió quitándose la ropa. Para entonces, Héctor ya se había bajado el maillot y sujetaba con fuerza su dureza. Aquella cosa bombeaba sangre con tal intensidad que parecía que había cobrado vida por sí sola. Susurrando sus anhelos se aproximó hasta Elena y le lamió los pechos. Elena entonces agarró con firmeza su tersura; ésta emitía un calor tan intenso que se asemejaba a una resistencia de rayos infrarrojos. A continuación, Héctor le introdujo dos de sus dedos en el sexo; delicadamente palpaba sus paredes y exploraba sus pliegues. Desnudos en mitad de la pradera, ambos aullaban henchidos de placer. Entonces Elena se tendió sobre el césped e invitó a Héctor a que hiciera lo mismo. Con tanto roce, una multitud de pequeñas partículas de aquella hierba silenciosa y oscura se había terminado adhiriendo a sus cuerpos.

Tumbado a la inversa, Héctor lamía el vientre de Elena y lo besaba por todos los rincones. Se agachó un poco más y penetró su secreto con la lengua; el sabor ácido de sus honduras lo transportó de inmediato hasta lugares lejanos y dulcísimos. Mientras tanto Elena ya se había introducido el pene de Héctor en la boca. Después de chupárselo de arriba abajo en pasadas profundas, se aplicó a succionarle con avidez el glande. De manera experta puso su boca sobre aquella caperuza reluciente y le hizo un sonoro vacío con la lengua. Con estos ímpetus, algunas de las hebras de aquella hierba rebosante de vitalidad intrínseca acabaron en el interior de sus gargantas.

Y fue entonces cuando una ola de energía incomparable los sacudió a los dos como un martillo cósmico. Si hubiera tenido que describirse con palabras se podría haber dicho que aquello fue algo así como un meteorito cayendo a toda máquina desde la estratosfera. A partir ese instante, Elena no cesó de experimentar oleadas de orgasmos sucesivos. Cuando uno acababa y parecía que todo se iba a terminar, un nuevo placer la poseía. Desenredando sus cuerpos se pusieron el uno encima de la otra. Ella sentía el peso de su amado y él la aceptaba sin reservas. Desde hacía unos minutos, Héctor tenía la impresión de que su verga se había convertido en una barra de hierro indestructible. Cuando la penetró, un poco más de aquella hierba oscura se introdujo entre sus oquedades. Al instante, un calor intensísimo le abrasó las entrañas. Al sentirlo, Elena abrió la boca y pretendió gritar, pero su gozo era tan grande que le había quemado la garganta y ningún sonido pudo escapar de allí. Héctor mientras tanto seguía penetrándola con largas embestidas. Su próstata estaba tan hinchada que parecía un núcleo de plutonio. Después de mirarse con dulzura sus labios se juntaron y se besaron apasionadamente. Como siempre les había sucedido desde la primera noche en que estuvieron juntos, un río de sensaciones se agolpaba en el interior de sus bocas sedientas. Entonces, mientras se abrazaban y se convertían por enésima vez en una sola carne, las palabras brotaron de forma inapelable: ninguno de los dos hablaba del futuro; ninguno necesitó que el otro le jurara amor eterno, porque la eternidad la estaban viviendo en ese mismo instante, en aquella pradera silenciosa, a la vera de un arroyo cristalino, bajo las sombras de unos esbeltos álamos. Ellos se amaban en ese momento y lo demás no les importaba lo más mínimo.

Tras aquella mañana, Héctor y Elena visitaron la pradera en varias ocasiones. Aunque nunca volvieron a sentir aquella energía tan brutal siempre que volvían allí acababan amándose de nuevo. Sus recuerdos los incitaban a repetir la escena, como si se tratara de un ritual sagrado en el que el hombre y la mujer restablecieran los vínculos con la naturaleza.

Elena y Héctor siguieron buscando a Ramita el resto de la tarde. Primero se acercaron a la zona recreativa, pero no la encontraron. Después continuaron avanzando por el camino, observando a cada lado con atención cada vez que veían una vaca. Había muchas, pero ninguna se parecía a ella. No es que Rami fuese una vaca muy diferente a las demás, pero los dos estaban seguros de que la reconocerían nada más verla. Aquella tarde la búsqueda fue infructuosa. Y también las siguientes. Así había trans-currido una semana.

Al séptimo día, un martes por la tarde, fue cuando la encontraron. Habían cogido las bicis como de costumbre y se habían dirigido directamente al área de descanso. Iban pedaleando muy rápido, atravesando certeros la brisa fresca de la tarde. De repente Elena se detuvo y arrojó su bicicleta al borde del camino. Sin decir nada empezó a correr como poseída por algo. Al principio Héctor la siguió alarmado, pero al cabo de unos instantes se dio cuenta hacia dónde se dirigía y supo de inmediato el porqué. Unos segundos más tarde, cuando llegó a la pradera, se encontró a Elena sentada frente a la vaca. En ese mismo instante giró el cuello y mientras masticaba la hierba que sobresalía entre sus dientes comenzó a comunicarse con ellos.

—¡Ya era hora! Empezaba a pensar que nunca se os ocurriría venir por aquí. Como te iba contando la última vez que nos vimos, Elena, cuando yo era pequeña mi madre era muy paciente conmigo, pues por alguna razón que aún desconozco yo era inquieta en extremo y no paraba de hacer trastadas cada vez que podía. Quizás este comportamiento tan díscolo estuviera ya en mi naturaleza cuando nací, o tal vez me vino como consecuencia del hecho de que estuve a punto de ser aplastada por una enorme rama que se descolgó por efecto del granizo, pero eso en realidad nadie lo sabrá nunca, y tal vez tampoco importe demasiado…

—Yo también me alegro de verte —dijo Elena inte-rrumpiéndola—. Te he estado buscando, ¿por qué no me dijiste que te encontrarías aquí?, pero espera, déjame primero presen-tarte a Héctor, aunque ya lo conociste al compartir tus sueños…
—Pero antes de que Elena terminara la frase, la vaca, que además de tener la cabeza enorme era muy cabezota, se levantó sin decir nada y a la vez que se tiraba una gran flatulencia, se fue en dirección al río con la clara intención de desentenderse del

asunto. No estaba por la labor de bailarles el agua a aquellos dos muchachos. Total, ella ya había cumplido su misión; lo que fuera a suceder después le traía sin cuidado.

—Ramita, lo siento —dijo, intuyendo de repente que la había ofendido—, pero tenía tantas ganas de que conocieras a Héctor que no he sido capaz de controlarme. Por favor no te vayas.

—No, Elena, no, las cosas no son tan fáciles. Una tiene que saber apechugar con las decisiones que toma, sean éstas acertadas o no. Me temo que una disculpa a estas alturas ya no sirve de nada. Ya hablaremos en otra ocasión. La vida es muy larga. Sobre todo para mí —y agachando la cabeza y emitiendo un suspiro reanudó la marcha. Sin embargo, como sus deseos de hablar eran mucho más fuertes que su enfado, a mitad de camino se dio la vuelta y empezó de nuevo su discurso.

»No obstante y como muy bien has dicho, sí que conozco a Héctor, aunque lo que tú llamas sueños no es más que otra parte de la conciencia que es tan irreal o tan real como lo que tú llamas vigilia. El hecho de que tu cuerpo permanezca dormido mientras algo sucede no cambia nada. Tú me podrías argumentar que soñar que una tiene un hijo no es lo mismo que tener uno de carne y hueso, el cual, lo quieras o no, una vez nacido seguirá existiendo con independencia de que tengas los ojos abiertos o cerrados, y yo como es natural en ese sentido te daré completamente la razón. Sin embargo, puedo afirmar con rotundidad que el hecho de que tú pienses que aquel es tu hijo es sólo una fantasía. Que haya salido de tu vientre y que las leyes vigentes así lo reconozcan no deja de ser una simple anécdota. Tú sólo has sido el vehículo que aquel ser ha utilizado para manifestarse en este mundo, al igual que tu mente es sólo el vehículo en que son transportados los sueños. Prueba de ello es que, si ese ser fuera dado en adopción, tras muy poco tiempo no conservaría ningún vestigio de tu existencia. Los sueños no pertenecen al que los sueña, al igual que los hijos no pertenecen a sus madres. Que la mente crea que algo es cierto no lo convierte en absoluto en algo cierto —y tras decir esto guardó silencio, pues no estaba dispuesta a ser interrumpida nuevamente.

—Rami ¿podrías decirme el nombre de la persona que pretende eliminarnos y dónde podríamos encontrarla? —dijo Héctor, que al estar al corriente de que era muy difícil mantener un diálogo con aquel animal, optó por la vía más pragmática.

Ramita, que para decir la verdad no se esperaba aquella nueva brusquedad, dudó por un momento. No sabía qué hacer. Por un lado entendía las razones de aquel chico ávido de respuestas, pero por otro no le parecía bien que sus sentimientos no fueran nunca tenidos en cuenta, ya que ella, a pesar de ser una simple vaca, tenía a veces cierta tendencia a la melancolía. Mientras pensaba todo esto Rami miraba al cielo con tristeza, como dando la impresión de que estuviera utilizando una báscula imaginaria de esas que usan en las carnicerías para pesar el género. Sin embargo, al final ella misma deshizo este hechizo tan poco conveniente en su caso y decidió por fin dirigirse a Héctor en los siguientes términos:

—Ni que decir tiene, querido Héctor, que como ya os advertí no me está permitido revelar esa información, y no porque la desconozca, sino porque no forma parte de mi misión. Yo soy como una bala que ha sido disparada por un rifle de largo alcance y que va en una sola dirección, y que por la ley inmutable de las fuerzas cósmicas que la gobiernan ha de seguir una trayectoria fija e inalterable hasta que se quede sin impulso. Si la bala alcanza o no finalmente su objetivo y cuál es la naturaleza de éste es algo que yo ignoro. Yo sólo he venido a daros el mensaje que ha sido grabado en mi código. Si este mensaje resulta entendible o beneficioso para alguien, para mí perfecto, pero si por el contrario resulta inútil y yermo no seré yo la que se sienta culpable. La culpa es algo que yo desconozco. Para que alguien se sienta culpable ha de ser capaz de pensar que hay algo erróneo en su naturaleza, y yo os pregunto; ¿qué podría haber de erróneo en la naturaleza de una vaca? La culpa es lo que os ha sumido en las tinieblas de la duda y sólo aquellos que estén exentos de ella tendrán la oportunidad de salvarse. Mi mensaje es este: *La clave de todo está ya escrita. Hace mil años que fue descubierta pero no fue entendida. El Gran Ojo dará la señal.* —A continuación Ramita se calló; su mirada lacónica contagió el ambiente, la verde hierba sobresalía de su áspera boca, los álamos proyectaban sus fantasmales sombras. Héctor y Elena se miraron con intensidad. Ciertamente el mensaje era claro pero indescifrable. Tras un breve instante miraron de nuevo a Ramita. Esta vez fue Elena la que habló.

—¡Jolines Rami, nos tienes en ascuas! Dinos al menos en qué lugar está escrita esa clave o qué es eso del *Gran Ojo*.

—Lo siento, Elena, como tú bien sabes tengo una misión y no me está permitido desviarme de mi trayectoria, así que no puedo proporcionarte las respuestas que me solicitas. No quiero decir con ello que las desconozca ni tampoco todo lo contrario, pero espero que no me tengas a mal que guarde silencio sobre este asunto. Sin embargo, si os interesa, sí puedo hablaros de mi infancia —y sin esperar su beneplácito continuó hablando—:

»Cuando yo nací, el mundo era un mundo silencioso y limpio; todas las labores del campo eran realizadas a mano y no existían las máquinas. Durante la primavera y el verano las vacas éramos sacadas a pastar durante largas horas y abundaba la hierba. El agua de los arroyos era fresca y transparente y la bebíamos con fruición. Por las mañanas nos ordeñaban las ubres repletas de leche para almacenarlas en grandes cántaros. Otros animales compartían con nosotras los pastos y la vida transcurría en calma, como si todos los días fueran una copia de sí mismos. En invierno nos encerraban en un cálido establo y allí nos dedicábamos a rumiar tranquilamente la paja seca que habían cosechado para nosotras. Ahora que lo pienso, dentro de lo que cabe, aunque aburrida, la vida era bastante agradecida. Entonces, una tarde como otra cualquiera, cayó una tormenta que me convirtió en una vaca inmortal. Desde entonces he visto muchas cosas. A los dos meses de que sucediera aquello, siendo aún casi un niño, el padre de la persona que ahora está ocupada en destruiros se compró una radio. Se pasaba la mayor parte del tiempo escuchándola mientras realizaba las tareas del campo. Iba con ella a todas partes, y por no se sabe muy bien qué razones se pasaba todo el día junto a nosotras, hablándonos como si se creyera que pudiéramos entender sus palabras. Al principio los ruidos que salían de su garganta y de aquel aparato no eran más que un murmullo sin sentido, pero al cabo de varias semanas yo ya era capaz de distinguir algunos vocablos. No entendía su significado, pero reconocía a la perfección los sonidos de las distintas sílabas y de los silencios que había intercalados entre ellas.

»Durante los meses de invierno y parte del otoño la vida era bastante monótona en el establo, así que yo, inquieta como era, me dediqué activamente a tratar de descifrar el sentido de aquella barahúnda. Me costó mucho tiempo conseguirlo, pero una vez que el significado de las primeras palabras se abrió paso a través de mi cerebro bovino, el torrente de información fue tal que me quedé espantada. Allí hablaban de todo tipo de cosas que atañían al mundo de los humanos y que nosotras, las vacas, nunca hubiéramos podido ni siquiera llegar a imaginar. Por lo que pude entender en aquellos primeros momentos, el país estaba en guerra. Había dos bandos, y aunque eran hermanos y hermanas luchaban encarnizadamente unos contra otros. El motivo de por qué luchaban nunca lo pude comprender, pero al parecer debido a aquello mucha gente moría todos los días. Es verdad que hacía un tiempo que se escuchaban explosiones a lo lejos, pero aunque el cielo estaba despejado yo siempre pensé que era algún tipo de tormenta extraña. Como no me conformaba con ser una simple espectadora de todo lo que estaba pasando a mi alrededor, decidí un día aprender a reproducir esos sonidos. Y fue así cómo, tras largos años de investigación, desarrollé un método mediante el cual fui capaz de hablar al mismo tiempo que rumiaba esta hierba que ahora veis salir por entre mis romos dientes. En ese sentido se puede decir que soy una vaca única, aunque bien es cierto que, con el tiempo suficiente, cualquiera podría desarrollar esta habilidad tan peculiar. A partir de entonces comencé a conversar regularmente con el dueño de aquella radio. Hablamos de muchos temas. Por ejemplo… —pero entonces la vaca dejó de hablar, pues no quería arriesgarse a que aquellos dos chicos tuvieran otra vez la desfachatez de volver a interrumpirla.

—Síguenos contando por favor —dijeron Elena y Héctor, que se habían sentado frente a ella agarrados de la mano. Los dos empezaban ya a sospechar que aquella vaca era muy delicada y no deseaban contrariarla.

—Con gusto lo haría —contestó Ramita todavía medio molesta—. Sin embargo, lamento tener que deciros que hasta una vaca sin dueño tiene ciertos horarios a los que ha de atenerse si quiere conservar un mínimo de orden en su vida. Trasnochar no trae nada bueno, creedme. Al igual que después de una buena conversación ha de llegar necesariamente el silencio, después de un largo día aplicado a masticar esta hierba tan fresca que aquí veis, es necesario que me tome el merecido descanso. Estoy segura de que también vosotros lo necesitáis, así que, si no os importa, seguiré contándoos la historia otro día. Ahora me voy a dormir, buenas noches —y con las mismas Ramita se tumbó en el espacioso prado y se entregó a un plácido sueño.

Héctor y Elena estaban atónitos. Aquella vaca cada vez los sorprendía más, sin embargo, como ya empezaban a conocerla, intuían que cuando decía algo era mejor atenerse a sus palabras, y que por mucho que la hubieran preguntado tampoco hubieran obtenido respuesta; al parecer las vacas eran muy caprichosas. Y por eso, después de contemplar durante un rato cómo dormía a pierna suelta, se despidieron en voz baja de ella y sin hacer ruido desanduvieron abrazados el camino, recuperaron sus bicicletas y se fueron a casa.

Capítulo 11

El Apolo XI

Algo está sucediendo. Mis sentidos detectan que en algún lugar no muy lejano el flujo del tiempo está siendo transgredido. Se me hace cada vez más evidente que esto puede suponer una amenaza para la consecución de los objetivos que tengo previstos. De momento es sólo una leve vibración, pero si la ignoro puede que acabe convirtiéndose en algo muy poderoso. No puede haber lugar para la improvisación. La tarea es demasiado importante y la supervivencia de todo un mundo depende de ella. Sólo puede ser la vaca. Desconozco qué papel juega ella en todo esto pero es de vital importancia que la encuentre. Es muy posible que ella misma no sepa qué está haciendo y que baste con que le informe de los acontecimientos que se avecinan para que no siga avanzando por ese camino tan desafortunado.

Ahora he de dormir, pues sólo durante mis sueños puedo dibujar correctamente los vértices del mapa temporal. Durante la vigilia la mente está demasiado cargada de ideas concretas y no es capaz de originar la suficiente precisión como para trasponer el punto de fuga del tiempo a un plano de dos dimensiones. Necesito dormir cuanto antes y esperar que ella también lo haga.

«Veo mis cuerpos yaciendo en la cama. Aunque sean inmortales están sujetos a sus propias leyes y pueden ser destruidos. Si una bala atravesara mi corazón éste dejaría de latir irremediablemente, haciendo que mi cuerpo físico muriera. De la misma manera mi cuerpo afectivo alberga emociones y sentimientos que son comunes a todos vosotros, lo que no significa que, aunque yo haya de valerme de

él para existir en este lado de la conciencia, me identifique con aquello que siente. En ese sentido mis cuerpos son lo mismo que fue el Apolo XI para Neil Amstrong y sus dos compañeros de viaje: un simple vehículo espacial de transporte. De igual forma necesito de mi cuerpo mental para dar cabida a todo el armazón de mis ideas. Es a través de mi cerebro y de sus células que he logrado penetrar la verdad de mi axioma. Las leyes universales pueden ser soslayadas parcialmente pero nunca pueden ser transgredidas, pues entonces sólo existiría el caos, y en el caos la vida no puede prosperar.

Sigo viendo mis cuerpos yaciendo en la cama, pero mientras duermo estoy liberado de su tiranía. Es en este momento cuando puedo desplazarme a mi antojo a través del espacio y del tiempo, aunque, como ya dije al principio, el tiempo en realidad no existe. Sólo existe el presente. Todo lo que sucede está teniendo lugar en este preciso instante. El pasado son sólo las cenizas de un tronco que está en llamas. Cuando alguien intenta atraparlas con sus manos se desvanecen en el aire como fantasmas. Al igual que el pasado no existe el futuro tampoco. El futuro es tan sólo la expectativa creada por una mente insatisfecha, una mente que se hipnotiza a sí misma para olvidarse de que ya está muriendo.

Como no podía ser de otra manera, en este lugar sin tiempo mi búsqueda se ha realizado en el mismo instante en el que comenzó. He hallado a Rami tumbada en un prado junto a un río. Aunque sus cuerpos están dormidos, su presencia enseguida registra que me he presentado en su campo de conciencia. Soy yo el que comienza la comunicación:

—Ramita, mi padre me habló mucho de ti en sus cartas y he de reconocer que al principio me sorprendió que una vaca hubiera adquirido la facultad de hablar. Como en algún sentido los dos hemos sido engendrados por las mismas fuerzas cósmicas, no me andaré con rodeos. Sé que estás al corriente de mi misión y sé que estás advirtiendo a mis oponentes, así que te ordeno que antes de que intervenga

y haga algo en contra tuya me digas quién te ha informado de mis intenciones.

Ramita, que después de haber hablado con Héctor y Elena continuaba tumbada tranquilamente en su pradera de amor y durmiendo, había visto en sus sueños ya de lejos que Ulises, pues tal era el nombre que su padre había tenido a bien ponerle a aquel hombre, se aproximaba hacia ella con unas intenciones que tal vez no fueran del todo correctas. Lo había visto crecer y conocía los detalles de su concepción, pero hasta ese momento, por expreso deseo de su progenitor, nunca había podido comunicarse con él. Y por eso en cierto sentido la vaca estaba por una parte deseosa de hablarle y por otra un poco precavida y a la defensiva. Y estando con estos ánimos le contestó:

—Ulises, me alegro de volver a verte. Aunque tú entonces creyeras que yo era una simple vaca y no supieras nada de mi condición, yo sí que era consciente de la tuya. Acompañando a tu padre te vi crecer desde el principio y asistí a todos los momentos importantes de tu infancia. Por eso me alegro de verte, aunque sea en estas circunstancias tan atípicas. Para empezar te diré que no me importa que hagas algo en contra mía, pues según lo establecido cualquier cosa que pase estará bien, independientemente de sus consecuencias. En respuesta a tu pregunta te diré que fue tu padre el que me informó de lo que sucedería. ¿Cómo crees si no que podría haberlo averiguado? Aunque él era un hombre de campo y apenas había ido a la escuela, sabía muy bien la transformación que se obraría en ti al darte a conocer los detalles de tu origen. El porqué lo sabía es algo que yo ignoro, pero imagino que tendría sus razones, pues parece que no dejó nada en manos del azar.

»Te diré además, antes de que me lo preguntes, que él me dejó un código al cual he de atenerme sin remedio. Te diré también que este código ya ha sido transmitido a las personas que estaban preparadas para escucharlo y que cualquier acción que puedas obrar en mi contra no servirá de nada. Podrías incluso presentarte ante mí con aquello

que llamas tu vehículo espacial de transporte y matarme, pues como tú bien sabes, aunque soy inmortal no soy indestructible, pero eso no cambiaría nada. He de decirte que comprendo y respeto tus propósitos, e incluso que en muchas ocasiones los comparto, pues este mundo se está asfixiando, y perdona mi lenguaje, con los pedos que salen de los culos de la especie humana. Sin embargo tu padre tenía razón, y aunque él mismo no congeniaba con sus semejantes creía firmemente que se merecían una última oportunidad, y yo en eso estoy de acuerdo. Así que si tienes alguna otra pregunta, y siempre y cuando no vaya en contra de lo estipulado, estaré encantada de contestarla. Ya sabes que en este mundo de los sueños el tiempo carece de importancia.

—Sí, Ramita, pero en el mundo de las cosas concretas todo ha de suceder de acuerdo a un "timing" establecido con anterioridad. Allí afuera el reloj ya está en marcha y todos los engranajes han de ser colocados en el lugar exacto. Esto es un mecanismo muy preciso y no puede haber piezas de sobra, por eso te comunico que, aunque yo no tenga nada en contra de esas personas, tendrán que ser neutralizadas. El cómo lo hago ya lo decidiré después. Ahora te ordeno que me digas quiénes son y dónde puedo encontrarlos. Sé que mis poderes no me permiten rebuscar en tu memoria para ubicar sus nombres, pero te advierto que si no me lo dices te acecharé día y noche hasta que sean ellos mismos quienes, mediante el acto de presentarse ante ti, se acaben traicionando. Tú verás lo que haces.

La vaca, que seguía plácidamente dormida, aunque no tenía miedo de Ulises, ya empezaba a fastidiarse con las amenazas de aquel niño que una vez conoció y que por lo que veía se había convertido en un adulto bastante puntilloso, por lo que le dijo en un tono más bien irónico:

—Ulises, ya te he dicho que no puedo revelarte sus nombres. Sé que no puedo impedir que vengas a esta verde pradera con tu cuerpo existencial y te dediques a vigilar mis movimientos, pero entonces no podrás realizar esas otras tareas que necesitan de tu preparación.

Además, ya les he dicho a esas personas que se alejen de mí, pues sabía que andabas al acecho. Te recomiendo que las olvides y permitas que las cosas sigan su curso de acuerdo a los planes de tu padre, pues él, aunque ignorante, conocía el significado profundo de las cosas.

—Tú lo has dicho, Ramita, mi padre en el fondo era muy ignorante, y aunque lo tengo en alta estima no por ello puedo avenirme sin más a sus designios. Él infravaloró el poder destructivo de su especie y yo he de corregir esos errores. No puedo permitir que dispongan de otra oportunidad; la porción del pastel ha sido consumida y no hay ningún otro trozo para repartir. No sé cómo, pero con tu ayuda o sin ella me las apañaré para encontrarlos. Ahora me tengo que marchar —y entonces Ulises desapareció de los mundos oníricos en los que habitaban.

—Tendré en cuenta tus palabras —replicó la vaca con rotundidad mientras lo veía marcharse, y sin inmutarse emitió en sus sueños un sonoro mugido tras el cual siguió durmiendo tan tranquila.

Capítulo 12

El imperio aqueménida

En mitad del océano Pacífico, a mil kilómetros del archipiélago de Hawái, hay una gigantesca isla de basura formada en exclusiva por materiales plásticos. Su diámetro es de más de mil kilómetros, lo que representa una superficie equivalente a tres veces la extensión de España. En el océano Atlántico existe otra de proporciones similares.

Cada año más de diez millones de toneladas de residuos no biodegradables son arrojados a los mares. A ese ritmo, de aquí a tres décadas ningún organismo podrá sobrevivir en ellos. En los últimos cincuenta años hemos quemado más de la mitad de las reservas planetarias de petróleo y hemos arrasado con las tres cuartas partes de la superficie forestal y arbórea. Como consecuencia, doscientos mil millones de toneladas de CO_2 han sido emitidas a la atmósfera. A este paso, en menos de cien años la temperatura del planeta subirá tanto que toda su superficie se convertirá en un desierto. A día de hoy han sido consumidos más de la mitad de los stocks totales de minerales. El ochenta y cinco por ciento de los ríos está contaminado y en la mayor parte de los casos sus aguas no son aptas para el consumo humano.

Más de tres mil millones de personas viven por debajo del umbral de la pobreza; la mayoría lo hacen en los países del hemisferio sur. Dos mil millones de mujeres trabajan más de dieciséis horas al día sin recibir salario ninguno o recibiendo menos de un euro al día. De los cincuenta millones de seres humanos que mueren cada año sólo el treinta por ciento lo hace por causas naturales, el resto muere como consecuencia de las sequías, la falta de salubridad e higiene, los accidentes de tráfico, las enfermedades infecciosas, el sedentarismo, las adicciones, los problemas respiratorios, las guerras, la violencia machista, y un sinfín de razones parecidas. El ochenta por ciento de la *riqueza mundial está en manos del veinte por ciento de la población. Los regímenes totalitarios ejercen la violencia y matan con la connivencia de las democracias avanzadas. El tráfico de armas y el negocio de la guerra suponen un veinte por ciento de la economía mundial. Los agricultores reciben apenas el tres por ciento del valor de mercado de la comida que producen. Cada tres minutos se produce una muerte violenta. El ochenta por ciento de la energía es consumido por el treinta por ciento de la población. El setenta por ciento del capital sólo circula por los paraísos fiscales. Cada nuevo día se extingue una especie de animales vertebrados superiores. Hay treinta millones de niños trabajando como esclavos. Cada minuto se produce la violación de una mujer.*

Estos eran sólo algunos de los datos que Carmen ofrecía en sus conferencias, porque, puestos a enumerar, la lista sería interminable. No se trataba de que la especie humana no ofreciera cada día miles de lecciones de amor, de solidaridad, de superación, de creatividad e inteligencia positiva y de otro montón de cosas que por supuesto merecían la pena, sino del hecho palmario de que si no se revertía esta tendencia en muy poco tiempo la vida en el planeta sería inviable para todos nosotros. Con certeza la vida continuaría y se repondría de nuestro fulgurante paso, pero el ser humano, sin quizá llegar al punto extremo de la extinción completa, sería significativamente diezmado, de eso no cabía duda. Ya había sucedido innumerables veces con millones de especies diferentes y con seguridad volvería a pasar. El mensaje de Carmen no era un mensaje agorero, sino una llamada a la responsabilidad colectiva e individual.

Aquella mañana, tras haber terminado de dar su charla en la Universidad de Alicante, Carmen se fue a comer algo. Hacía calor y sobre su cuerpo menudo vestía una camiseta de tirantes y una falda estampada con motivos indios. En bandolera llevaba un pequeño bolso del que pendía una chaquetilla de lana, y en los pies calzaba unas sandalias de cuero marrones. Se sentía cómoda con esa ropa. El tamaño exacto de su pecho armonizaba a la perfección con los pliegues de la tela que se le pegaba a la piel. Los brazos alargados y su espalda descubierta invitaban a todo el que la veía pasar a mirarla a hurtadillas. Porque Carmen seguía siendo una gran seductora a la que aún le encantaba ser en todo momento el centro de atención. Desde pequeña había sido consciente del magnetismo que poseía su voz y lo había explotado. Primero con sus padres para obtener todo lo que ella quería y luego con los hombres y a través de la música y de su grupo *indie* para que el mundo se rindiera a sus pies. Pero las cosas eran ya muy distintas. Después de que hubiera pasado lo que pasó en Galicia, por fin empezó a comprender sus automatismos internos y los hizo conscientes. El altísimo precio pagado había sido perder a su mejor amiga, pero como contrapartida aquel enorme dolor que le había provocado su traición la había terminado despertando. No es que hubiera cambiado su manera de ser, pues seguía jugando a los mismos juegos a que jugaba antes, sino que ya no lo hacía para sentirse por encima de nadie e intentaba por todos los medios no crear confusión. Ya no le merecía la pena. Para Carmen, ahora valía mucho más la paz a veces dolorosa en que vivía sumida que la ansiedad compulsiva y constante de querer obtener todo aquello que le viniera en gana. Ahora podía convivir con el hecho de que su voz y sus formas dejaran fuera de combate a casi todas las personas que trataban con ella sin que aquello la llevara al infierno. Pero esa mañana todos estos pensamientos estaban muy alejados de lo que ella quería. Porque lo que ella quería era recuperar a Elena, y para ello estaba dispuesta a hacer todo lo que fuera necesario.

Después de comer, Carmen se dirigió a la biblioteca de la facultad de filosofía, muy cerca del lugar en el que había impartido su conferencia. Tenía muchas cosas que estudiar. El día anterior había recibido el mensaje de Elena y le había costado toda la noche descifrarlo. La tarea no había sido nada sencilla, pero no porque hubiera sido complicada, sino precisamente por todo lo contrario; por su obviedad.

«*De todas formas la película tiene mucha clase, vete a verla tú sola, está en el liceo francés, no es broma. Es tu día de suerte, hay un gran manojo de rosas para ti.*» Elena había pronunciado estas dos frases con un tono distinto al que había utilizado en todas las demás. Había algo extraño en ellas que a Carmen le había llamado la atención. Tuvo que recrearlas en su mente y volverlas a escuchar en su móvil infinidad de veces para descubrirlo. No sabía cómo lo había conseguido, pues cuando ella misma trataba de reproducir aquella entonación le había resultado por completo imposible. Si no llega a ser por el hecho de que se había pasado oyendo hablar a Elena años y años no habría notado nada. Pero al final, de tanto darle vueltas al asunto, su significado se le fue revelando. Y es que Carmen se había dado cuenta de repente de que sólo algunas sílabas habían sido pronunciadas con ese cambio de tono. Ahí radicaba la cuestión, no en las frases enteras, sino en algunas de sus partes. Escuchando con atención lo que Elena había dicho era lo siguiente:

«*De todas formas LA película tiene mucha CLAse, VEte a verla tú sola, ESTÁ EN EL LIceo francés, no es BROma. ES TU DIA de suerte, hay UN GRAN manOJO de rosas para ti. LA CLAVE ESTÁ EN EL LIBRO. ESTUDIA UN GRAN OJO.*»

Estaba claro que ése era el mensaje oculto en sus palabras; en ese momento recordó lo extraordinario de su voz de soprano, que al parecer ya despuntaba cuando empezó a cantar en el coro de la iglesia, y lo entendió todo. De alguna manera se las había apañado para imprimirle a esas sílabas en concreto un matiz casi imperceptible que las diferenciaba del resto. Carmen no habría podido hacerlo ni que hubiera estado practicando durante una década completa. Era evidente que Elena siempre seguiría sorprendiéndola.

En cuanto leyó las palabras en el papel en que había estado intentando descifrarlas, las comprendió de inmediato y sin lugar a dudas. Elena se refería al libro que estaba leyendo en esos momentos, *El Igual a Él*. Qué cómo sabía que lo estaba leyendo, era algo que no se podía ni imaginar. Antes de su viaje se había pasado por la biblioteca pública del pueblo de Madrid en el que residía y lo había escogido al azar. No se lo había dicho a nadie y nadie conocido la había visto salir con él en sus manos. Comenzó a preocuparse. Una cosa era recibir un mensaje en clave que no entendía, y otra muy distinta era que Elena supiera como por arte de magia el libro concreto que estaba leyendo y que le pidiera específicamente que estudiara una parte de él.

En una de las páginas del libro —Carmen recordaba esto con total nitidez—, Odilon de Bernay hacía referencia a una profecía escrita en un pergamino hierático procedente del Imperio Aqueménida. En dicha profecía se hablaba de un *Gran Ojo*. No explicaba mucho sobre el documento en cuestión, pero decía que cuando aquel *Gran Ojo* se manifestara y pestañeara tres veces, la humanidad comenzaría su declive y después desaparecería. Sólo se mencionaba eso y el hecho de que el manuscrito se encontraba en la biblioteca de la abadía de Jumièges, lugar en el que vivió el monje normando, así que si Carmen quería averiguar algo más sobre el asunto, tendría que intentar encontrar las fuentes que utilizó Odilon en el siglo XI.

A pesar de su extrañeza, Carmen no quiso llamar a Elena y decidió seguir sus instrucciones. No estaba dispuesta a defraudarla y dejar pasar esa oportunidad, por muy estrambótica que ahora pudiera parecerle. Dos de los ordenadores de la biblioteca se encontraban vacantes. Presentó su identificación al recepcionista y acto seguido se sentó frente a una de las pantallas. Al hacerlo, el vuelo de su falda cubrió la parte baja de la silla. Para estar más cómoda, y también de paso para atraer la atención del bibliotecario, Carmen dobló su pierna derecha y la puso sobre su rodilla izquierda; la falda resbaló por su muslo hacia abajo hasta que se encontró con el tope de sus caderas. Allí quedo retenida, a una fracción de que se asomara el pico de su ropa interior. Había logrado su propósito: los ojos del chico no se habían perdido ni una coma del pequeño espectáculo. Una vez arrellanada en su silla, consciente de que si necesitaba ayuda la obtendría con facilidad, comenzó consultando en internet toda la información disponible sobre la abadía de Jumièges en francés, castellano e inglés. Dominaba los tres idiomas lo bastante como para entender lo que había allí escrito. Averiguar lo que necesitaba saber apenas le llevó media hora. Dio gracias otra vez a la existencia de la red global. Tenía muchas cosas que cuestionar a la civilización tecnológica, pero sin duda aquella no era una de ellas.

La Abadía de Jumièges era un monasterio benedictino fundado en el año 654 por San Filiberto. En el siglo IX había sido asaltada y quemada por los normandos, pero fueron ellos mismos quienes la reconstruyeron a una escala mayor en el año 942. La iglesia fue consagrada en 1067 por Guillermo El Conquistador. Bajo la protección de los Duques de Normandía se transformó en un importante centro religioso y de estudio del que salieron renombrados escolares, tales como el famoso historiador Guillermo de Jumièges.

En el siglo XI la abadía era considerada como un modelo de referencia para los demás monasterios de la provincia. Su biblioteca tenía una fama que iba mucho más allá de las fronteras normandas, llegando muy pronto a convertirse en un lugar de peregrinación al que acudían estudiosos y monjes desde todos los rincones del mundo. En 1253 la iglesia fue ampliada, y tres siglos más tarde restaurada de nuevo. Durante la Revolución Francesa la abadía fue abandonada, trasladándose los contenidos de su claustro y casi la totalidad de su biblioteca a Rouen, la capital del estado normando. «*En la actualidad la abadía constituye un monumento de impresionantes ruinas, conservando casi intactas sus dos torres gemelas y su hermoso claustro*», leyó al final de una de sus consultas.

Una vez concluida la primera parte de su investigación, Carmen se desperezó en su silla. Había estado muy concentrada y de repente sintió que tenía una sed terrible. Se levantó, cogió su bolso y, echándole una mirada de reojo al bibliotecario, salió al pasillo. Allí mismo, tras introducir unas monedas en una de las máquinas, obtuvo un té frío y se lo empezó a beber a pequeños sorbos. El recepcionista, un chico joven de unos veintitantos años, no se pudo resistir y la siguió a los pocos instantes. Se paró también junto a la máquina, y después de un ligero titubeo y registrarse los bolsillos en busca de monedas sacó un café descafeinado. Al cabo del rato, como sin querer, se puso a charlar con Carmen con voz nerviosa.

—¿Qué tal...?, esto... he oído tu conferencia y me ha parecido bien... bueno... mejor dicho... la mar de interesante.

—Ah, muchas gracias, me alegro de que te haya gustado —respondió ella haciéndose un poco la sorprendida—, y sí, sí que lo es, aunque da un poco de lástima, ¿no crees?

Fransuá, pues ese era el nombre del bibliotecario, al ver que le respondía y al escuchar de nuevo su voz se quedó casi sin respiración. Poder oírla desde tan cerca y al natural era infinitamente más embriagador que desde la grada. Le parecía que estaba en un sueño; no se imaginaba que pudiera estar hablando con ella de verdad. Se le había puesto una sonrisa de oreja a oreja y si no fuera porque hizo el gesto de beber de su vaso no se habría dado cuenta de que llevaba allí parado casi un minuto, sin decir nada y absorto en sus propias fantasías, cosa que por otro lado no era tan raro en él.

—Sí, sí, es una pena… esto… bueno sí…, lo que quiero decir es que…bueno ya me entiendes ¿no?, sin embargo no parece que las personas normales tengamos el poder de cambiar las cosas.

—¿Y por qué dices eso?, —dijo Carmen, a la que le habían hecho mucha gracia los titubeos del muchacho—. Yo no despreciaría el poder de la gente normal, ¿de quién si no podría ser la responsabilidad? —y sonrió al tiempo que daba otro sorbo a su té.

—No claro…, eso no, pero… por otro lado no sé…—seguía diciendo él intentando salir del atasco en que se metía cada vez que hablaba con una mujer que fuera de su agrado—, quizá de todos los que detentan el poder económico —terminó añadiendo a duras penas según dominaba un poco su rubor—. ¿No dictan ellos las normas a las que los demás nos tenemos que atener? La democracia no es más que un sueño.

—Puede ser, pero aquellos de nosotros que vivimos en el mundo supuestamente libre somos los que decidimos acatarlas o no, ¿no te parece? Si no hacemos algo, ¿quién lo hará? —y después, tras tirar el vaso a la papelera, cuando ya se disponía a volver a su silla en el interior de la biblioteca, de repente, aquel chaval que hasta entonces se había mostrado dubitativo, con una seguridad fuera de lo común, dijo algo que la dejó estupefacta.

—Siento decepcionarte, pero ya es demasiado tarde. Las profecías tienen que cumplirse. El fin del mundo está ya próximo y lo único que podemos hacer es sentarnos y esperar a que llegue —pronunció de un tirón y de forma solemne, como siempre lo hacía cada vez que hablaba de su tema favorito.

—¿Las profecías? —Carmen se había quedado de piedra: ¿cómo era posible que justo aquella mañana alguien le hablara de unas profecías sobre el fin del mundo? Cualquier otro día de su vida habría pensado que ese chico estaba loco; hasta entonces ya se había cruzado con unos cuantos y con seguridad este no sería el último. Sin embargo esta vez no lo hizo. Muy por el contrario lo que pensó fue que aquello no podía ser una coincidencia, así que sin dudarlo le volvió a preguntar —: ¿A qué profecías te refieres?

El muchacho sonrió; se había dado cuenta de que había logrado captar la atención de Carmen y eso lo animó. Él no solía tener éxito con las mujeres y aquella desde luego era una de armas tomar. Luego, mientras movía sus manos de un modo muy peculiar, replicó:

—Pues a muchas y a ninguna en concreto. La historia está llena de ellas, aunque la mayor parte no dejan de ser alucinaciones o simples invenciones oportunistas. Pero ahora es muy diferente. Varias coinciden en lo mismo y todas apuntan a que el mundo desaparecerá en fechas muy próximas. Son las profecías del Tercer Milenio.

—Oye, perdona que te interrumpa pero, ¿cómo te llamas?

—Esto… me llamo… Fransuá —contestó otra vez nervioso.

—Yo me llamo Carmen, aunque ya lo debes saber. Encantada de conocerte, ¿eres francés? —y le tendió su mano con una suavidad intencionada para estrechársela.

—No, sí… quiero decir… no, pero mi madre sí que lo es —dijo mientras aceptaba su mano y la retenía en la suya por un segundo más de la cuenta. Su tacto era suave y cálido, y al verla de cerca se fijó en el reborde blanco de sus uñas. Una bonita mano de mujer era una de las mayores debilidades de Fransuá.

—Entonces, ¿me podrías decir en particular que profecías son esas de las que hablas?

—Sí que podría, pero tengo que volver a mi puesto. Salgo a las cuatro… esto… bueno… si quieres, bueno… quiero decir si no te importa… podríamos quedar luego —dijo rojo como un tomate y con los ojos abiertos de par en par.

Carmen se partía de la risa. Hacía años que no se veía en una situación así; un chico intentando quedar con ella como si fuera una adolescente. Por alguna razón aquel chaval le empezaba a caer simpático, y como necesitaba de su ayuda no dudó en aceptar: —Me encantaría —respondió enseguida—, precisamente estoy estudiando algo sobre ese tema y es posible que me puedas ilustrar.

—¿Ah sí?, ¡qué casualidad!

—Bueno, quizá nuestro encuentro no ha sido una casualidad, sino parte de la misma profecía, ¿no lo crees?

—Tal vez —dijo Fransuá pensando que esa mañana le había tocado la lotería—. ¿Te veo luego entonces?

—Por supuesto. Ahora voy a seguir haciendo consultas y después nos vemos aquí, frente a las máquinas.

—Vale... perfecto... digo... genial. Quedamos así.

Acto seguido Carmen volvió a su silla. Al sentarse tuvo de repente el presentimiento de que tal vez Elena estuviera metida en un embrollo y que lo que ella estaba investigando le resultaría de algún modo crucial para salir de él. Aunque el dolor de su pérdida seguía lacerándola, se daba cuenta de que deseaba ayudarla por encima de todo y que ya ni si siquiera lo hacía para obtener su perdón o para recobrarla. Ahora era consciente de que el deseo de librarse de su angustia no era más que otro de esos muchos deseos insidiosos que tanto la habían llegado a confundir. Imbuida por esta renovada voluntad que sabía sería inquebrantable, inició la búsqueda de información sobre las bibliotecas de Rouen. Pronto pudo comprobar que en la ciudad había seis municipales, dos universitarias y varias bibliotecas temáticas. Desechó las municipales y las dos siguientes y concentró su atención en las demás. La primera de la lista era la *Bibliothèque des Capucins*. Ubicada en una antigua capilla del convento de las Ursulinas, cerca del Conservatorio Nacional, poseía un fondo especializado en obras de teatro con más de veinte mil títulos; estaba segura de que el pergamino no se encontraría allí. Tampoco ninguna de las dos siguientes, la *Bi-*

bliothèque de la Grand'Mare y la *Bibliothèque Saint-Sever*, poseía el tipo de documento que necesitaba encontrar. Finalmente dio con la que parecía podría ser la receptora de los fondos de la abadía. La *Bibliothèque Jacques Villon* era una institución privada fundada en 1809, justo al término de la Revolución Francesa. En 1907 se convirtió en una biblioteca pública. Sus fondos documentales incluían papiros, tablas de arcilla, grabados y toda clase de libros y pinturas que databan de hasta el 2400 antes de Jesucristo. Disponía además de una extensa colección de pergaminos procedentes de monasterios normandos. Carmen estaba satisfecha; no podía tener la certeza de que el texto al que Odilon de Bernay había hecho referencia se encontrara en la biblioteca *Villon*, pero si todavía existía debía de estar allí. Una vez resuelta la primera parte de la ecuación, quiso concentrarse en la segunda; el Imperio Aqueménida. Para ello empezó consultando la entrada correspondiente en la *Wikipedia*, biblioteca virtual que utilizaba con cierta frecuencia.

«El Imperio Aqueménida es el nombre dado al primer y más extenso imperio de los persas, el cual se extendió por los territorios de los actuales estados de Irán, Irak, Turkmenistán, Afganistán, Uzbekistán, Turquía, Chipre, Siria, Líbano, Israel y Egipto. Su expansión territorial comenzó durante el reinado de Ciro II (559-530 a.C.), con la anexión del reino medo, y alcanzó su máximo apogeo en el año 500 a.C., cuando llegó a abarcar parte de los territorios de los actuales estados de Libia, Grecia, Bulgaria y Pakistán, así como ciertas áreas del Cáucaso, Sudán y Asia Central. Las grandes conquistas hicieron de él el imperio más grande en extensión hasta entonces. Su existencia concluyó en el 330 a.C., cuando el último de los reyes aqueménidas, Darío III, fue vencido por Alejandro Magno.

El imperio debe su nombre a la dinastía que lo gobernó durante unos dos siglos, los aqueménidas, fundada por un personaje semilegendario, Aquémenes. En la historia de Occidente, el Imperio Aqueménida es conocido sobre todo por su condición de rival de los antiguos griegos, especialmente en dos períodos; las Guerras Médicas y las campañas del macedonio Alejandro Magno.»

Después de obtener una copia impresa de toda esta información, Carmen realizó otras consultas. Según lo que descubrió, en el año 331 a.C., Alejandro Magno conquistó y saqueó Persépolis, la capital ceremonial del imperio persa, ocupándose en persona de que las obras de arte y los contenidos de las bibliotecas fueran preservados y llevados hasta Alejandría. Probablemente, cuando un siglo después de la muerte de Alejandro, Ptolomeo I Sóter fundó la archiconocida Biblioteca de Alejandría, el pergamino hierático iría a parar allí, desde donde sería luego transportado por algún erudito hasta Europa, acabando, trece siglos más tarde y por no se sabe qué designios del destino, en la abadía normanda de Jumièges.

Carmen también se informó sobre el autor de *El Igual a Él*, Alain Lemond. Al parecer era profesor de Crítica Literaria en la Universidad de Rouen y había obtenido varios premios por algunas de las más de veinte novelas que había publicado. Una vez concluyó esta última búsqueda, decidió descansar; no creía que se pudieran recabar más datos de interés a través de la red.

Eran las tres de la tarde. Faltaba una hora para que Fransuá terminara su turno. Decidió salir a dar un paseo y respirar aire puro. Le vendría bien para asimilar la información y conservar la mente despejada. Se levantó de la silla y enfiló la puerta de salida. Al pasar por delante del chico, le hizo una seña con la cabeza y le sonrió. Fransuá hizo un gesto con la mano y siguió clasificando la pila de libros que tenía encima del mostrador. Mientras caminaba, la falda estampada de Carmen dibujaba extrañas y misteriosas formas en el aire.

A las cuatro Carmen se encontró con Fransuá. Tras adquirir sendos refrescos se fueron hasta un parque cercano, aprovechando la benigna y soleada tarde de aquel día de primavera. Fransuá era un estudiante de quinto curso de Geografía e Historia que trabajaba en la universidad como bibliotecario a tiempo parcial. Tenía veintitrés años y había nacido en el propio Alicante. Era un chico vivaz y alegre, y sus ojos negros y ovalados resaltaban dentro de su cara blanca y ancha como si pertenecieran a algún tipo de animal rumiante. Medía un metro setenta y algo y tenía un poco de sobrepeso, por lo que sus formas eran más bien redondeadas. Sus manos rechonchas eran menudas, y cada vez que hablaba gesticulaba con ellas animadamente, como recreando la historia pretérita del mundo.

Carmen, que en un principio le quiso seducir sólo por si le necesitaba, pudo comprobar enseguida que era muy simpático. Tras ver que la había seguido hasta las máquinas, no había podido por menos que esbozar una sonrisa interior por el atrevimiento y el desparpajo del joven. Además, Fransuá la había dejado sorprendida al mencionarla así de sopetón algo sobre las profecías del Tercer Milenio. Carmen había oído hablar de ellas y recordaba que incluían las profecías de Nostradamus y las Mayas, pero nunca les había prestado excesiva atención. Aunque respetaba el saber antiguo y creía en las fuerzas sobrenaturales, eso era algo que hasta la fecha no se había dedicado a estudiar. Pero parecía que sin ella haberlo planeado había llegado el momento de averiguar más cosas.

Después de caminar unos minutos se sentaron en un banco junto a un lago. En el centro había un extraño surtidor en forma de vaca. Al mirarlo, Carmen sintió un escalofrío. Luego, sin reparar más en ello, comenzó a charlar con Fransuá.

—Te agradezco que hayas venido.

—Esto…bueno…no hay porqué darlas…para serte sincero no dispongo de muchas ocasiones para sentarme al lado de una mujer interesante —y al tiempo que decía esto el rubor se le volvió a subir a las mejillas.

—No digas tonterías, no me parece que tengas ese tipo de dificultad —replicó, sorprendida por su honestidad.

—Sí...no...quiero decir...tienes razón, pero siempre me toman por un pesado. En fin...esto... mejor dejemos ese tema y dime qué quieres que te cuente —volvió a balbucir.

—Querría saber cuáles son las profecías del Tercer Milenio de las que me has hablado. Que yo sepa incluyen las de Nostradamus y las Mayas, pero ignoro si hay más y qué es lo que vaticinan en concreto.

—Es una pregunta muy amplia, pero trataré de ser breve — contestó el chico otra vez seguro de sí mismo al entrar en un tema que dominaba y al tiempo que comenzaba otra vez a mover sus manos de forma singular—. En primer lugar te diré que existen algunas más de las que has mencionado. Esas otras no son tan extensas ni tan estructuradas, pero salpican la historia escrita a lo largo de los últimos tres mil años y proceden de muchas culturas diferentes. Las hay chinas, egipcias, mesopotá- micas, persas, aztecas, e incluso existen en la tradición oral de numerosas tribus africanas —y mientras hablaba no paraba de representar hábilmente con sus manos las distintas cosas que iba relatando. De alguna manera, Fransuá poseía la insólita facultad de transmitir al que escuchaba una imagen nítida de lo que estaba contando a través del simple movimiento de sus manos. Carmen enseguida se percató de ello y empezó a seguirlas con curiosidad. Cuando Fransuá terminó de hablar, preguntó:

—¿Cómo es que sabes tanto sobre el tema?

—Es uno de mis pasatiempos. Como no veo la tele ni hago deporte dispongo de mucho tiempo libre.

—Tú sí que eres un chico listo. Cuéntame primero algo de las más conocidas.

—Comenzaré por las Mayas, que son las más antiguas de las dos —y al instante comenzó a mover sus manos como si fuera un gran mago echando sortilegios—. Estas profecías están incluidas en el Calendario Maya de la Cuenta Larga, elaborado entre los siglos IX y X de nuestra era. Son siete y todas hablan con profusión y muchos detalles sobre la destrucción y el fin del mundo conocido, procesos tras los cuales una nueva era tendrá lugar. A este respecto la más significativa es la séptima, conocida como la profecía del Sexto Sol. Antes de llegar a dicha fecha, algunos expertos afirmaban que el 21 de diciembre del año 2012 llegaría un período de oscuridad que acabaría con la civilización, pero al no haber ocurrido, lo que ahora sostienen, es que a lo largo de la segunda década del Tercer Milenio, no en una fecha concreta, la luz proveniente del centro de la galaxia sincronizará a los seres humanos que estén preparados y los transformará de forma radical. A partir de ese momento el miedo desaparecerá del mundo y dará comienzo la era del *Amor*.

»En segundo lugar están las Profecías de los Tiempos Finales de Nostradamus —continuó relatando Fransuá mientras disfrutaba de ser el centro de atención de Carmen—. Michel de Nostradamus fue un médico francés nacido en 1503 que en su época ya fue muy conocido por sus predicciones, tanto es así, que en 1556 Enrique II, Rey de Francia, le mandó llamar a la Corte, donde, tras revelar una serie de acontecimientos decisivos que acabaron sucediendo, fue agasajado con numerosos presentes. Nostradamus predijo con exactitud incluso la fecha y hora de su muerte, y aun hoy, en la Provenza, en su sepulcro de la Iglesia de los Cordeleros de Salon, se puede leer el siguiente epitafio escrito en latín:

«Aquí descansan los restos mortales del ilustrísimo Michel de Nostradamus, el único hombre digno, a juicio de todos los mortales, de escribir con pluma casi divina, bajo la influencia de los astros, el futuro del mundo.»

—Vaya Fransuá, cuanto sabes —dijo Carmen con su voz de terciopelo y ante la que casi todo el mundo sucumbía—, estoy segura de que ni buscando a propósito hubiera dado con alguien que supiera más del tema que tú. ¿Supongo que no creerás en las casualidades, no?

—No claro…bueno…a veces sí…, pero no sé…, ¿lo dices porque me has encontrado justo cuando estás estudiando algo en relación a este tema? —dijo aturdido por sus cumplidos.

—Precisamente.

—¿Y de qué se trata?, bueno…sólo si se puede saber.

—Ya te lo contaré después, te lo prometo, pero antes me gustaría que me hablaras del contenido de la Profecía de los Tiempos Finales y de las otras fuentes que conoces, en particular de las persas y macedonias. —Al terminar la frase, Carmen sintió un escalofrío. Una pequeña brisa mecía su falda y había hecho que se le erizara el vello de los brazos. Cogió su bolso, desenroscó la chaquetilla y a continuación se la puso con un gesto enérgico. Fransuá, que se había vuelto a quedar embobado mirándola, tardó algunos segundos antes de poder contestar.

—Vale, trato hecho, pero qué te parece si vamos a algún sitio a comer algo, me muero de hambre —dijo de un solo tirón al estar ya convencido de que aquella mujer, contrariamente a lo que era habitual, no quería salir corriendo.

—Yo también. ¿Conoces alguno por aquí?

—Sí claro, al otro lado del parque hay una terracita donde sirven platos calientes y bocadillos a muy buen precio. Yo voy allí a leer muchos días —y entonces se levantaron del banco y se fueron paseando hasta el lugar.

Al cabo de diez minutos llegaron a la terraza y ocuparon una mesa libre a los pies de un gran sauce. Las hojas ya habían brotado y ofrecían una sonora sombra al ser acariciadas por la brisa procedente del mar. Fransuá pidió una hamburguesa con patatas y Carmen, viendo la cara de felicidad del muchacho, hizo lo mismo. Para beber pidieron agua mineral. Fue Fransuá quien comenzó de nuevo la conversación.

—Como te iba contando, Nostradamus, en sus Profecías de los Tiempos Finales, habla de que la Edad de Oro también llegará a la Tierra en la segunda década de este siglo. Al parecer será precedida por los años de la Gran Tribulación, durante los cuales una enorme devastación tendrá lugar. Sólo los *Designados* o *Elegidos* se salvarán de este proceso de destrucción. Todos los demás morirán; no habla de cuántos, pero sí de que lo harán en un gran número.

—Ahora que lo dices, sí que me suena. Imagino que aparecería en algún periódico justo antes de la llegada del año dos mil.

—No, en alguno no —corrigió Fransuá—, salió en todos los periódicos del mundo, al igual que dos años más tarde tras los atentados del once de septiembre en Nueva York.

—Es verdad, lo recuerdo. ¿Qué me cuentas sobre los persas?

—Lo cierto es que de ellos, igual que de los macedonios, se conservan muy pocas predicciones, e incluso te diría que utilizan las mismas fuentes. Muchas son bíblicas y están contenidas en diversos libros del Antiguo y Nuevo Testamentos, como son las de Ezequiel y Zacarías, procedentes ambos de aquellas regiones. Las más conocidas son las del Apocalipsis, escritas en el siglo I por San Juan, uno de los discípulos de Jesús.

—¿Y se hace en ellas también referencia específica a la segunda década del Tercer Milenio?

—En alguna medida sí, aunque de forma bastante oscura.

—¿Te suena que en alguna se hable de un *Gran Ojo*?

—¿Un *Gran Ojo*?, ¿por qué lo preguntas? Carmen, creo que ha llegado el momento de que hables tú —y se rio mientras le daba una dentellada certera a su hamburguesa recién servida.

—Está bien, pero primero comamos, para una vez que me como una hamburguesa de vaca voy a tratar de disfrutarlo. —Al decir esto Carmen se percató de que en las últimas veinticuatro horas, bajo distintas apariencias y circunstancias, había visto o intuido varias veces la imagen recurrente de una vaca. ¿Sería otra casualidad o tendría algo que ver con el misterio?

Según lo acordado comieron en silencio, intercambiando sólo breves frases acerca de lo agradable del día y de las viandas. Cuando terminaron, Carmen miró a Fransuá a sus ojos negros y le dijo con una dulzura que a ella misma le sorprendió:

—Pues bien, resulta que, justamente ayer, una amiga mía de hace muchos años me dejó un mensaje muy extraño en el móvil. En él me decía que la clave de algo se encontraba en el libro que yo estaba leyendo y me pedía que estudiara el *Gran Ojo*. Lo más curioso es que ella no tenía forma de saber de qué libro se trataba. Sin embargo, como recordé de inmediato, en sus páginas sí se hablaba de ello. Además, el mensaje me lo dejó en una especie de lenguaje encriptado que sabía que sólo yo podría descifrar. Al final me pidió que no la llamara.

—Vaya, si no llegar a ser porque a mí me llaman loco todos los días, diría que a tu amiga se le ha caído un tornillo, pero intuyo que eso no es lo que tú crees.

—Exacto. Te aseguro que es la persona más cuerda que conozco. Sólo de madrugada logré desentrañar el mensaje y en cuanto acabé de dar la conferencia me puse a investigar, ya me viste. Y luego vas y apareces tú hablándome del mismo tema. ¿No estarás conchabado con Elena y sea yo la víctima de una gran broma, verdad?, aunque por otro lado me lo tendría merecido —dijo tratando de ocultar su tristeza.

—¿Elena es tu amiga?

—Sí.

—La verdad es que no, pero suena divertido.

—En fin, lo que te decía. Hasta ahora he averiguado algunas cosas que eran mencionadas en el libro tan sólo de pasada, cuyo título por cierto es *El Igual a Él* y cuyo autor es un medio compatriota tuyo llamado Alain Lemond. ¿No lo conocerás por otra de esas casualidades del destino?

—No, pero no deja de ser curioso que sea francés. ¿De qué trata el libro?

—Eso ya te lo contaré después. Lo verdaderamente interesante es que en él se habla de la desaparición de la especie humana, y que según lo que dice, esto ha de ocurrir una vez que el *Gran Ojo* se haya manifestado y parpadeado tres veces.

—¡Guau! Esa sí que es una historia fascinante, bien podría ser el tema de una novela de misterio.

—Ni que lo digas. Pero respóndeme a mi pregunta por favor, ¿has oído alguna vez hablar del *Gran Ojo*?

—No, nunca que yo recuerde, pero si quieres podría investigar un poco por mi cuenta. Tengo una buena colección de libros, apuntes y enlaces a páginas que hablan todas sobre ese mismo tema. ¿Cuánto tiempo te quedas en la ciudad?

—Pensaba volverme a mi casa esta misma tarde, pero lo he retrasado. Esto se ha convertido para mí en algo prioritario, no sólo es mi mejor amiga sino que además le debo la vida. Y sí, acepto tu ofrecimiento. Yo he llegado lo más lejos que me ha sido posible y necesito ayuda. Ahora, como te prometí, te voy a explicar todo lo que sé. Además, creo que el hecho de que hables francés será muy útil, porque lo hablas, ¿no es cierto?

—*Bien sur* —dijo Fransuá con una gran sonrisa, y al instante se dispuso a oír lo que Carmen tenía que contarle. Durante una hora se quedó hipnotizado escuchando sus palabras y admirando sus hermosas facciones. Su voz penetraba en sus oídos y lo transportaba a un mundo de sensaciones al que jamás había tenido acceso. Aquella mujer le fascinaba. Y para colmo tenía la sensación de que ella lo consideraba una persona válida, cosa que hasta entonces nunca antes le había sucedido.

Sus propios padres, a los que amaba con reverencia, siempre le habían tratado como a un niño fantasioso que nunca llegaría a madurar ni a hacer nada de provecho. Cuando Carmen por fin terminó, Fransuá a duras penas pudo despertarse de su sueño, pero en cuanto se repuso su cara se iluminó de nuevo.

Después se intercambiaron los números de teléfono y quedaron en encontrarse al día siguiente a las doce en la misma terraza. En ese momento no sabían que se iban a ver mucho antes de lo que ninguno de los dos se hubiera podido imaginar, y tampoco que juntos vivirían aventuras que ni en un millón de vidas podrían olvidar.

Capítulo 13

Enganchado a una señal de bus

Tras regresar a casa, al amparo ya de las cuatro paredes y la cálida luz de su salón, delante de una cena improvisada, Héctor y Elena no supieron hacer otra cosa que darle vueltas y más vueltas a la reciente conversación que habían mantenido con Ramita. Por más que repitieron lo que les había dicho una y mil veces, no acertaron a sacar ninguna otra conclusión que no fuera el estricto sentido que la vaca le había dado a sus palabras: «La clave de todo está ya escrita. Hace mil años que fue descubierta pero no fue entendida. El Gran Ojo dará la señal.» A la una de la mañana decidieron por fin irse a dormir; quizás al día siguiente, con la mente más despejada, podrían encontrarle algún significado. Media hora más tarde cayeron rendidos en la cama, donde, abrazados bajo las mantas, a los pocos minutos compartieron un perturbador sueño.

Ambos se hallaban subidos en lo alto de la Gran Noria situada en la Plaza de la Concordia de París. Una avería eléctrica la había obligado a detenerse. Frente a ellos, recostada en el espacio libre de su misma cabina, se encontraba Ramita. Tenía los ojos cerrados y parecía estar adormilada, pero incluso así seguía masticando su deliciosa hierba.

Durante unos instantes, Héctor y Elena levantaron la vista; a través del cristal pudieron contemplar la bella imagen de la ciudad dormida. Pero cuál sería su disgusto cuando, un segundo después, volvieron a mirar hacia la vaca y la vieron sangrando: alguien había cometido el cruel acto de arrancarle los párpados y dos regueros de sangre recorrían sus mejillas como si fueran lágrimas.

—*No os preocupéis por mí* —*dijo Rami en cuanto los vio reaccionar*—, *esto es sólo parte del juego y yo he aceptado las reglas. Mi código es mi código y no puede ser contravenido. No obstante, sí que os puedo advertir. El hijo del que hace ya mucho tiempo asistió primero a mi muerte y luego a mi resurrección tiene conocimiento de vuestra existencia, y aunque no sabe quiénes sois, os está buscando. No volváis a vuestra pradera sagrada, pues si lo hacéis acabará encontrándoos. Aun así os aviso de que quizás eso no bastará para que estéis a salvo, pues vuestra huella de amor permanecerá indeleble por un tiempo y podrá rastrearla. Andaros con cuidado hasta que el momento llegue, pero sobre todo y más importante, no habléis con nadie sobre esto. Yo misma me he arrancado los párpados, por lo que esta será la última vez que caiga en el estado de sueño mediante el cual nos comunicamos. De esta manera os protejo de sus fuerzas. Sólo una cosa más me está permitido revelar: «aquella que conoce la lucha de la Tierra ha abierto el libro y a ella le corresponde averiguar el cómo.»* —*Y después de decir estas palabras Ramita desapareció de la cabina; en su lugar sólo se encontraban las dos breves manchas de sus lágrimas. La noria comenzó a girar de nuevo. La ciudad estaba iluminada. En el cielo se adivinaba el último cuarto de la creciente luna.*

Cuando se despertaron y a pesar de su agitación, Héctor y Elena apenas tuvieron tiempo para comentar lo que habían soñado; a él se le había hecho tarde y tuvo que salir disparado hacia la lonja. Mientras desayunaba sola, Elena no había dejado de pensar en la advertencia de Ramita y en su nuevo mensaje. No sabía qué podían significar. Se lamentaba de la manía que tenía el animal de hablar siempre en términos tan poco claros. ¿Sería eso propio del lenguaje de las vacas?, ¿o por el contrario sería una particularidad del carácter de Rami? En realidad, y aunque sospechara que nunca lo averiguaría, daba un poco igual. Lo que no le daba lo mismo era que les hubiera dicho que aquel hombre los estaba buscando. Sin embargo, aún sin estar muy convencida pero con el ánimo de tranquilizarse, Elena se dijo que no debía preocuparse demasiado, porque: ¿qué pruebas tenían de que algo de todo aquello fuera de verdad a acontecer? De momento, aparte del hecho excepcional de que habían hablado con una vaca, ninguna otra cosa anormal y demostrable había sucedido. Sólo con esos datos no podían acudir a las autoridades ni solicitar la ayuda de nadie, pues resultaba evidente que nunca los creerían.

Tras terminar su desayuno y preparar sus cosas, Elena se calzó sus botas de seguridad y se dirigió hacia su coche. Una vez lo puso en marcha enfiló el camino de la obra. Mientras conducía encendió el reproductor de cedés de su Ford Focus. No sonó nada. Le dio al botón de expulsar y comprobó que no había ningún disco metido. Con la mano derecha abrió la guantera sin perder de vista la carretera y escogió uno al azar. Lo introdujo, le dio al play, y tras unos breves segundos comenzó a sonar.

Era un homenaje al cantante de Nacha Pop, Antonio Vega. El primer tema lo cantaba con Los Secretos y se titulaba Enganchado a una señal de bus. Mientras lo escuchaba, Elena iba tarareando la hermosa letra: «voy andando hacia ningún lugar, cambio de tren en la estación del viento, el circuito va de bar en bar, hay que esquivar y no romper el hilo, son las formas de luchar con estilo…», de repente Elena se acordó de algo. La primera vez que había oído esa canción estaba con Carmen. ¡Claro!, se trataba de eso. Era ella la que conocía la lucha de la Tierra. ¿Cómo no se le había ocurrido antes?, estaba segura de que Ramita no podía referirse a ninguna otra persona: «aquella que conoce la lucha de la Tierra ha abierto el libro y a ella le corresponde averiguar el cómo.» Parecía que por alguna razón, Carmen se había leído o estaba leyendo el libro en el que había sido escrita la clave y debía de ser quien diera con ella. Tenía que llamarla de inmediato. Aunque por un motivo u otro hasta ahora lo había estado posponiendo, llevaba dos meses anhelando oír su voz. La echaba de menos. Le había costado mucho digerirlo, pero al final comprendió que no había sido Carmen quien la había arrojado a los abismos de un dolor que no se imaginaba que podría existir. Quizás ella y Héctor hubieran sido los desencadenantes, pero no tenía duda de que la angustia era algo que estaba allí de antes, agazapada desde hacía ya años en un lugar recóndito y esperando a salir en el momento justo, cuando más confiada se sentía, cuando ya pensaba que era la reina absoluta de un territorio cuya vastedad se le hacía ahora terriblemente inhóspita, al averiguar que ni siquiera había comenzado a vislumbrar su penosa extensión, al saber que aquella negrura podría esconder monstruos de los cuales hasta entonces no tenía constancia. Nunca se había preocupado por la fidelidad o no de sus amantes. Nunca jamás había sentido celos. Nunca los había comprendido y por supuesto jamás los había tolerado. Siempre se había apartado de ese tipo de hombres. No lo había hecho con Héctor porque él tenía la facultad de reírse de sus propias miserias, y también porque cuando lo ignoraba sólo se sentaba en silencio o le daba por irse a navegar. Algunas veces, cuando de tanto meditar estaba a punto de perder la cordura, le montaba una escena, pero ella también se las montaba a él por razones absurdas, por tener un carácter que absorbía los golpes y parecía ser blando pero sin el cual ella misma en el fondo sabía que no podría vivir. Así que después de que se acostaran juntos en sus mismas narices, tuvo que agarrarse los machos y mirarse muy dentro; allí donde residía la idea de que su comportamiento había sido una afrenta; allí donde su ego le decía que lo que habían hecho los dos no era algo que fuera tolerable, que una buena amiga no la traicionaría y que a un buen compañero no se le hubiera ocurrido seguirle la corriente. Tenía que mirarse allí dentro por mucho que doliera porque era mentira. Después de cinco meses, el recuerdo seguía lastimándola, pero no era porque ella se hubiera a su vez acostado con otros que había vuelto con él. Tenía muy claro que las angustias no eran intercambiables; una no podría cancelar a la otra porque no eran iguales, porque habitaban en dos corazones diferentes cada uno de los cuales tendría que aprender por sí mismo a aliviar su dolor. Había vuelto con él porque tenía la esperanza de encontrar todavía un atisbo de amor, quizás esta vez del verdadero; aquel amor que se escondía detrás de lo ilusorio y al que a una sólo le era dado llegar una vez concedido el regalo de su propio perdón. Y ahora, al haber comprendido de repente que Ramita se había referido a Carmen en su último sueño, la rabia que todavía sentía se le había aliviado, como si sus palabras hubieran sido un bálsamo benéfico, como si hubiera estado esperando su señal para curarse el alma. «La llamaré en cuanto llegue a la obra —decidió de manera tajante después de haber reflexionado—. Primero a ella y después a Héctor», añadió para sí sin acordarse en ese momento de que la vaca les había advertido que no hablaran con nadie.

Era el trigésimo octavo día de trabajo y la excavación se encontraba ya en su fase final. Hasta la fecha habían horadado 1.450 metros. De seguir a ese ritmo, el túnel quedaría terminado en menos de tres días. La boca de entrada, ubicada dos metros por debajo del nivel del mar en el interior del pozo de ataque, daba acceso a la galería de hormigón que se iba conformado a medida que avanzaba la tuneladora. La pendiente requerida en el proyecto, el 2,3 por mil, significaba que la base del túnel en el punto de salida, a 1.500 metros del pozo, estaría situada a una profundidad de treinta y cinco metros bajo el agua. Una vez llegara a su posición final, la maquinaria tendría que ser rescatada del fondo marino. Para ello, un equipo de buceadores dragaría primero los tres metros de arena que habría por encima recubriéndola, para después conectarla mediante eslingas de acero a un flotador cilíndrico de diez metros de longitud y dos de diámetro, sumergido previamente y situado a escasas dos brazadas del cuerpo de la tuneladora.

Después de enganchar la máquina, se inyectaría aire en dicho flotador, vaciándolo muy despacio de agua hasta que subiera a la superficie. Era una maniobra peligrosa; existía el riesgo de que si se insuflaba el gas demasiado deprisa todo el conjunto ascendiera sin control, poniendo en peligro la integridad de los equipos y de los dos barcos de rescate. Sin embargo, para ejecutar aquella maniobra faltaban aún cuatro semanas; antes de nada deberían retirar los elementos auxiliares, las tuberías y los cables utilizados durante la excavación y que se encontraban todavía en el interior del túnel.

A pesar de que deseaba hablar con Carmen cuanto antes, nada más llegar a la oficina Elena tuvo que atender una reunión con los jefes de producción del turno de noche. En ella despacharon las novedades y la pusieron al corriente de algunos incidentes menores. Luego tuvo que reunirse con la empresa subcontratista que suministraba los tubos de hormigón. Trataron sobre la reclamación que les estaban haciendo en virtud del espectacular incremento del precio del acero de los últimos meses. Su oferta estaba basada en una subida estimada del 3% más el IPC, pero en tan sólo medio año había subido un 35% y en esas condiciones estaban perdiendo muchísimo dinero. La empresa empezaba a negarse a suministrar más material y amenazaban con romper el contrato. Aquello era un problema muy grave y sus jefes tendrían que atenderlo o se verían con el proyecto paralizado.

Finalmente, a la hora de comer, Elena dispuso del tiempo necesario para llamar a Carmen. Cogió el teléfono fijo de su oficina y marcó el número de memoria. La señal sonó cinco veces, pero nadie contestó. Al sexto tono saltó el buzón de voz, pero cuando ya se disponía a dejar un mensaje se acordó de la advertencia que Ramita les había hecho en sus sueños: «pero sobre todo y más importante, no habléis con nadie sobre esto.» Al pensar en ello, un temblor se apoderó de sus manos, como si aquel teléfono se hubiera convertido de repente en una serpiente venenosa. «Estoy loca —pensó—, podría estar poniéndola en peligro», y entonces colgó sin decir nada. Sin embargo, al cabo de unos minutos, tras reflexionar cuidadosamente decidió que volvería a llamarla. El mensaje había sido claro; la vaca les había dicho que era Carmen la que debía averiguar cómo detener a ese hombre.

Aquel día había traído comida preparada de casa, así que durante el almuerzo se encerró en su despacho y se dedicó a pensar en la mejor manera de transmitirle la información a su amiga sin ponerla en aprietos. Fue entonces cuando se le ocurrió lo del mensaje en clave. Parecía una idea muy ñoña, habida cuenta del gran poder que su supuesto perseguidor tenía, pero precisamente por ser ñoña quizá sería la más eficaz.

Con su habitual pragmatismo se enfrascó de inmediato en inventarse la manera de conseguir que Carmen investigara sobre el Gran Ojo sin tener que explicárselo. La conocía bien y sabía que si encontraba las palabras exactas, y mucho más en el actual y delicado estado de su relación, ella seguiría sus instrucciones sin pedirle razones. Al cabo de media hora dio por fin con la fórmula. Practicó durante quince minutos las variaciones de tono requeridas con su voz entrenada de soprano y la volvió a llamar. Cuando escuchó la voz del contestador, dejó el mensaje y colgó. Ya se ocuparía después de cómo contactar con ella para aclararle todo sin que nadie más se pudiera enterar. Luego llamó a Héctor, pero no lo pudo localizar en el móvil, «se lo contaré esta noche», se dijo para sí.

Cuando llegó por la tarde a su casa, Héctor ya estaba allí. Lo primero que le dijo en cuanto lo vio fue lo que se le había ocurrido sobre Carmen al escuchar la canción de Antonio Vega. Sólo de oír aquel nombre a él se le descompuso el cuerpo; su aturdimiento era tal que ni siquiera pudo entender lo que había querido decirle. Seguía estando demasiado inseguro con respecto a lo que había pasado como para tener una postura clara. Que Elena le hubiera sido infiel lo podía entender y hasta perdonar, aunque ella insistía en que su perdón no sólo le era irrelevante, sino que además era una fantasía. Si ella se había acostado con otras personas era porque lo deseaba, porque quería ir a favor de sus necesidades y no porque estuviera yendo en contra de las supuestas necesidades de su supuesto novio. Pero el hecho de ser él mismo el infiel era una cosa bien distinta. Su magnanimidad y comprensión no funcionaban igual cuando se trataba de administrarlas hacia sus propios actos. Héctor todavía no había aceptado del todo que en su personalidad estuviera contenida la palabra traición. Por un lado prefería seguir pensando que la venganza había sido el motor que lo había impulsado a acostarse con Carmen, pero por el otro intuía la falsedad que se encerraba en ello, acrecentada por la crudeza con que Elena le decía que ya era hora de que reconociera que había otras mujeres que también le atraían, que su cuerpo entero anhelaba fundirse con cuerpos que no conocía, que su alma deseaba adentrase en el mundo prohibido de lo inexplorado. Así que cuando escuchó decir aquel nombre no supo entender que no estaba sacando a colación cosas que ya habían ocurrido, sino que estaba hablando del presente, de los sucesos extraordinarios que habían vivido en los últimos días y que habían sido la chispa que había vuelto a encender el fuego de su enorme pasión. Mientras que su cerebro iba procesando todos estos datos, Elena callaba y le cogía la mano, sabedora de la lucha que pugnaba allí dentro y del miedo que lo agarrotaba. Después ella apoyó la cabeza en su pecho y rodeó sus hombros. Él, arrullado por sus brazos se declaró vencido, habiendo comprendido que la pelea se había terminado y acordándose entonces del sueño que habían compartido y en el que —sólo ahora por fin lo entendía—, la vaca les había hablado de Carmen, porque efectivamente Héctor estaba también de acuerdo en que sólo ella podía ser la que conociera la lucha de la Tierra.

Una vez se despejaron sus dudas y supo la razón de por qué la había nombrado, Elena le explicó cómo le había enviado un mensaje en el que le pedía que averiguara todo lo que le fuera posible sobre el Gran Ojo. A Héctor le pareció bastante raro que hubiera tomado todas esas precauciones, pero prefirió no hacérselo notar. En realidad, a pesar de las advertencias de su último sueño, no consideraba que estuvieran corriendo ningún peligro. Cierto era que todo había sido muy extraño, pero ninguna señal de alarma se había despertado en su conciencia hasta ese momento, y eso era lo más importante para él. Cuando terminaron de hablar, esta vez fue Héctor el que cogió la mano de Elena para arrastrarla tras de sí a la habitación. Le dijo que era necesario tomar medidas urgentes contra el hombre sobre el que Ramita los había prevenido, y en cuanto entraron en el cuarto se abalanzó sobre ella, la tumbó en la cama y la empezó a besar por todas partes. Ella se dejó hacer, pues también necesitaba sus abrazos. Unos minutos más tarde, sus cuerpos desnudos se enroscaban con una pasión tan nueva que parecía distinta, como si al quitarse la ropa y rozarse las pieles estuvieran descubriendo continentes no hollados, espesuras brillantes que les darían cobijo, extensiones diáfanas donde el dolor no dejaba sus huellas.

A la mañana siguiente, Elena se marchó al trabajo como de costumbre. Héctor había pedido el día libre. Ante la ausencia de acontecimientos había decidido no acudir a la lonja y dedicarse desde casa a tratar de averiguar algo que tuviera que ver con el Gran Ojo. Antes de ponerse con ello fue a darse una vuelta en bici; hacía buen tiempo y le apetecía disfrutar del silencio. Por si podía hablar de nuevo con Rami se acercó hasta el área recreativa, pero allí no había nadie. Después visitó su pradera favorita.

Y es que aunque intuía que aquel sería el lugar más propicio para encontrarla, jamás se hubiera podido llegar a imaginar que la razón por la que habían podido comunicarse con la vaca era que, en sus innumerables visitas al lugar, habían ingerido accidentalmente algunas briznas de la misma hierba silenciosa que ella había comido cuando era pequeña. Porque la verdad era que este dato nadie lo conocía, ni siquiera Ramita. Luego regresó a casa. Sobre las doce, después de tomarse un tentempié, se puso a investigar.

Elena mientras tanto se pasó la mañana supervisando los trabajos de perforación. Habló con los pilotos durante un buen rato y bromeó con ellos. Eran belgas de origen italiano, pero hablaban el castellano bastante bien, pues ya habían realizado varias obras en España. Le estuvieron explicando a Elena las funciones de cada uno de los botones del panel de control e incluso le permitieron manejar la máquina durante unos minutos. Se los veía felices con una mujer dentro de la cabina. Por la tarde, aunque anhelando saber lo que Héctor podría haber averiguado, no tuvo más remedio que ocuparse de la certificación.

Era necesario comprobar cifra por cifra las cantidades imputadas a cada partida antes de autorizar la emisión de la factura definitiva por los trabajos realizados durante el mes en curso. El pago de las mismas sería aprobado más tarde en la reunión correspondiente, y sólo tras la justificación detallada de cada uno de los conceptos. Aquello era una tarea que requería mucha concentración, pues había que revisar cerca de quinientas posiciones distintas. A las cinco y media se dio cuenta de que le iba a llevar más tiempo del que pensaba. Decidió llamar a Héctor. La impaciencia la estaba consumiendo; deseaba conocer más datos sobre el Gran Ojo. Le llamó desde su móvil. Presionó el número dos de su teclado durante un segundo y medio y, tras un breve silencio, se escuchó la locución de la operadora diciendo que el teléfono estaba desconectado o fuera de cobertura. Héctor no tenía nunca el buzón de voz activado, por lo que Elena se limitó a cortar la llamada. Lamentándose por la ausencia de respuestas, volvió al trabajo. Acabó a las nueve de la noche. Apenas si había tenido tiempo de pensar en nada más que no fueran albaranes de entrega, relaciones de horas extraordinarias, materiales diversos, variaciones de precios y toda clase de cosas así, pero una especie de tensión subyacente dominaba sus actos. Estaba muy cansada. Todo en su cabeza había comenzado a adquirir unas proporciones que difícilmente podrían quedar contenidas en el limitado volumen de su cerebro. Era necesario vaciar el armario o de otra forma no habría espacio para todo. Necesitaba descansar, así que decidió marcharse y darse un buen baño caliente.

Cuando media hora más tarde llegó a su casa, Héctor no estaba. Se asomó al jardín posterior pero allí no había nadie; sólo se escuchaba el maullido de un gato. La luna estaba en la última fase de su cuarto creciente, pero aun así la noche brillaba con los destellos de millones de estrellas. Elena regresó al interior. Se quitó las botas de seguridad y, calzándose unas chanclas, se dirigió al baño. Estaba rabiosa, no comprendía por qué Héctor no se encontraba allí ni había contestado su llamada. Mientras dejaba correr el agua, comenzó a desvestirse. Puso el tapón de la bañera, metió la mano debajo del chorro para ajustar la temperatura y se quitó el resto de la ropa. Se lavó los dientes desnuda frente al espejo. Era primavera, pero aún hacía un poco de frío y toda la piel de su cuerpo se le había erizado. Impaciente por saber lo que Héctor podría haber averiguado, metió el pie derecho en el agua; todavía había bastante poca y estaba demasiado caliente, pero eso era mejor que continuar allí, helada de frío. Luego metió el otro pie y se sentó, aguantando la sensación de calor que la abrasaba; sabía que aquello la ayudaría a olvidarse por un momento de la vaca y todas sus locuras.

Sentada así, el agua apenas le llegaba a la altura de las ingles. Luego dobló las rodillas y, desplazando su cuerpo hacia abajo, hizo que su cabeza descansara en el fondo del baño. El agua ahora le llegaba a la altura de las orejas y apenas le cubría el vientre. Sus pezones se pusieron duros como dos dedales metálicos. Pensó en Héctor. Tenía ganas de que estuviera allí con ella. No comprendía por qué se había marchado. Cogió la pastilla de jabón de avena y se empezó a enjabonar los brazos. El nivel del agua seguía subiendo. Se incorporó, apoyando su espalda en la parte posterior de la bañera. Siguió pasándose el jabón por el resto del cuerpo; ahora jugueteaba con sus senos, como si fueran dos globos en una fiesta de cumpleaños. Después se lo pasó por el abdomen e hizo círculos con él alrededor de su ombligo. Volvió a pensar en Héctor. De repente, una punzada de preocupación le atravesó el corazón: «¿y si le hubiera pasado algo?, no, eso no es posible», prefirió pensar. Entonces, para apartar esos oscuros nubarrones, sumergió completamente la cabeza en el agua y contuvo la respiración. Y así permaneció hasta que ya no aguantó más, soltando una hilera de pequeñas burbujas que ascendían veloces hacia la superficie.

Volvió a incorporarse. Parecía que estaba más tranquila. Después de lavarse la cabeza se quedó allí tendida sin pensar en nada. Su cuerpo se había relajado y su mente estaba preparada para recibir nuevos datos. Al cabo de unos minutos, tiró del tapón y, levantándose con brío, se envolvió en un albornoz. Luego se calzó unas zapatillas y se fue al sofá a tumbarse mientras se le secaba el pelo. Al sentarse vio encima de la mesa lo que parecía una nota de Héctor. Y entonces una verdadera puñalada de preocupación le atravesó el cerebro: «¿cómo es posible que antes se me haya pasado desapercibida?» Era un folio doblado en dos mitades. Justo encima habían colocado una caja de madera que contenía el juego de bolas chinas preferido de Héctor. Elena alargó una mano temblorosa, cogió la nota, y desdoblándola comenzó a leer:

«*Elena, soy Ulises. Mi nombre en un principio te podrá sonar extraño, pero aunque no me conozcas personalmente tengo la certeza de que habrás oído hablar de mí. Ahora mismo estoy aquí con Héctor, en el salón de vuestra propia casa, y con seguridad para cuando leas esta nota ya me lo habré llevado, o mejor dicho, será él el que voluntariamente me haya querido acompañar. El porqué ha sido así ya lo sabrás a su debido tiempo. No tengas miedo, no corre ningún peligro, a menos que decidas no seguir mis indicaciones. No trates tampoco de llamarle, pues como podrás ver su teléfono se encuentra guardado en el primer cajón de tu mesilla. Lo hemos decidido así para evitar generarte esperanzas inútiles. No te preocupes porque no tendrás que esperar mucho tiempo para poder reunirte otra vez con él. Tan sólo serán setenta y dos horas.*

A la tercera medianoche, cuando la luna llena brille con todo su fulgor, después de que aparezca el Gran Ojo y parpadee tres veces, yo mismo lo traeré de regreso, y entonces tendré a bien explicaros a los dos todo lo que en adelante habrá de suceder. Así de primeras me parece que sois las personas idóneas para transmitir al mundo las razones de por qué me he visto forzado a realizar estos tremendos actos. Sólo te pido que no trates de buscarnos y que hasta ese momento no hagas públicas mis intenciones, pues de lo contrario lo mucho o poco que os quede de vida no la pasaréis juntos. En ningún caso pienses que pretendo matar a Héctor; yo no soy el tipo de persona que haría una cosa tan vulgar. Simplemente, si no haces lo que te indico, te aseguro que no volverás a verlo nunca, y esa pena, intuyo, te sería insoportable.

Encontré vuestro rastro de amor en la pradera donde dormía la vaca Ramita. Ese rastro se abría paso hasta vuestra casa como el carril de una autopista que aún no hubiera sido inaugurada. He sido testigo de la enorme fuerza de vuestro vínculo y soy consciente de que constituye un poder que no puedo desestimar. Te aseguro que muy pocas veces he visto nada semejante. En la mayor parte de los casos, el amor conyugal se sustituye por una simple y triste relación de conveniencia, y créeme que eso, entre otras cosas, es la base de todas las miserias. La mente humana se encuentra terriblemente insatisfecha, y como no se atreve a arrojarse al abismo de lo desconocido, se ocupa solamente en esquilmar el mundo. Manteniéndoos separados evito toda posibilidad de que me impidáis cumplir con mis designios.

Por último, y por si acaso aún dudaras de que todo lo que te he contado acabará realmente sucediendo, te informo de que esta noche a las doce en punto, cuando la luna brille en su cuarto aún creciente, se transformará durante cinco minutos exactos en una luna llena plateada y perfecta. Sin lugar a dudas el mundo entero asistirá a este fenómeno con perplejidad y lo entenderá como un presagio. Muchas serán las interpretaciones a que dará lugar y es necesario que así sea, pues aunque la destrucción sea ya inevitable, antes de que suceda, la conciencia tendrá que iluminarse, ya que de no ser así vuestra desaparición sería inútil y eso tampoco se ha de permitir.»

Al final de la nota había algo escrito con la letra de Héctor:

«Estoy bien mi amor, nos veremos muy pronto. Confía en mí. Un abrazo. Héctor.»

Durante dos largos minutos, Elena fue incapaz de levantar la vista de aquel papel; un gran pánico se había apoderado de ella y había provocado que su cuerpo se quedara totalmente paralizado, incapaz de reaccionar de ninguna manera. Enfrente de sus ojos ahora sólo veía un montón de letras desenfocadas que no tenían significado alguno y que le producían un inmenso dolor. Sin embargo, las lágrimas se negaban a acudir a su rostro. Algo desde muy dentro le decía que no tenía tiempo para lamentaciones, y mucho menos para la autocomplacencia. Y por eso Elena se incorporó en el sofá y releyó la nota varias veces. Y entonces, su mente práctica, acostumbrada a resolver problemas todos los días de una forma eficaz, se le aclaró de pronto y comenzó a trabajar en la dirección correcta de forma automática, como si se encontrara en una obra en presencia de una gran avería.

Lo primero que hizo fue vestirse; se puso la ropa interior y sobre ésta una camiseta de color beige y unos vaqueros descoloridos. Luego se calzó unas zapatillas de deporte y se puso un jersey, pues aún tenía frío. Acto seguido se sentó en la silla de su escritorio. Tenía el ordenador delante pero estaba apagado. Cerró los ojos e hizo tres respiraciones profundas. Intentó ordenar sus ideas con precisión: era evidente que Héctor no estaba en casa y que no se trataba de ninguna broma. Para comprobar la veracidad de lo leído, se levantó y se fue a su cuarto. Abrió el primer cajón de su mesilla de noche; efectivamente, el teléfono de Héctor estaba allí. No estaba encendido y Elena no conocía su clave de acceso. En ese sentido Elena se empeñaba en tratar de mantener su intimidad; nada de compartirlo todo como si fueran buenos y entrañables hermanos. Al principio de su relación esta actitud había sido motivo de fuertes discusiones, sin embargo, después de un tiempo, cesaron. Ella creía que Héctor había comprendido que, aunque él no quisiera tener secretos, ella sí que quería y que eso también implicaba belleza, pero a la luz de los hechos de hacía cinco meses, después de que se acostara con su mejor amiga en una especie de venganza rabiosa, resultaba evidente que no lo había hecho y que sólo se había conformado.

Después Elena volvió a su silla. Sentada allí respiró otra vez profundamente. Enseguida se dio cuenta de que sería inútil acudir a la policía. Para empezar, eso pondría en peligro a Héctor, o al menos, si es que lo que decía Ulises era cierto, pondría en riesgo la posibilidad de volver a verlo. Además estaba segura de que no la creerían, ¿o acaso ella se tragaría una historia fantástica que no tenía fundamento ninguno? En ese momento Elena se sintió como Sara Connors en la película *Terminator*, cuando le explicaba al psiquiatra forense que una máquina había venido del futuro para matar a un hijo que no había engendrado todavía. Por otro lado, Ulises sólo la había advertido de que no tratara de encontrarlos y de no hacer públicos los hechos, pero en su nota no hacía mención específica a que no pudiera averiguar por su cuenta más detalles o comunicarles la situación a sus conocidos. Por lo que ella intuía de sus conversaciones con Ramita y de su propio mensaje, Ulises utilizaba las palabras con precisión y no quería decir nada más que lo que decía. No parecía un ser un esquizofrénico, aunque indudablemente, en base a sus pretensiones y desde el punto de vista de aquellos que iban a ser *eliminados*, podría ser considerado como tal. Elena sin embargo no pensaba quedarse parada viendo cómo transcurrían aquellos tres angustiosos días. Eran las diez y media; faltaban noventa minutos para que, según la nota, ocurriera aquello que debía ocurrir a medianoche. Tenía el tiempo justo y era necesario darse prisa.

En primer lugar, haciendo caso omiso a las advertencias que Ramita le había hecho en su sueño, llamaría a Carmen. La situación lo requería; al fin y al cabo ya estaba al corriente del asunto y después de un día entero era muy posible que ya hubiera averiguado algo. Marcó su teléfono en el móvil. Tras escuchar los seis primeros tonos saltó el buzón de voz. Elena trató de conservar la calma mientras le dejaba el siguiente mensaje:

«—*Carmen, soy Elena, estoy bien, no te alarmes pero por favor llámame lo antes posible —y después colgó.*»

A continuación Elena pensó en llamar a los padres de Héctor: tenían derecho a ser los primeros en saber lo que había sucedido con su hijo. Sabía que su padre estaba de viaje, como por otro lado siempre ocurría, pero ignoraba dónde, y con respecto a su madre; ¿cómo podría explicarle lo que había pasado sin desatar más su paranoia?, ¿sería capaz de comprender algo en su estado actual?, ¿querría siquiera mantener una mínima conversación con ella después de que en varias ocasiones le hubiera dicho que no volviera a llamarlos en mitad de la noche? Por un momento pensó que quizá sería contraproducente, pero luego se impuso su sentido de la responsabilidad; ella seguía siendo su madre y Héctor desearía que lo hiciera. Dada la inverosimilitud de lo que había pasado y de la más que probable sobre excitación de su suegra, decidió que la informaría en dos fases. Primero la advertiría sobre la extraña transformación de la luna que tendría lugar a medianoche, y una vez esto hubiera sucedido, si es que se cumplían las promesas de Ulises, le explicaría el resto de la historia.

—*Dígim* —dijo una mujer en catalán con voz seca.

—Montse soy Elena, espero no importunarte. —Al otro lado de la línea se hizo el silencio.

—Te llamo para darte un recado de Héctor —continuó diciendo Elena sin darle pie a iniciar una pelea—. Ya sabes cómo es a veces; me ha pedido que te diga que esta noche a las doce mires en dirección hacia el oeste. Al parecer, no sé sabe por qué extrañas circunstancias, a esa hora, la luna, todavía en su cuarto creciente, se transformará de forma inexplicable durante cinco minutos en una luna llena —le soltó de un tirón y sin saber si habría entendido siquiera con quién estaba hablando.

—Déjame en paz —la oyó murmurar antes de que cortara la comunicación.

Cuando dejó el auricular, Elena suspiró. Su reacción después de todo no había sido tan mala; cualquier cosa mejor que ponerse a discutir con una mujer con la que no se podía razonar, «ya está hecho, ahora podré dedicarme a la búsqueda de Héctor sin tener que ocuparme de sus locuras», pensó con frialdad. Antes de hacer nada se levantó de la silla y se dirigió a la cocina. La breve conversación le había dejado la garganta completamente seca. Abrió el grifo y se sirvió un gran vaso de agua.

Bebió con calma, sintiendo como la frescura del líquido inundaba su boca y bajaba por la tráquea hacia el estómago. Ya se disponía a volver a su habitación cuando sonó el móvil. En cuanto lo cogió miró la pantalla; era un número desconocido. Dudó por un instante, pero al final decidió descolgar la llamada. Era Carmen. Elena respiró aliviada.

—Por dios Carmen, menos mal que eres tú. Héctor ha desaparecido —y entonces, como si no hubiera pasado nada entre ellas dos y se hubieran visto hacía sólo dos días, le contó con todo detalle los acontecimientos que habían sucedido desde que por primera vez se encontrara con Rami.

Carmen, que en un principio estaba muy nerviosa por no saber por dónde iba discurrir su conversación ni qué podría ser todo aquel lío del *Gran Ojo* y su llamada reciente, en cuanto supo que Héctor había sido secuestrado se olvidó de todas sus pamplinas y de su vergüenza y se puso enseguida a la altura de las circunstancias.

—¡Una vaca parlante! —exclamó cuando Elena por fin terminó su historia—. Increíble, si no te conociera pensaría que estabas chiflada. Pero... ahora que lo pienso yo también he tenido varios encuentros bovinos en las últimas horas.

—¿Ah sí? ¿Y cómo ha sido eso? —preguntó Elena.

—Ya te lo explicaré más tarde. Antes déjame ponerte al día de mis averiguaciones —y ella a su vez le refirió primero lo que sabía sobre el *Gran Ojo* y después todo lo relativo a su extraño encuentro con Fransuá.

Para cuando terminaron de contarse los hechos eran ya las doce menos cuarto, momento en el que, tras decirse que se habían echado mucho de menos, se despidieron, acordando llamarse en cuanto supieran que toda la historia, o bien era real y terrorífica, o bien era una broma pesada del destino.

Capítulo 14

Ulises

—Ya falta poco —dijo Ulises—, dentro de una breve hora la humanidad comenzará a tener constancia de mi poder, aunque ya te adelanto, Héctor, que no creo que seáis lo bastante listos como para sospechar el funesto significado de las señales que estoy a punto de enviaros.

Mientras Ulises hablaba asomado a la terraza y mirando a la lejana noche, Héctor lo escuchaba sentado en el sofá del silo. No sabía muy bien cómo había llegado hasta allí y qué es lo que se suponía que debía decir. Se sentía tremendamente fatigado, como si acabara de regresar de un largo viaje a través del espacio y de cuyos detalles no pudiera acordarse. Y sólo ahora, al oír las palabras de ese hombre que le había pedido que lo acompañara, se le estaban empezando a aclarar las ideas.

—Te he liberado de mi influjo porque necesito que comprendas muy bien lo que voy a decirte —siguió explicándole el hombre—. Espero que nos podamos comunicar, pues es de vital importancia que el mundo conozca las razones de por qué he de llevar a cabo estos tremendos actos.

Al escucharle, Héctor abrió la boca e intentó contestar, pero no pudo emitir sonido ninguno. Parecía que su laringe y sus cuerdas vocales hubieran olvidado cómo impostar el aire para crear palabras. Ulises, que lo miraba por el rabillo del ojo y no perdía detalle de sus gestos, continuó hablándole.

—Me alegro de que tras nuestra amigable charla en tu casa te decidieras a venir conmigo hasta este lugar deshabitado. Era irremediable que uno de los dos me acompañara y poder así manteneros en lugares distintos. Después de todo, sólo vosotros pudisteis entender a la vaca Ramita, quien, por la voluntad expresa de mi padre, tenía la misión de encontraros para que intentarais dar a vuestra especie una última oportunidad, cosa que yo he de tratar de evitar a toda costa.

—¿Comunicar? —logró por fin decir Héctor con mucho esfuerzo, respondiendo tardíamente a su anterior propuesta—, dudo que esa sea tu intención, pues de ser así no me habrías traído por la fuerza.

—Te equivocas muchacho, si hubiera querido utilizar la fuerza no estarías aquí.

—¿Qué es lo que quieres entonces? —replicó Héctor tras haber conseguido recuperar una parte de sus energías.

—Ya te lo he dicho, quiero que seas mi mensajero.

—¿Tu mensajero?, ¿y qué se supone que debo trasmitirle al mundo?, que nos vas a eliminar a todos. Estás loco.

—Si estoy loco o no, eso es algo que se verá después.

—No pienso aceptar ese papel. Ahora comienzo a recordar. Como ya te dije, yo mismo tengo serias dudas de que la humanidad se esté desplazando por la senda correcta, pero eso no quiere decir que crea que nos merezcamos ser eliminados.

—Me alegro de que empieces a recordar, aunque en realidad lo que tú creas o no carece de importancia. Así como el curso de un río no puede atenerse a la opinión de los obstáculos que se encuentra por delante, yo no puedo ignorar mi misión sólo porque una de las partes no esté de acuerdo con ella.

—¿Y se puede saber quién te ha encargado esa misión de la que hablas?, ¿acaso no has sido tú mismo?

—Te equivocas Héctor. Yo no soy nadie. Aunque tú me percibas a través de mis cuerpos éstos son sólo el vehículo que la *Voluntad Superior* utiliza para realizar su cometido. Cuando la *Conciencia* decidió, en el camino de su evolución, adquirir *Forma*, lo hizo con todas las consecuencias, de tal manera que en el mundo de lo concreto sólo se puede actuar a través de lo concreto.

—Vaya, ¿ahora te pones a hablar de filosofía? Eso sí que no me lo esperaba. Te creía por encima de semejantes banalidades —le espetó Héctor de forma ácida.

—Yo no hablo de filosofía, hablo de lo *Real*.

—Pues ya que quieres entrar en disquisiciones dialécticas entonces te digo que sí, que tienes razón. ¡A mí no me vas a ganar tú en hablar de entelequias!; te aseguro que soy un especialista en discutir de cosas sin sentido, ¡veremos a ver quién gana, mamonazo!

—Así me gusta, que intentes rebatirme; eso es justo lo que quiero. ¿Qué me contestas entonces?

—Ya te lo dicho, que tienes toda la razón. La *Conciencia* tomó forma por *Voluntad Propia* y al hacerlo se sometió a sus *Leyes* y se volvió *In-Consciente*. Una de estas Leyes es que la *Forma* ha de seguir un camino evolutivo a través del que deberá liberarse de su propio deseo, y te aseguro que tú no eres quien para privarnos de la posibilidad de conseguirlo por nuestros propios medios.

—Otra vez te equivocas. Te repito que yo no soy nadie. La más importante de esas *Leyes* que mencionas es que la *Forma*, por su propia naturaleza, está sometida al eterno ciclo del nacimiento-muerte, y esto que va a suceder no es más que otro cualquiera de esos ciclos. Al igual que el día sucede a la noche y que la vigilia sucede al sueño, así la especie humana habrá de dormir ahora para que en otro lugar se pueda despertar con una consciencia diferente y una fuerza renovada.

—Tú mismo te contradices —dijo Héctor con rabia— ¿cuál es el sentido de hacernos desaparecer para que luego tengamos que volver a recorrer el mismo camino?

— ¿Acaso no lees los periódicos?, ¿no te das cuenta de que están llenos de malas noticias? Las otras *Formas de Vida* también tienen sus derechos y a través de mí lo reclaman. Esta atmósfera que ahora respiras es un ser inteligente que ha tardado tres mil millones de años en desarrollarse, ¿no serás tan necio como para pensar que podéis venir vosotros y aniquilarla en doscientos miserables años?, ¿os creéis acaso dioses?

Héctor se disponía a contestar otra vez convencido, pero cuando abrió la boca no fue capaz de articular palabra. Sabía que Ulises tenía razón. Todos los días los periódicos y los telediarios anunciaban un sinfín de malas noticias: «*dos mil niños en China envenenados por plomo debido al mal funcionamiento de unas fábricas de baterías de coche*». Occidente se jactaba de querer proteger el aire poniendo en las calles coches eléctricos, pero a nadie le importaba dónde y en qué condiciones se fabricaban. Asesinatos, violaciones, explotación, machismo, marginación, y eso por no hablar de los vertidos de petróleo, de los residuos, de la contaminación, del ruido, de los plásticos que inundaban el mar... ¿No sería mejor que todo esto terminara cuanto antes? Tal vez al tomar conciencia de que el final se hallaba cerca la especie humana reaccionara de forma ejemplar —seguía Héctor pensando para sí.

Pero entonces se acordó de Elena y de su amor por ella y de cómo habían superado los obstáculos que de no haber luchado habrían hecho que su amor naufragara sin motivos reales. Aquella llama que pese a las dificultades no se había apagado era el amor verdadero, algo que era independiente de la persona amada, que existía en sí mismo; aquella capacidad que cada ser humano tenía, aunque muchas veces olvidada, era lo que llenaba de significación cada uno de nuestros actos. ¿Qué sentido tenía hacer nada si cada vez que una persona hacía algo no tratara de hacerlo dando siempre lo mejor de ella misma? El amor era la sola razón de la existencia, y sin él nada podría tener lugar, y eso, estaba convencido, no debía ser aniquilado, no podía ser aniquilado. Y entonces le vinieron estas palabras a la boca:

—Ulises, esto no es una guerra de la mente. Lo único importante es lo que has dicho antes; tú no eres tú y yo no soy yo, tan sólo somos la manifestación de algo *Superior* que ha elegido expresarse. Ese algo es el *Amor*, y de ninguna manera puede ir en contra de nada, sino que va siempre a favor de todo. Es cierto que el ser humano como especie está confundido y que se dirige con pasos de gigante hacia un gran e incuestionable abismo, pero no es menos cierto que todo lo hace impulsado por esa única fuerza. Hoy he venido voluntariamente aquí contigo porque hay algo que es mucho más importante que mi propia vida, y eso, aunque lo puedas intuir, no lo puedes ni siquiera atisbar, ¿o es que tú acaso has amado alguna vez?

—Te vuelvo a repetir Héctor que yo no soy nadie. ¿Crees que el terremoto que sacude los cimientos de una central nuclear liberando su radiación mortífera es capaz de amar? Te equivocas de nuevo al pensar que el amor es la fuerza que todo lo mueve. A mí no me fue dada esa, por así llamarla, debilidad. Durante muchos años pensé que había algo en mí defectuoso, pero indagando en mi interior y mirando con detenimiento lo que tenía delante, poco a poco comprendí que, lejos de ser algo envidiable, aquello no era más que una pesada piedra con la que todo el mundo cargaba resignado.

—Estás sumamente confundido Ulises. Tú identificas el amor con las relaciones sentimentales, y eso, te lo aseguro, es un error muy grave. Que dos cuerpos cumplan su ley orgánica y se unan no tiene nada que ver con el amor. Lo que pasa es que, durante miles de años, los señores que se han apropiado de las religiones nos han transmitido ese mensaje para sujetarnos a su yugo y todavía no hemos sabido liberarnos de él. Y fíjate que hablo de señores y no de señoras, pues han sido los hombres, ante el miedo ancestral a que las mujeres les arrebataran su poder, los que ejerciendo todo tipo de violencia se han encargado así de hacerlo. Lo que tú dices que es una pesada piedra con la que todo el mundo carga resignado es el hecho de que, debido a la persistencia de este mensaje y a nuestra inconsciencia actual, una gran cantidad de personas viven el amor como una obligación para con alguien, y sin embargo es todo lo contrario. Te lo digo no como una teoría, sino como una verdad que no hace mucho que he averiguado. Yo también miro a mi alrededor y veo una cantidad enorme de sufrimiento que se deriva de este dislate, y como consecuencia de él la Tierra sufre, pero como ya te he dicho, sé que el amor se acabará imponiendo porque es inevitable, y estas estructuras del poder masculino serán muy pronto destruidas.

—Más pronto de lo que te imaginas querido Héctor. He de decirte que no estoy confundido, de hecho estoy totalmente de acuerdo contigo, y por eso mi misión es la de inducir a la reflexión de la cual hablas. Como bien dices, el hombre se ha ocupado con todas sus energías en doblegar a la mujer para convertirla en su esclava y está muy claro que, en estas circunstancias, nadie logrará liberarse del yugo que mencionas. Es por eso que sería inútil prorrogar más la espera, ya que de tolerar que continuarais con vuestros escarnios, la Tierra y toda la vida que en ella habita acabarían tristemente sucumbiendo. No es que yo esté carente de sentimientos, sino que obedezco a una voluntad que está por encima de consideraciones morales de ningún tipo. Al fin y al cabo, la moral no deja de ser siempre algo subjetivo. Incluso el asesino más despiadado se mueve en función de unos valores que considera justos. He ahí por qué no puedo detenerme, pues si lo hiciera traicionaría la sola razón de mi existencia.

—Y con el objeto de poder comprenderte, ¿se podría saber en qué circunstancias fuiste traído a ella? —preguntó Héctor.

—Para eso precisamente estamos aquí, para que comprendas. Este cuerpo que ahora ves, la primera vez que nació, nació muerto. Mi padre, por circunstancias que no vienen al caso y que en otro momento te acabaré explicando, aprendió la manera de imbuir la vida a un cuerpo inerte y, rescatando el mío de un final prematuro, me creó. Fue así como tuvo lugar mi segundo nacimiento. Por razones que tampoco ahora vienen al caso, durante muchos años no me fue revelado este hecho tan significativo, y aunque yo de alguna manera era consciente de que no pertenecía a vuestro mismo género, no fue hasta que él murió que toda la verdad me fue presentada. Fue entonces cuando nací por tercera vez. Por ponerte un ejemplo, en ningún momento me he enamorado de ninguna mujer. Es verdad que me suele suceder que, a la vista del cuerpo desnudo de una bella hembra, mi pene, obedeciendo a sus naturales impulsos, primero se endurece, luego se enhiesta e incluso a veces arroja semen por su boca, y hasta te confieso que en muchas ocasiones he copulado de esta forma. Sin embargo para mí eso siempre ha carecido de atractivo. El hecho de que mi cuerpo necesite comer y de que yo considere sabrosa la comida que ingiero no convierte ese acto en algo digno. Lo único digno es mi misión sagrada, y fuera de ello lo demás es sólo un pálido espejismo que no tiene rostro.

—Vaya, eso sí que son circunstancias verdaderamente atípicas —contestó Héctor, que en el fondo todavía no se creía que ese hombre tuviera el poder suficiente para eliminar a la especie humana de la faz de la Tierra —. De lo que no me cabe duda es de que tu existencia es tan real como la consistencia de las paredes de este silo al que me has conducido, y por eso te pido que me dejes marchar, ya seguiremos hablando en otra ocasión.

—Eso Héctor no lo puedo permitir. Me alegra comprobar que tienes buenos argumentos, y ello demuestra que Ramita acertó al encontraros. No pretendo convencerte en la primera de nuestras conversaciones, pues eso sería altamente desalentador para mí. Te recuerdo que, a través vuestro, la humanidad debe enterarse de lo que le espera para poder, si no salvarse, que para eso ya es demasiado tarde, al menos enmendar su camino.

Entonces Héctor, cansado ya de tanta dialéctica, decidió marcharse en busca de Elena y de los suyos. Pero cuando se levantó del sofá e intentó caminar hacia la salida le fue imposible. Por mucho que insistiera, las órdenes de su cerebro no eran cumplidas por sus piernas; parecía que en algún lugar intermedio alguien hubiera cortado los cables. Estaba seguro de que Ulises no le había infligido ningún mal, así que sabía que la explicación del porqué no se podía mover debería ser otra. Ulises, viendo su cara de extrañeza, quiso adelantarse a sus preguntas.

—Querido Héctor, veo que aún dudas de mi poder. Tus piernas están bien. Es sólo que un rayo de mi pensamiento está penetrando en tu cerebro haciéndole creer que no puede moverlas. Mientras ese rayo no cese no podrás desplazarte. Yo puedo encender o apagar ese rayo a voluntad y has de saber que, una vez ha sido instaurado, no necesito permanecer a tu lado para que continúe haciendo su labor. Como ya te advertí, ahora mismo me es imposible liberarte, pero en cuanto el *Gran Ojo* haga su aparición podrás marcharte y contar al mundo lo que está por venir.

—Ulises, compruebo que tienes un gran poder, pero si eres capaz de manipular las mentes de todos los seres, ¿a qué más has de esperar?; ¿no puedes acaso ordenarles ahora mismo que por ejemplo dejen de alimentarse y morir?, o mejor aún, ¿no podrías hacer que dejaran de comportarse de forma tan dañina y de esa manera salvar esta tierra? Hay algo que no entiendo.

—Eres muy perspicaz. En primer lugar, eso que tú dices lo podría hacer tal vez con algunos cuantos miles de personas, que serían exactamente todas aquellas cuyos cuerpos hubieran entrado en mi campo de conciencia o se hubieran aproximado a este lugar donde habito aunque estuviera ausente, pero éstas, de cualquier forma, serían muy pocas en relación al número total. En segundo lugar, en el caso de que pudiera hacerlo con todos y cada uno de los habitantes de la Tierra, no dejaría de ser más que una enorme trampa. Mi misión, ya lo he dicho antes, no es la de educar la mente, sino la de invitar a la reflexión. Pero Héctor, no es el momento de seguir charlando, la hora se acerca y como he prometido he de dedicarme a manipular la luz durante cinco minutos exactos. De esta manera el mundo comenzará a tener constancia de mi existencia y Elena disipará sus dudas.

—Ulises, me gustaría todavía hacerte una última pregunta: ¿me puedes explicar cómo nos encontraste tan rápido? La pobre Ramita se arrancó los párpados para que no la pudieras seguir a través de los sueños y al parecer no sirvió para nada.

—No compadezcas a Ramita, ella sabe bien lo que hace y asume el precio de sus actos con valentía. Encontraros fue bastante sencillo. Me limité a seguir vuestro rastro de *Amor*. Como tú bien has dicho, el amor verdadero es algo muy poderoso. Esto es así única y exclusivamente porque tiene la facultad de vivir sólo en el *Presente*. En el momento en que se apoya en el pasado o que depende de las expectativas del futuro el amor deja de existir y se transforma en una sombra de *él* mismo. Aquello que existe puede ser rastreado y aquello que no existe se convierte en una espesa niebla que confunde las mentes, incluyendo a una mente tan avanzada como la mía. Vuestro amor os permite vivir en lo *Real*, pero al mismo tiempo también os delata. Son las dos caras de una misma moneda. El porqué el ser humano está perdido en esta inmensa niebla, es muy evidente: nadie está interesado en vivir en el *Presente* porque para una mente débil es demasiado doloroso. Y ahora por favor no me interrumpas —ordenó Ulises. Y en ese mismo momento la boca de Héctor quedó sellada.

Entonces, el hombre se acercó a la cristalera y abrió la puerta. Antes de morir, su padre había reformado completamente el silo transformándolo en una vivienda confortable. Donde antes se almacenaba el grano había mandado construir dos grandes habitaciones con baño, una cocina y un salón comedor. La azotea la había hecho cubrir con gruesos cristales, eliminando la antigua bóveda metálica. La lanza de bronce la había conservado, y con su bola de cobre en la punta partía el espacio en dos mitades. Una de las partes, de unos treinta metros cuadrados, había quedado convertida en una terraza descubierta desde la que, en las noches claras, se contemplaba la inmensidad del cielo. Situado en aquel porche, Ulises miró hacia el oeste. Faltaban quince segundos para la medianoche. Con un gesto imperceptible de su mente se concentró en su recuerdo de la luna y lo proyectó a una distancia de trescientos ochenta mil kilómetros en esa dirección, y en ese mismo instante, la luna llena brilló en todo el firmamento.

Capítulo 15

Elena

Después de quince minutos de tensa espera, justo a la medianoche y tal como había sido anunciado por Ulises, la luna, un ovoide todavía deforme, se convirtió de pronto en una luna llena plateada y perfecta. Un silencio de muerte se apoderó de Elena e hizo que todas las convicciones que habían alentado su vida en los últimos años se quebraran de pronto; le temblaban las manos, las piernas apenas podían sostenerla de pie, el corazón le palpitaba desbocado, el cuerpo le dolía, el aire escaseaba en sus pulmones y sus ojos, secos hasta ese momento, se le inundaron de unas lágrimas que al llegar hasta su boca le supieron amargas. Hasta entonces lo había vivido todo como si se tratara de una especie de historia fabulosa. A pesar de las advertencias de la vaca, nada malo había sucedido y eso la había hecho creerse invulnerable, pensar que estaba preparada para todo y que ella sola y sin ayuda de nadie podría salvaguardar el mundo.

Pero ahora todo era distinto; Héctor había desaparecido y los presagios de Rami se estaban haciendo realidad. Por primera vez en su vida la independencia por la que tanto había peleado le parecía ridícula. Quería estar con él y para ello estaba dispuesta a renunciar a todo. Sus sollozos rompían con claridad el espeso silencio de la noche, como si fueran las campanadas de un barco navegando a la deriva. Entonces, en un acto de desesperación, Elena alzó el rostro, clavó sus ojos en la luna y expandiendo al máximo su pecho se dejó penetrar por su dolor. Todo se volvió de color negro. Parecía que su masa encefálica le fuera a estallar en mil pedazos. Comenzó a marearse y a perder el sentido, pero justo cuando estaba a punto de caer de rodillas, escuchó el grito de su voz que se negaba, un grito inconsciente a través del cual toda la voluntad que había ejercitado en esos años de lucha sin descanso mientras labraba ferozmente su vida, apareció de nuevo en su interior, haciendo que el vacío de su alma se llenara con su propia materia, como si una montaña de hierro hubiera emergido desde las mismísimas entrañas de su alma. Esos cinco minutos eternos durante los cuales el astro había brillado, fueron los únicos que Elena se concedió para dudar. Después, una certeza inquebrantable la habitó y supo exactamente lo que debía de hacer.

Elena alzó la vista de nuevo hacia el oeste. La luna había dejado de brillar. Junto a su ahora pálida silueta se podía observar el cúmulo azulado de las Pléyades. Por alguna razón, había recordado que ese grupo de estrellas lucía en el escudo que Hefesto había mandado forjar para el valiente Aquiles, y eso le devolvió la esperanza perdida; quizás en esta historia el héroe podría vencer a su enemigo y no ser muerto. Nuevas lágrimas brotaron de sus ojos, pero esta vez en vez de ser amargo, su sabor era dulce. Después, con mano firme, cogió el teléfono y marcó el número de Carmen.

—¿Lo has visto, verdad? —y sin esperar su respuesta continuó hablando de forma atropellada pero con absoluta determinación—. Hay que moverse rápido… yo no me puedo ir de aquí, pero tú y Fransuá tenéis que ir a Rouen a intentar encontrar el pergamino, aunque antes tendréis que pasar por Barcelona… Tengo que hablar nuevamente con Montse; hay que exprimir a sus contactos en Francia... Carmen necesito que me ayudes…

—No lo dudes ni por un segundo. Ahora mismo se lo cuento al chaval que ya está aquí conmigo; después de que habláramos lo llamé para que viniera a mi hotel. Está alucinado. Pero dime, ¿tú qué tal estás?

—Ahora no tengo tiempo para pensar en mí; aunque Ulises dijo que liberaría a Héctor al cabo de setenta y dos horas no me fío de él. Así que haz lo que te digo por favor. Tan pronto como hable con la loca de su madre te vuelvo a llamar. Un abrazo.

—Otro para ti Elena —y colgó.

Cuando a continuación telefoneó a Montse, en vez del tono de llamada oyó la siguiente locución: *Movistar le informa de que todas las líneas están ocupadas, por favor vuelva a llamar transcurridos unos minutos.* Elena se fue al otro cuarto y lo intentó desde la línea fija, pero sin resultados. ¿Qué estaría pasando? «Es probable que la transformación de la luna este armando un buen revuelo y que las comunicaciones se hayan colapsado», pensó entonces, siendo sólo en ese instante cuando se le ocurrió encender la televisión. Efectivamente, en todas las cadenas se hablaba de lo mismo. El planeta entero había contemplado esa imposible luna durante los cinco minutos que siguieron a la medianoche hora española. Incluso en los lugares en los que era de día se había podido observar a simple vista en la mitad del cielo.

Según contaba el presentador, nadie había sido capaz hasta el momento de dar ninguna explicación que tuviera sentido; en muy poco tiempo habían empezado a circular rumores y especulaciones para todos los gustos: unos hablaban del juicio final, otros del advenimiento de un nuevo mesías, otros mencionaban a Nostradamus, otros vaticinaban el fin del mundo de acuerdo a lo profetizado por los mayas. Los sacerdotes hablaban de la cólera de Dios suscitada por los pecados de la humanidad. Los imanes clamaban a Alá instando a recobrar una vida virtuosa. También estaba el nutrido grupo de los descreídos que decían que era todo un montaje de los chinos para perpetuar el estado de pánico. Según ellos, los gobiernos se estaban dando cuenta de que el terrorismo ya no bastaba y ahora trataban de convertirse en dioses. Elena seguía intentando la comunicación, pero sin conseguirlo. Decidió encender su ordenador y enviarle un correo electrónico. Si la red funcionaba su suegra lo leería enseguida y su reacción no tardaría en llegar, de eso estaba segura. Lo único malo era que conociendo como estaban las cosas era muy probable que su respuesta fuera desproporcionada. Tal vez, a la vista de los hechos que habían tenido lugar a medianoche, estuviera ya intentando ponerse en contacto con su hijo. Elena tampoco pudo volver a localizar a Carmen, pero tenía la certeza de que una vez en Barcelona se las arreglaría para encontrar a Montse. Sin poder comunicarse con nadie se sentía impotente, pero sabía que no podía permitirse el lujo del propio desaliento.

Con este ánimo, Elena escribió a la madre de Héctor contándole todo lo referente al secuestro de su hijo y de las extrañas circunstancias que lo rodeaban y añadiendo después que Carmen estaba al tanto de todos los detalles y que en ese mismo momento se dirigía hacia su casa. Tras enviar el mensaje, escribió a esta última para darle la dirección y el teléfono de su suegra. Después le imploró al Universo que hiciera un milagro y que Montse supiera estar a la altura de la situación. Era ya la una de la madrugada y las líneas seguían bloqueadas. Mientras aguardaba noticias Elena, continuó viendo la televisión.

Todas las cadenas seguían hablando de lo mismo. En Alabama, Estados Unidos, cinco mil personas se habían congregado para orar y pedir por la salvación de mundo. En otros muchos estados a lo largo y ancho del país ocurría algo parecido. Las iglesias estaban atestadas. En Los Ángeles hubo algunos disturbios raciales y la policía tuvo que intervenir con contundencia. Los gobiernos de los países de Oriente Medio no paraban de recordar públicamente que ellos ya llevaban mucho tiempo lanzando advertencias sobre lo que le pasaría al mundo y a los impíos si seguían negándose a seguir las leyes del Islam. Las autoridades de los países democráticos llamaban a la calma y decían que estaban trabajando para encontrar una explicación científica de lo que había pasado. A las tres de la mañana las

cosas comenzaron a serenarse y las audiencias bajaron consi-
derablemente. Parecía que en aquellos lugares en los que aún
era de noche la gente había decidido irse a dormir. Fuera de que
la luna había brillado de forma extraña durante cinco minutos,
no había sucedido ningún otro hecho alarmante. No habían
tenido lugar ni grandes cataclismos, ni terremotos, ni erupciones
volcánicas, ni diluvios ni nada parecido. Tal vez hasta daba la
sensación de que las cosas estaban más tranquilas de lo que era
normal. Durante las tres horas que habían transcurrido hubo
incluso menos accidentes de tráfico y urgencias hospitalarias.
Salvo algunos brotes aislados de violencia, parecía que el mundo
estaba en paz, o al menos más en paz de lo que solía estarlo.

A las tres y media, cuando de lo desesperada que se
encontraba ya estaba a punto de dirigirse en su coche a la
comisaría, sonó su móvil. Era Montse; acababa de leer su correo
y llamaba desquiciada. La palabra secuestro había encendido
una gran alarma dentro de su mente, una alarma que por otro
lado llevaba años sonando sin parar y que con este hecho
parecía que estaba alcanzando su apogeo.

—¡Es parte del complot! Quieren eliminar a todas las
personas que tengan el *don*. Tú escóndete que ya me encargo yo
de todo. Ahora mismo voy a poner en alerta a mi red, estoy
segura de que no tardarán mucho en averiguar su paradero.

Elena, que conocía de sobra sus desvaríos y que estaba
preparada para algo así, no dudó en seguirle la corriente.

—Tienes toda la razón, antes de que se lo llevaran, Héctor
me dijo que iba a enviar a dos amigos suyos a tu casa. Andan
también tras ellos y te pide que los ayudes a escapar hacia Francia, ¿podrás hacerlo?

—¿Cuáles son sus nombres en clave?

—No lo sé, Héctor no me lo dijo. ¿Pueden ser Carmen y
Fransuá?, ya has visto sus nombres en mi mail.

—Miraré la base datos. ¿Estás segura de que son amigos suyos?, ¿no serán agentes de la *OMAC*?

—Por supuesto que no, ¿cómo si no podría haber tomado Héctor la decisión de mandártelos para allá?

—Está bien, haré lo que pueda. Cambio y corto. —Y al otro lado del teléfono se hizo el silencio.

Elena se quedó anonadada; su suegra estaba cada vez peor. La manía persecutoria del principio estaba derivando en una completa chaladura. Todo había comenzado cuando, al regresar de la India más de veinte años atrás, Jaume y ella se fueron a vivir cada uno a una casa distinta. No se habían dejado de querer pero ambos deseaban tener otros amantes. Durante una década, pese al dolor que le producía a Héctor, habían llevado una relación abierta pero franca. Pero cuando Jaume se enamoró de Luz, una chica de la edad de su hijo, se casaron y se fueron a vivir juntos, Montse no lo pudo aceptar. Y mucho menos lo pudo digerir. Primero le dio por enfadarse. Luego le dio por cortar la comunicación. Más tarde por salir por las noches a conquistar adolescentes y a ponerse de coca. Después empezó con las operaciones para quitarse arrugas. Y por último se recluyó en su casa y se puso a beber y a fabricarse un mundo a su medida, donde ella y todos los que tenían el *don* de la clarividencia eran víctimas de una persecución sin precedentes, orquestada a nivel mundial por los gobiernos de los países poderosos y dedicada a acallar las voces de todos aquellos que tenían conciencia y sabían de verdad lo que estaba pasando. En un intervalo de cinco años, de manera casi imperceptible pero a un ritmo constante, toda su sicología de mujer liberada y progre y toda su carrera se fueron deshaciendo hasta que se quedaron convertidas en la sombra anodina de un recuerdo, una nube de gas de color rosa fabricada con la luz y la música de un oasis en medio de la India y que había sido tan sólo un espejismo, como también lo habían sido la democracia y los sucesivos gobiernos catalanes formados por una pandilla de ladrones y de gente mediocre y en los que había puesto todas sus esperanzas, o la ilusión de vivir en una relación que no tenía fronteras y que era perfecta, una nube ilusoria que tan pronto como se había hecho mayor y había podido comparar su belleza marchita con la de una joven de veinticinco años, se había evaporado, se había disuelto en la atmósfera inconmensurable de la monotonía y del paso del tiempo y que nunca perdona. La única suerte para Elena había sido que Montse era adicta a internet y a las redes sociales y que siempre estaba conectada. Por eso había podido leer su mensaje en cuanto le llegó, aunque como había sospechado no había tardado ni un minuto en deformar los hechos para adaptarlos a su conveniencia y a su realidad absurda y delirante. «Pronto Carmen estará allí con ella. Estoy segura de que sabrá manejarla para obtener la información que necesitamos», pensó intentando tranquilizarse.

En cuanto pudo reponerse del estado de desconcierto en que su suegra la había sumido, Elena abrió el buscador de viajes y con los datos que Carmen le había dado durante su conversación anterior compró dos billetes de avión para París. Eran de primera clase, por lo que una vez resueltos sus asuntos, ella y Fransuá podrían abordar el primer vuelo disponible. Cuando un poco después pudo contactar de nuevo con su amiga, le explicó lo delicado de la situación y el papel que tendrían que desempeñar para obtener de Montse lo que necesitaban: sus contactos políticos de la época de su estancia en París. Carmen entonces le contó cómo, tras su anterior conversación, se habían ido al aeropuerto de Alicante en un taxi, alquilado un coche y puesto enseguida de camino a Barcelona. Fransuá había llamado entretanto a sus padres, con los que aún vivía, y les había dicho que se iba algunos días a casa de un compañero a estudiar para los exámenes finales. Ya estaban casi a la altura de Valencia. Llegarían a su destino en unas cuatro horas. Tomaron nota de la dirección de Montse y quedaron en hablar tan pronto se encontraran con ella.

Capítulo 16

Rouen

Rouen, más conocida como la *Ciudad de los Cien Campanarios*, era la capital de la Alta Normandía. Cuando a la una de la tarde Carmen y Fransuá llegaron en el tren procedente de París, Pierre Montier les estaba esperando en el andén. Aunque retirado de la política, Pierre había sido alcalde de Rouen durante siete años y conocía allí a casi todas sus personalidades, y por supuesto también a Alain Lemond, autor del *El Igual a Él* y profesor de la universidad.

Los padres de Héctor lo habían conocido en París treinta años atrás. En aquel entonces Pierre era un simpático y deslenguado diputado descreído de la democracia y que además era gay. Sus furibundos ataques a los poderes fácticos y sus reivindicaciones por los derechos de los homosexuales, le acabaron costando el puesto, provocando que el partido le enviara a Rouen, donde contra todo pronóstico, tras haber estado en la oposición durante dos años, acabó ganando la alcaldía. Para Pierre aquel aparente infortunio al final resultó ser una bendición. Lejos de sentir que había perdido algo marchándose de París, se había dado cuenta de que aquello era su verdadera vocación; le gustaba analizar problemas concretos y ver cómo, tras impulsar las soluciones más ventajosas, podían ser resueltos de manera eficaz.

En este sentido Pierre se sentía orgulloso de dos importantes logros que habían tenido lugar durante sus mandatos: la creación de la red unificada de transportes y la modernización de los sistemas de salud pública. Los vecinos, con independencia de su ideología e indiferentes a su orientación sexual, habían apreciado sus esfuerzos y lo habían reelegido con una mayoría aplastante, y aún hoy, retirado como estaba, lo seguían animando para que regresara. Sin embargo, desde su punto de vista, él ya había cumplido con la sociedad. Ahora le tocaba ocuparse de su vida. Aunque seguía ejerciendo como asesor del equipo municipal, Pierre empleaba la mayor parte de su tiempo escribiendo sobre política y fabricando miniaturas. Le gustaba sobre todo la reproducción de antiguos barcos de vela. Su colección era inmensa y contenía entre otras muchas; goletas francesas, carabelas italianas, galeones españoles y fragatas inglesas. Todas las naves estaban cuidadosamente pintadas con los colores de sus pabellones y equipadas con velas y jarcias envejecidas. En sus puentes, los capitanes daban órdenes a la marinería situada en cubierta, y por las troneras de sus panzudos vientres asomaban los brillantes cañones de veinticuatro libras.

Pierre medía un metro noventa de estatura y con los años había adquirido una prominente barriga. Sin embargo, cuando aparecía ante ti no lo percibías como a un hombre gordo, sino como a una persona extremadamente afable. Con su amplia sonrisa, sus pantalones abombados y sus tirantes rojos, parecía más bien un jugador de beisbol que un político jubilado aficionado a construir veleros.

Pierre los recibió al pie del andén con un gran cartel donde estaban escritos sus nombres. Ellos supieron que era él antes incluso de haberlo leído, pues no cabía la posibilidad de que nadie más encajara en semejante descripción.

—*Bienvenidos, espego que tengáis tenido un fogmidable viaje* —les dijo con fuerte acento francés en cuanto ellos le hicieron señas—, *soy Piege Montieg, paga segviros* —y al tiempo les estrechó las manos efusivamente.

—Muchas gracias —dijeron los dos a la vez.

—*Pog suegte conozco a siegtas pegsonas en la estasión y tengo el coche apagcado aquí mismo en la puegta* —continuó diciendo a la vez que les hacía un gesto para que lo siguieran.

Una vez hechas las presentaciones, Fransuá comenzó a ponerle al corriente de la situación en un perfecto francés. Carmen lo comprendía casi todo, pero incapaz de hablarlo lo hacía en castellano cada vez que deseaba intervenir. Fueron directamente hacia el hotel en el que habían reservado sus habitaciones. El trayecto apenas duró quince minutos. En el intervalo, Pierre les dijo que había podido ponerse en contacto con el autor del libro y que éste se hallaba de viaje. No regresaría hasta el día siguiente, pero en cuanto volviera estaría encantado de reunirse con ellos. También les informó de que había quedado con la directora de la Biblioteca Villon a las cuatro de esa misma tarde y de que podrían consultar todos los documentos que necesitaran sin ningún tipo de problema. Luego les propuso ir a comer algo; mientras tanto podrían terminar de contarle la historia y responder a sus preguntas. De esta manera, a las tres de la tarde, Montier ya estaba al corriente de los hechos.

A Pierre todo lo que le habían relatado le sonaba como a un cuento chino de los que, salvando las diferencias, en su vida de político había oído a miles. Al oír las noticias la noche anterior, había sido muy escéptico e imaginaba que, más tarde o más temprano, el misterio se resolvería de la forma más tonta. Sin embargo, ahora estaba empezando a creérselo. Nadie tenía explicación para lo que había pasado y lo que Fransuá le había adelantado por la mañana, junto con todo lo que ahora afirmaban, le habían dejado alucinado. En su vida se hubiera podido imaginar algo parecido, aunque pensándolo mejor, él llevaba ya mucho tiempo sospechando que la humanidad se encaminaba hacia un futuro incierto.

En su misma comunidad, aunque próspera, los problemas ambientales y sociales se agravaban cada año un poco más.

Nunca había suficientes recursos para atender las innumerables demandas de los vecinos y como consecuencia se estaban creando grandes bolsas de marginalidad. En ellas, los menos favorecidos vivían de manera indigna en infraviviendas, sin sanidad ni escuelas, y en ellas también la creciente frustración se estaba convirtiendo en una descarnada violencia. Por mucho que se intentara, el chicle no se podía estirar más. Era sólo cuestión de tiempo que allí y en el resto del país se acabara partiendo en dos mitades, y entonces nadie sabría lo que podría llegar a suceder. Ahora, dos chicos españoles relacionados con unos viejos amigos suyos del pasado se habían bajado de un tren y le habían dicho que, en algún lugar de la costa gallega, un hombre planeaba destruir a la especie para proteger a la Tierra de nuestros desmanes. Por un lado parecía una historia sacada de un tebeo, pero por el otro daba la impresión de que sería algo que más pronto que tarde terminaría ocurriendo.

Carmen y Fransuá habían llegado a casa de Montse a las seis de la mañana. Después de identificarse con lo que ella interpretó como sus nombres en clave, les franqueó la entrada. Vivía en el segundo piso de un elegante edificio en medio de un completo desorden. La casa estaba muy sucia y un fuerte olor a tabaco y a alcohol inundaba el ambiente. El pequeño hall que daba acceso a la vivienda, lleno de cajas vacías, corchos de embalaje y fundas de plástico, desembocaba en un amplio salón en el que había una gran mesa con tres pantallas de ordenador encendidas. Sillas, mesitas auxiliares repletas de papeles, ceniceros a rebosar de colillas, estanterías llenas de libros y dosieres, una cama plegable y un frigorífico, ocupaban hasta el último milímetro de suelo disponible. De las paredes colgaban todo tipo de fotografías y recortes de prensa en idiomas diversos, calendarios, diagramas incomprensibles y sobre todo un enorme mosaico formado por cientos de caras minúsculas de las cuales unas cuantas decenas estaban marcadas con círculos rojos y morados. Sólo los ventanales seguían despejados. Las persianas subidas dejaban pasar una luz aún de poca intensidad. Dos cámaras situadas en esquinas contiguas del techo grababan todo lo que pasaba allí. El zumbido de las máquinas y los neones daban al cuarto un aire de seriedad solemne. Una emisora de radio árabe a un muy bajo volumen lanzaba lo que parecía una arenga religiosa interminable. Carmen representó su papel a la perfección: nada más entrar en el piso le dijo a Montse, aquella mujer estragada con el pelo blanco enmarañado que sostenía un cigarrillo, que la *OMAC*, la *Organización Mundial para la Aniquilación de la Conciencia*, les estaba pisando los talones. Deseaban marcharse al norte de Francia y necesitaban un lugar donde esconderse. Después de unos minutos de conversación en voz susurrante y hablando siempre con la premisa de lo confidencial, Montse les habló de su antiguo colega Pierre Montier, agente fiel a su causa e infiltrado en el gobierno que le proporcionaba los nombres de los conspiradores en aquel país y cuyas fotografías ella añadía en su panel tan pronto como eran identificados por la *Junta Central*. Media hora más tarde, Montse telefoneó a Pierre. Conocedor de su estado desde que Jaume lo había visitado hacía dos años, la trató con cariño y escuchó su sarta de disparates con benevolencia. Después, murmurando palabras cautelosas, Fransuá le pidió que le dejara hablar con él. Fue entonces cuando le informó del secuestro de Héctor y cuando quedaron en que fuera a buscarles a la estación de Rouen.

La Biblioteca Jacques Villon ocupaba un edificio de tres alas de estilo neoclásico construido en 1785 y diseñado por el arquitecto Louis-Charles Sauvageot. Carmen, Fransuá y Pierre llegaron al hall a las cuatro en punto de la tarde. Para esa hora, Jacqueline Delerm ya los estaba esperando al pie de las escalinatas principales. Tras las presentaciones se dirigieron al despacho de la directora. Jacqueline tenía cincuenta y dos años y llevaba su metro y medio de estatura con tal jactancia que siempre parecía que fuera ella la que te estuviera mirando desde arriba. Enseguida se apreciaba que no le sobraba ni un solo gramo de grasa y que sabía mantenerse en forma. A pesar de su edad, su cara seguía conservando un aspecto infantil. Tenía un ondulante pelo negro que le caía de manera desigual sobre los hombros. Esa tarde vestía un traje de chaqueta ajustado y lucía unas gafas de montura metálica redondas. Sus manos pequeñas descansaban con frecuencia dentro de sus bolsillos, como en actitud de estar esperando algo con impaciencia. De vez en cuando, sacaba una y, apartándose el flequillo, te lanzaba una mirada cínica y a la vez seductora que acababa contigo. En cuanto miró a Fransuá éste se puso colorado. Carmen, aunque rio para sus adentros al ver la reacción del chico, sintió una desconcertante punzada de rabia, y Pierre, desde su estatura de uno noventa, no se enteró de nada.

Jacqueline estaba muy alterada; durante la mañana se habían presentado en la biblioteca muchas personas deseando consultar documentos sin la debida autorización y le había costado dios y ayuda convencerles para que se marcharan. Todo el mundo andaba revolucionado tras la transformación de la luna y nadie estaba dispuesto a irse con las manos vacías. Al final tuvo que tomar la determinación de cerrar la biblioteca para evitar conflictos. En esos momentos estaba un poco fastidiada por tener que atender a Pierre, pero el actual alcalde se lo había pedido con mucha vehemencia y no le había sido posible negarse. Y por eso, con una cara que rayaba en el disgusto, sentada en una silla que la hacía parecer más alta incluso que Pierre, les preguntó secamente en qué podía ayudarles.

Fue este último quién le informó de lo que estaban buscando. No le dio los detalles de la historia, sino que se limitó a decirle que sus acompañantes estaban haciendo un trabajo sobre las profecías del tercer milenio y que habían llegado hasta allí para consultar un pergamino aqueménida del que habían oído hablar por boca de Odilon de Bernay, monje normando del siglo XI, personaje principal de uno de los libros de Alain Lemond y el cual en teoría se hallaba en su biblioteca. Le dijo también que aún no habían podido reunirse con Lemond y que lo harían al día siguiente, en cuanto llegara de un viaje a Londres.

Jacqueline conocía de sobra al escritor. Durante los últimos años, él como profesor y ella como guardiana y estudiosa de unos fondos documentales de valor incalculable, habían colaborado en multitud de investigaciones y pasado muchas horas juntos, rebuscando entre los manuscritos e incunables de la biblioteca, y también, en unas cuantas ocasiones, rebuscándose otras cosas de espaldas a la esposa de Alain. Cuando hacía casi veinte años él escribió *El Igual a Él*, Jacqueline ni siquiera estaba en Rouen, por lo que desconocía los pormenores de su investigación en aquel tiempo. Alguna vez habían hablado sobre el asunto, pero siempre de manera muy superficial. Creía que los documentos se encontraban allí, aunque ignoraba qué parte de verdad y qué parte de ficción contenía la novela. Ciertamente la había leído, pero ya hacía tiempo de eso y no recordaba los detalles.

Jacqueline escuchó las explicaciones de Pierre con estoicismo. Curtida ya en mil batallas, le sonaron cómo a una burda excusa. Tenía muchísima experiencia y sabía que no pocos de los investigadores que solicitaban permiso para acceder a los fondos mostraban una sospechosa actitud desafectada cuando pedían que se les diera acceso a ciertos archivos o a viejos volúmenes. Así de primeras nunca iban al grano. Comenzaban pidiendo documentos que, o no venían al caso, o eran totalmente irrelevantes. Jacqueline siempre aprovechaba esas situaciones para reírse a su costa. Los solía convocar en su despacho para advertirles de que sólo dos días antes alguien más había querido consultar aquellas fuentes y había tratado de sobornarla para que guardara los documentos en secreto. Cuando su interlocutor, pues los hombres eran en general mucho más crédulos, comenzaba a ponerse nervioso, ella prorrumpía en grandes risotadas y les explicaba que no, que no pensaba apropiarse de su investigación y que ella estaba allí para ayudar y no para atribuirse méritos que jamás le corresponderían.

Por el tono intrascendente que había utilizado, estaba segura de que Montier le ocultaba algo. Cuando Pierre acabó de hablar ella guardó silencio por un momento, después se apartó el flequillo, sonrió de forma maquiavélica y le dijo en francés:

—Pierre, desconozco por qué una persona importante como tú primero llama al alcalde para pedirle una reunión urgente conmigo, y luego se presenta aquí con dos estudiantes diciendo que están haciendo un simple trabajo, pero te aseguro que no me creo que esos sean los verdaderos motivos de tu visita.

»Te digo esto —continuó diciendo la mujer en un tono que indicaba que no le gustaba que la hicieran perder tiempo—, porque, aunque no te lo creas, cuanta más información me deis más os podré ayudar. No solamente soy yo la persona que, después de diez años trabajando aquí, mejor se conoce la biblioteca, sino que además soy amiga de Alain y os puedo ayudar con él. Es un tipo bastante peculiar, y si por lo que sea sospecha que se le esconde algo, no suelta ni palabra. Que haya accedido a veros tan rápido no quiere decir que vaya a facilitaros el camino.

—Vaya Jacqueline, me has pillado a la primera, debería haberte metido en mi equipo cuando ejercía de alcalde —dijo Pierre en tono distendido, dándole con ello a entender que se alegraba de que hubiera sido tan perspicaz. Él también prefería hablar las cosas con claridad. Su experiencia de político así se lo había enseñado, aunque no fuera algo que abundara en su mundo. Si no le había dicho la verdad era porque pensaba que nadie podría creerse una historia como aquella, pero si se lo ponía en bandeja, se lo contaría todo —pensó Pierre para sí.

—Me gusta mi trabajo —contestó Jacqueline en referencia a su anterior comentario— y además no me lo han dado por hacerle la pelota a nadie —añadió de forma tajante pero sin acritud. ¿Me vas a contar lo que te trae por aquí?

Pierre miró a Carmen y a Fransuá pidiéndoles permiso. Éstos asintieron. Y entonces entre él y el joven le relataron toda la historia; al fin y al cabo no tenían nada que perder y sí mucho que ganar, y por alguna razón les daba la impresión de que podían confiar en aquella mujer menuda que parecía no querer andarse con chiquitas.

—¡*Oh là là*! —dijo Jacqueline con una sombra de burla en su rostro—, por dios que nadie me había contado antes una historia semejante estando tan convencidos de que pudiera ser cierta. Esta biblioteca contiene innumerables documentos que hablan de todo tipo de profecías, y muy en particular de aquellas que versan sobre el juicio final y sobre los advenimientos del nuevo mesías y del anticristo. Además, en muchos otros se hace referencia a sectas satánicas, a clanes secretos con pretensiones de dominar la Tierra y a multitud de diferentes formas maléficas que habitan y han habitado el mundo, pero, aparte de algún loco, jamás un exalcalde supuestamente cuerdo y dos inocentes estudiantes, o lo que quiera que seáis en realidad, se habían presentado ante mí para intentar convencerme de que dentro de menos de... —y miró su reloj—, cincuenta y seis horas, el mundo se iba a terminar —y luego se les quedó mirando con cara divertida.

—Por eso en un primer momento no te dijimos nada. Además de porque es necesario que no se haga público —dijo Pierre tratando de revestir sus palabras de seriedad para que aquella mujer empezara a confiar en la veracidad de su historia.

—Bueno, lo cierto es que no me creo lo que contáis, pero sí que es ésa la razón de por qué estáis aquí, y aunque sólo sea por lo disparatado que suena y lo interesante que podría llegar a ser, voy a hacer todo lo posible por ayudaros. Para empezar, os tengo que advertir que el documento del que habláis quizá ni exista. Como ya os he dicho, algunas de las cosas que Alain cuenta en sus libros son pura ficción, o al menos no se atienen rigurosamente a la verdad, y no sé si ésta es una de ellas. Yo creo que lo mejor es hacerle la pregunta por teléfono ahora mismo y no esperar hasta mañana por la tarde. Por lo que veo, el tiempo apremia —dijo en un tono guasón mientras hacía el gesto de rebanarse ella misma el pescuezo. Los tres asintieron con rapidez, esperanzados.

—Entonces hecho —y según hablaba, descolgó el teléfono que había en su mesa y marcó su número.

Alain contestó enseguida. Al parecer, en menos de una hora iba a dar comienzo la presentación de su último libro en la sede de su editorial en Londres y tenía cierta prisa. Tras un frío saludo y de dejarle bien claro con su actitud distante que lo llamaba por un tema profesional, Jacqueline le contó que Pierre Montier y dos estudiantes, los mismos que al día siguiente habían quedado en verlo, estaban allí con ella y querían información sobre el pergamino al que Odilon de Bernay se había referido en su libro y en el que se hablaba de la aparición de un *Gran Ojo* y del subsecuente fin de los días de la humanidad.

Al principio, Alain, cuando vio en la pantalla de su móvil que era Jacqueline la quien llamaba, lo cogió imaginándosela ya desnuda y gritando de placer bajo el efecto de sus potentes embestidas. Hacía meses que no la veía y tenía muchas ganas de acostarse con ella. Jacqueline le había dicho en dos ocasiones que no deseaba volver a verlo sólo para follar, pero no había podido resistirse y ambas veces había acabado claudicando. Alain sabía cómo tratar a las mujeres; la indiferencia casi nunca fallaba. Sin embargo, esta vez se había equivocado. Estaba muy claro que lo llamaba por un asunto muy distinto, tan claro como que la notaba disfrutar mientras mantenía las distancias y marcaba con arrogancia su nuevo territorio. De hecho lo estaba llamando no porque quisiera ayudar a Montier y a aquellos dos chavales, sino porque quería demostrarle que era mucho más fuerte de lo que había pensado. Aunque la forma en que pronunció sus palabras tuvo el efecto que había deseado, muy pronto Alain cambió su tono seductor por el de una alarma genuina. Y es que cuando el día anterior había asistido a la transformación de la luna, ya tuvo la corazonada de que aquel suceso podía estar relacionado con lo que había escrito en una novela hacía veinte años. La llamada posterior de Pierre Montier no había hecho más que reafirmarlo en sus sospechas, pero ahora, al escuchar las preguntas de Jacqueline, estaba ya completamente seguro de que había acertado. Por eso antes de decir nada, quiso saber lo que estaba pasando.

Jacqueline, viendo en ello una oportunidad para el desquite, se negó a explicárselo; sólo quería que respondiera a sus preguntas. Al día siguiente, si es que éste seguía siendo su deseo, podría pasarse por la biblioteca y se lo contaría todo, y de paso le pondría los dientes largos mientras trataba de seducir a aquel estudiante en sus propias narices, pensó subrepticiamente para sí. Alain, aunque molesto, no tuvo más remedio que aceptar sus condiciones. Por la mañana tenía una reunión importante, pero en cuanto terminara cogería el tren bajo el Canal de la Mancha hasta Calais, viajaría luego hasta Rouen, se enteraría de todo y volvería a desplegar todas sus artes para terminar conquistándola de nuevo, o al menos eso era lo que de forma ilusoria se creía.

Mientras llegaba el día siguiente y en respuesta a las preguntas de Jacqueline, Alain le confirmó que efectivamente dicho pergamino era mencionado en el libro que el monje había escrito siendo ya un anciano y en el que contaba, además de sus peripecias como escudero al servicio de un caballero normando, sus delirios de viejo al creerse que poseía el poder del mismísimo Dios. También le dijo que a él, y a pesar de que lo había intentado buscar entre los legajos de la biblioteca, le había sido imposible localizarlo. Además, el documento estaría escrito o bien en la escritura cuneiforme del antiguo persa o bien en cualquier otro idioma de la época, como el acadio, el arameo antiguo o el egipcio demótico, y en ningún caso hubiera sido capaz de entenderlo, puesto que tampoco disponía entonces ni de los recursos ni de los contactos necesarios para traducirlo. Bastante dificultad había tenido en descifrar el francés de Odilon, como para encima haberse dedicado a buscar pergaminos que tal vez ni existieran.

—Pues ya lo veis —dijo Jacqueline deleitándose con la situación mientras colgaba el teléfono—, parece que un loco de hace mil años mencionó algo sobre un *Gran Ojo* en su libro, después de todo son cosas que pueden pasarle al más pintado, vete tú a saber si a mí mañana no me dará por decir que soy la reencarnación de Leonardo da Vinci. En fin, volviendo al tema que nos ocupa; aquí tenemos varios miles de pergaminos aqueménidas del siglo V antes de Cristo que se podrían corresponder con el que estáis buscando, pero apenas una centena de ellos están traducidos. Los demás siguen escritos en unas lenguas que, creedme, sólo pocas personas en el mundo pueden interpretar correctamente.

—Vaya, la verdad es que no se me había ocurrido que todavía existieran documentos antiguos sin traducir; creía que en la era de los ordenadores existirían infinidad de programas para esa tarea —dijo Carmen en castellano.

—Tienes razón —respondió Jacqueline, que había podido entender bastante bien el sentido de sus palabras—, lo que pasa es que esas lenguas que traducen no llevan dos mil años muertas. Créeme cuando te digo que no es tan sencillo.

—Ya veo, ¿y no hay nadie en la universidad de Rouen que pueda al menos decirnos de qué trata cada uno?

—¿En egipcio demótico?, ¿estás de broma? No suelo ser pesimista, pero creo que vais a necesitar más que un poco de suerte para dar con el documento, si es que existe, claro. Vamos, os mostraré el lugar donde guardamos los pergaminos y así os podréis hacer una idea de lo que estamos hablando —y entonces, sacando las manos de los bolsillos de su chaqueta y después de ajustarse las gafas, les pidió que la siguieran.

Los llevó al ala sur del edificio y bajaron por las escaleras hasta el sótano, lugar donde estaban las salas acondicionadas para la conservación de los antiguos soportes de escritura y de las tintas y pigmentos utilizados en ellos. Allí el ambiente era fresco y agradable y todo relucía con una pulcritud exquisita. Más que una biblioteca, aquellas salas parecían una fábrica de chocolates suizos. Había un montón de hileras de enormes armarios metálicos que se desplazaban mediante un sistema de raíles diseñado para permitir el acceso sólo a uno de ellos cada vez, de tal manera que el aprovechamiento del espacio fuera el máximo. Los armarios tenían un metro de ancho y ochenta centímetros de fondo. Cada uno de ellos contenía cincuenta cajones de seis centímetros de altura en los que se guardaban, protegidos entre finas láminas de papel especial, de uno a seis pergaminos, dependiendo de su importancia, calidad, tipo de tinta, u otros criterios.

Viendo solamente uno de esos armatostes se dieron cuenta enseguida de la inmensidad de su tarea. Había treinta armarios para inspeccionar. Nunca lo encontrarían. En el caso de que hubieran estado traducidos, podrían haber tenido alguna posibilidad, pero no así. Hasta entonces habían sido clasificados sólo en función de un código alfanumérico que no aportaba ninguna información sobre su contenido. Fransuá y Carmen se miraron con resignación. Lo primero que hizo ésta antes de nada fue llamar a Elena para informarle de la situación. Trató de no pintársela tan negra como a primera vista parecía, pero no quería engañarla y darle falsas esperanzas. Elena por su parte le dijo que estaba tratando de localizar al padre de Héctor, que por lo que parecía, después de haber leído los últimos mails que le había mandado a su hijo y como era frecuente en él, se encontraba en un viaje por el sudeste asiático. Se la oía animosa y su actitud la contagió. En cuanto terminaron de hablar, Carmen le pidió a Jacqueline que le abriera los archivos; tenían más de dos días por delante y estaba dispuesta incluso a no dormir con tal de encontrar lo que estaban buscando.

Mientras Jacqueline atendía otros asuntos, los tres examinaron el primero de los armarios. Antes de marcharse, les había enseñado a manipular los documentos de la forma correcta para que no sufrieran ningún daño. Resultó ser una tarea muy delicada. Tardaron más de una hora en revisar los primeros cincuenta cajones. Fransuá los extraía y los llevaba a las mesas de estudio. Carmen y Pierre sujetaban las láminas del papel protector por ambos extremos y, en un solo movimiento preciso, los extendían en orden sobre las mesas. Era de suma importancia conservar la posición de los legajos al introducirlos de nuevo en el cajón, pues de otra manera todo el trabajo de catalogación realizado hasta la fecha quedaría arruinado. Cuando estaban todos a la vista, los revisaban en busca del algún indicativo, símbolo, o pequeño dibujo que les pudiera dar alguna clave sobre lo que trataba el pergamino en cuestión.

En general aquella escritura no les decía nada. Los símbolos eran indescifrables y apenas si podían distinguir un idioma del otro. Casi todos contenían sólo texto, y muchos estaban parcialmente destruidos. Quizás hacía mil años, Odilon dispuso de un documento en mejor estado del que se encontraban la mayor parte de los que ahora tenían entre sus manos. En cualquier otra circunstancia, habría sido muy emocionante para ellos manejar textos que habían sido escritos en tiempos remotos por personas cuyas vidas les resultaban imposibles de imaginar, pero por desgracia en esos momentos sus mentes estaban concentradas en una labor mucho más acuciante.

A las siete de la tarde, Jacqueline regresó y se puso a ayudarlos. En el fondo estaba intranquila al saber que al día siguiente iba a encontrase con Alain y no quería marcharse a casa para quedarse sola. Una hora más tarde decidieron encargar la cena en un restaurante cercano. Se la tomaron allí mismo, en una sala habilitada como comedor para el personal. Después continuaron con el trabajo. A las doce de la noche terminaron con el quinto de los armarios. Al contemplar sus rostros cansados, se dieron cuenta de que lo suyo era una misión imposible. Si el pergamino estaba allí, sólo un milagro podría hacer que lo encontraran. «Tal vez todavía estemos a tiempo de contactar con los servicios secretos y poner a la mayor cantidad de gente posible a ocuparse del asunto», pensaba Carmen para sí, sabiendo que hacer eso hubiera sido totalmente absurdo; no tenían ninguna prueba de que la historia fuera verdadera, y el hecho de que la luna hubiera brillado más de la cuenta durante unos minutos, era sin duda un argumento insuficiente. Así que allí estaban los tres, desolados en esa inmensa sala y acompañados por una mujer que no les creía y que sólo estaba con ellos para pasar el rato, como si en vez de en la costa normanda se encontraran en mitad de un desierto. Estaban agotados y eran conscientes de que necesitan descansar para salir del desánimo que los embargaba, así que decidieron que lo mejor sería irse a dormir y quedar temprano a la mañana siguiente. Pierre, con su paso apresurado y su prominente barriga, acompañó a Carmen y a Fransuá hasta el hotel. Después se despidió de ellos y cogió su coche. Jacqueline por su parte empuñó su bicicleta, se puso el casco y el chaleco reflectante y se fue a casa silbando y pensando en su venganza.

Antes de irse a la cama, Carmen estuvo conversando un rato con Fransuá. Aquel chico le agradaba mucho. No es que tuviera interés por él, pero en varias ocasiones ella misma se había visto sorprendida por sus reacciones. Delante de Jacqueline, por ejemplo, se había sentido incómoda, como si al sonreír a Fransuá ésta estuviera invadiendo un territorio que le pertenecía. «Debo estar atenta a lo que hago —pensó mientras se despedía—, no querría hacerle daño, ya he tenido bastante dosis de mujer fatal por una temporada.» Después entró en su habitación.

A esas horas Carmen estaba exhausta. Primero había tenido que conducir toda la noche hasta llegar a Barcelona para después tener que lidiar con una mujer que estaba majareta, luego había cogido, junto con un bibliotecario al que no conocía de nada, un avión hasta París y más tarde un tren hasta Rouen. Aunque había podido descabezar un sueño durante el viaje, había sido bastante inquieto. Y encima, al caer la tarde, se había encerrado durante ocho horas más en una biblioteca buscando un pergamino que sólo dios sabía si seguía existiendo. Realmente se encontraba al borde de su resistencia física. Aun así reunió las fuerzas necesarias para llamar a Elena y contarle las novedades. Cuando terminó, ella le dijo que Lourdes Santos, una ex alto cargo de la policía y buena amiga de Jaume, al que había podido localizar milagrosamente en un monasterio perdido del norte de Tailandia en el que pensaba someterse a un largo período de ayuno y de meditación, estaba en esos momentos camino de su casa para ayudarla a dar con el paradero de Héctor. Carmen al oírla se sintió mucho mejor; no sabía cómo se las arreglaba, pero desde que la conoció por primera vez siempre había sido capaz de infundirle esa especie de optimismo perpetuo en el que parecía vivir. Cuando colgó el teléfono se dijo que necesitaba tener un momento de silencio antes de irse a dormir. Primero se dio una ducha rápida. Después, tras ponerse el pijama, se tumbó en la cama con los ojos cerrados. Estando en esa posición volvió a recordar los ejercicios que le había enseñado su terapeuta, concentrándose en la pesadez de su cuerpo y en el cansancio que lo aplastaba. Luego se imaginó cómo se iba haciendo cada vez más liviano, hasta tal punto que le parecía que podía flotar en el espacio. Pidió al universo que la asistiera en una tarea que en esos momentos se le antojaba imposible. De repente se acordó de lo que Elena le había contado sobre la vaca parlante y por alguna razón tuvo la certeza de que ésta les querría ayudar. Carmen se tranquilizó, se arropó con la colcha de su cama y se quedó dormida. Y entonces tuvo un inquietante sueño.

Se encontraba en una cama de hierba mullida a la vera de un arroyo cristalino. Junto a ella yacía una mujer desnuda. Carmen estaba sentada con las sábanas apenas cubriéndole las piernas. Sus senos descubiertos proyectaban en el césped dos sombras alargadas. Un pájaro picapinos martilleaba el tronco hueco de un álamo temblón. La mujer era extremadamente hermosa. Su cara blanca mostraba una felicidad expectante. Unos dientes inmaculados se adivinaban entre las fisuras de su boca enigmática. Los ojos eran negros, ovalados y grandes. Sus párpados precisos mostraban dos pequeñas cicatrices, pero este hecho no afeaba en absoluto la belleza de su rostro sino que más bien lo envolvían en un halo de misterio. Aunque era menuda, todas sus formas eran exuberantes. La mujer jugueteaba con una finísima hebra de hierba que sobresalía por entre la comisura de sus delicados labios. Entonces se irguió y comenzó a hablar.

—Hola Carmen, soy Ramita, sé que ya has oído hablar de mí. En esta ocasión he adquirido la forma de mujer porque era indispensable. Yo soy parte de este juego y antes de decidir qué hacer, he de tratar de

comprender por mí misma qué es aquello a lo que vosotros llamáis Amor y que consideráis la razón por la cual vuestro mundo debería ser preservado. En realidad mi código me impide tomar ningún partido y me obliga a mantenerme completamente al margen, pero ya que Ulises, el geólogo planetario, ha transgredido el suyo y ha tomado a Héctor en sus manos, yo misma he decidido aventurarme. ¿Podrías tú Carmen explicarme qué es eso del amor? He visto en mis sueños como hablas y defiendes la Tierra y veo en tus ojos que eres una mujer ecuánime, y por tanto me he dirigido a ti con la esperanza de que en tus propios términos me lo puedas mostrar. ¿Podrías tal vez?

Carmen, a la que en sus sueños le pareció de lo más natural que la vaca se hubiera transformado en una mujer y que le hubiera hablado de aquella manera, le contestó estando todavía dormida:

—Hola Ramita, claro que he oído hablar mucho de ti y me alegra conocerte, aunque sea bajo una apariencia tan distinta. Me encantaría poder explicarte lo que es el Amor pero me temo que me es imposible. No es que me falten las palabras o que crea en el tópico de que no puede ser descrito, sino que ya no sé en qué consiste. Siempre pensé que yo amaba de verdad a las personas a las que tenía cerca, pero luego resultó que era todo mentira. Sería una historia muy larga para contarla ahora. Baste decir que ya no me fío de mí misma. Lo siento de verdad. Pregúntale mejor a Elena. Ella ha sabido amarme mientras que yo lo único que he hecho ha sido traicionarla; estoy convencida de que sabrá responder a tu pregunta. Además ahora necesita de ti para encontrar a Héctor…

Ramita escuchaba a Carmen embelesada. La sinceridad de sus palabras estaba tocando tan de lleno su corazón humano que sin saber por qué ni a qué mecanismo obedecía sus ojos se empañaron de lágrimas. Al sentir ese agua salada recorriendo su rostro, una especie de vértigo se apoderó de ella. Enternecida por su inesperado llanto, Carmen se acercó a la mujer y la abrazó, besándola primero en la frente y luego en sus ojos ovalados y negros. Después, en lo que se apareció ante ella como un súbito fogonazo de compasión, buscó su boca y la besó también. Perdida en ese mar de nuevos sentimientos la mujer abrió la suya y recibió su beso. Sin Carmen haberlo pretendido, aquel contacto hizo que se excitara. Nunca antes había experimentado atracción por una naturaleza similar a la suya, pero eso no disminuyó su deseo ni le calmó la sed.

Al mirarla otra vez a los ojos y ver la hondura de su anhelo, Carmen decidió que le serviría de guía. Entonces se volvieron a besar e hicieron el amor. Con los cuerpos entrelazados encima de la hierba durante unos minutos, ambas aullaron de placer y de melancolía. Luego, al alcanzar el éxtasis, unieron sus bocas nuevamente y cayeron exhaustas, como si en ese único acto de amor se hubieran fundido en un bloque de mármol esculpido. El arroyo murmuraba hechizos silenciosos y las copas de los álamos temblaban mecidas por la blanca y caprichosa brisa. Cuando se hubieron recobrado, Ramita se incorporó y le habló en el tono pragmático de siempre.

—Gracias Carmen, este cuerpo que ahora habito ha podido acceder hasta lo más profundo de tu alma humana. Sé que al entregarte a mí no estabas pretendiendo que mi actitud cambiara. Esta experiencia sin duda ha abierto en mí un canal que yo no conocía. Ahora he de tratar de averiguar su significado y ver qué derroteros se despliegan a partir de este punto. No sé qué voy a hacer con respecto a mi código, pero ten por seguro que observaré con detenimiento el curso de los hechos. Ha llegado la hora de marcharme y adquirir otra vez mi apariencia de siempre. Adiós Carmen. Quizá nos veamos pronto.

—Adiós Ramita, yo también espero que pronto nos veamos.

Capítulo 17

Tras los pasos de Ulises

Lourdes Santos recibió la llamada de Jaume Serra a eso de las seis de la tarde del viernes. Tras haber asistido la noche anterior a la transformación de la luna, se había levantado de madrugada y había salido a comprar todos los periódicos de tirada nacional. Entre otras cosas, Lourdes era una lectora compulsiva. En cuanto se puso al teléfono y escuchó la voz de Jaume diciéndole que estaba llamando desde Tailandia y que la novia de su hijo afirmaba que éste había sido secuestrado, todos sus sentidos se pusieron alerta. Lo conocía desde hacía casi veinte años y sabía que no se le ocurriría bromear sobre una cosa así. Tras quince minutos de conversación entrecortada y de escuchar una historia que además de incompleta resultaba increíble, anotó el teléfono de Elena, la persona con la que según Jaume debería hablar para que la pusiera al corriente de unos hechos que él mismo consideraba inauditos pero que no se podía tomar la libertad de cuestionar. Debido al lamentable estado sicológico de su exmujer, que Lourdes conocía ya de sobra, le pedía por favor que se encargara de investigar el asunto y confirmarle si era necesario que se volviera a España con urgencia o si se trataba sólo de una pelea conyugal de la que su hijo había salido escopetado.

Unos minutos más tarde, Lourdes hablaba con Elena, quien de manera metódica le contó toda una fábula de cómo habían hablado con una vaca y cómo después la persona que había provocado esa extraña luminosidad de la luna había ido a su casa y se había llevado a su querido Héctor. Lourdes pertenecía al grupo de las escépticas. Por muy insólito que le hubiera parecido aquel fenómeno, ella creía que habría alguna explicación lógica que acabaría aclarándolo todo; tal vez un lejano cometa en su paso fugaz alrededor de la Tierra hubiera reflejado aquella luna llena, o quizá sólo fuera el fruto de una poderosa tormenta solar. No sabía lo que podía ser, pero estaba convencida de que en todo caso no había sido el presagio de una gran desgracia.

Todavía recordaba cuando, estando al mando de las fuerzas autonómicas de seguridad, le habían prevenido sobre los posibles disturbios que tendrían lugar durante el cambio de milenio, el 31 de diciembre de 1999. Al final, nada de lo anunciado había acontecido, como estaba segura que ahora ocurriría también. Lo que le estaba contando aquella chica era algo que iba totalmente en contra de su mente analítica. Lo primero que se imaginó es que Héctor la había dejado plantada y que él mismo había escrito aquella nota. En su vida había visto millones de historias parecidas. Maridos y mujeres aburridos que huían de sus casas sin dar explicaciones. Muchas veces, al cabo de unos pocos días, volvían de nuevo a sus hogares tras darse cuenta de que la soledad era más dura de lo que imaginaban. Lourdes no sabía qué decirle. Sin embargo descartó la idea de restarle importancia. Su amigo Jaume, igual que lo habría hecho ella de haberse tratado de su hijo, no se conformaría con lo averiguado en una sola conversación telefónica. Así que en vez de decirle lo que en realidad pensaba sobre todo el asunto, se ofreció a ir a Lugo y a ayudarla a desentrañar aquel misterio.

Elena aceptó enseguida. Más tarde, una vez que Lourdes hubo reservado el billete de tren para esa misma noche, pues estaba harta de volar, y hablado con Jaume para decirle que no hiciera nada de momento, volvió a mantener otra conversación con ella:

—Muy bien Elena. Intentemos ahora razonar con lógica, ¿te parece bien?

—Por supuesto.

—Trataré de resumir los hechos —dijo Lourdes mientras al otro lado de la línea fruncía el ceño para intentar ocultar que no se creía ni una palabra de lo que estaba punto de decir—. Por lo que sabemos a través de una nota enigmática y por el testimonio de una vaca parlante, un tal Ulises se ha llevado a Héctor por la fuerza, o mejor dicho, lo ha terminado convenciendo para que se fuera con él durante tres días, ¿no es así?

—Sé que suena demencial, pero sí, así es.

—Bien. En la misma nota se anunciaba que después quedaría liberado siempre y cuando ni hicieras públicos los hechos ni fueras tras su pista. Imagino que si has pedido ayuda a Jaume es porque no confías en sus intenciones, ¿o me equivoco?

—La verdad es que no pensaba llamar a nadie —contestó Elena, que seguía sus razonamientos sin perder detalle—, me parecía imposible que alguien me fuera a creer; ha sido su padre quien me ha convencido de acudir a ti, pues por lo que se ve eres de su total confianza. Espero que no me estés tomando por una chiflada, ya hay precedentes en la familia.

—Bueno, digamos que intento no juzgar nada de antemano. Recapitulemos ahora sobre la información que tenemos. Primero de todo, ¿es Ulises su verdadero nombre?

—No tengo ni idea. Supongo que sí, pues firmó la nota con él, ¿por qué querría ocultarlo?

—Quizá para que no le podamos encontrar ¿Ha confirmado la vaca en algún momento que se llame así? —peguntó Lourdes haciendo de tripas corazón al pensar en el disparate que estaba formulando.

—No, siempre se ha referido a él como «el hijo de aquel que asistió primero a mi muerte y después a mi resurrección».

—O sea, que no lo sabemos con certeza.

—Pues no.

—Eso no es muy esperanzador, pero incluso en el caso de que fuera ése su nombre, aunque no es muy común, la lista de personas sospechosas sería interminable. Demos por hecho de todas formas que no ha mentido; si su poder es tan grande ¿por qué habría de hacerlo?, ¿acaso tiene algo que temer?

—Eso tampoco lo sé.

—Antes has dicho que es muy probable que viva muy cerca de vosotros, pero ¿en qué te basas para hacer dicha suposición?

—En su nota decía que había estado en el prado donde solíamos ir algunas tardes y donde nos encontramos con Ramita la segunda vez. Además, fue en este mismo salón donde escribió el mensaje —contestó mientras miraba nerviosa el sofá donde había estado tumbada antes de encontrarla.

—Bueno, yo creo que eso no indica nada, pudo haber llegado desde cualquier parte. Pero dejemos las especulaciones. Imaginemos que se llama Ulises y que efectivamente vive cerca de vuestra casa. También tenemos la nota, pero sólo nos servirá para que una vez lo hayamos detenido podamos comprobar si fue él quien la escribió. Lo único que se me ocurre de momento es tratar de obtener un listado de las personas que tengan ese nombre y que sean mayores de, digamos veinticinco años, y que vivan en Lugo o en las provincias aledañas —dijo Lourdes, sabiendo que obtener dicha lista sería sencillo; no comprometería a nadie y dejaría a Jaume y a la propia Elena mucho más tranquilos. Luego añadió—: Por el tono de lo que escribió y por lo que me cuentas yo diría que podríamos poner especial atención a los que se dedican a la ciencia o a la investigación. Una historia así no puede ser creada por cualquiera, y en caso de que se trate de un loco, como así lo creo, debía conocer que la luna brillaría de manera atípica durante la noche de ayer. Toda vez que la policía y los servicios de inteligencia están ya alerta por el fenómeno, creo que no me costará convencer a mis antiguos colegas para que investiguen estas pistas.

Tras esta última conversación, Lourdes se animó. Grandota, fuerte, y con cara de alemana del este, tenía sesenta y tres años pero aún se sentía llena de vitalidad. Desde que se había retirado hacía cuatro, su vida había cambiado por completo. Los primeros dos años después de su jubilación los había dedicado casi exclusivamente a cuidar de su marido enfermo de alzhéimer. Habían sido un período muy duro. Ver a la persona con la que has convivido convertirse en una sombra de ella misma era algo que no le deseaba a nadie. Muchas veces había tenido ganas de arrojar la toalla, y de hecho ya había decidido ingresarlo en una residencia cuando, una noche silenciosa, le sobrevino la muerte mientras dormía. Pareció que su marido, sin tener siquiera conciencia de sí mismo, se dio cuenta de lo que ella estaba planeando.

Los dos años siguientes los había dedicado a recuperarse y a hacer todo lo que le había venido en gana. Tenía dos hijos y tres nietos, pero aunque los amaba apenas los veía. Al parecer, «y quizá con parte de razón» se decía con frecuencia, la culpaban del deterioro de la salud de su padre. Aun así Lourdes se había propuesto ser feliz. Durante ese tiempo aprovechó para viajar por diversos países y se puso en forma, pues tenía tendencia a la gordura y había ganado mucho peso. Hacía gimnasia todos los días y cada vez que podía se escapaba a la piscina. Le encantaba nadar a braza. Era un estilo tranquilo que bien ejecutado ponía en acción casi todos los músculos del cuerpo. A su edad ya no podía practicar artes marciales, actividad que en el pasado había sido su gran pasión y que cuando era joven incluso le había reportado alguna que otra medalla en los campeonatos nacionales de judo. Pero ahora se conformaba con la natación.

Lourdes a veces también sentía nostalgia de su trabajo; le apasionaban las misiones de inteligencia. Para desempeñarlas era necesario manejar miles de variables y ser capaz de tomar decisiones correctas bajo mucha presión y generalmente con escaso margen de tiempo. Había que coordinar equipos, optimizar recursos, esperar el momento apropiado para intervenir e incluso, en ciertas ocasiones, poner en riesgo la vida de personas. Eran jornadas muy largas y su familia se resentía con su ausencia, pero por mucho que lo intentara no lo podía evitar. La tensión la atrapaba como si fuera la luz de una trampa nocturna para insectos; no podía dejar de dirigirse a ella. De hecho, esa cuestión había sido motivo de discusión con su marido innumerables veces, e incluso en dos ocasiones había estado a punto de convencerla para que lo dejara. Sin embargo, no fue hasta que empezó a enfermar que finalmente lo hizo. Quizá su alzhéimer no había sido más que el síntoma de la necesidad que tenía de que ella estuviera a su lado.

Y ahora, para su sorpresa, parecía que el gusanillo de la acción le había vuelto a picar. Aunque incrédula, mientras Elena le estaba relatando lo que había pasado con Héctor, sintió una fuerte punzada en el estómago. Algo que pensaba que había muerto el día en que recogió sus cosas del despacho para irse, había renacido. Aunque creía que Ulises, si es que en todo caso existía, no era más que otro loco reclamando atención, el hijo de unos amigos muy queridos había desaparecido y eso era suficiente motivo para ponerse en marcha.

Lo primero que hizo después de su segunda conversación con Elena, fue llamar a Carlos del Río, jefe actual del Centro Nacional de Inteligencia. Hacía tiempo que no hablaban, pero por algo que había sucedido hacía muchos años éste aún consideraba que estaba en deuda con ella. El teléfono de Carlos no estaba disponible, pero le devolvió la llamada en menos de una hora. Durante ese tiempo Lourdes preparó una pequeña maleta y un bolso de mano. Cuando sonó su móvil, estaba ya de camino a la estación de Sants, desde donde a las ocho y veinte saldría el tren con destino a Galicia.

En su breve comunicación con Carlos desde el taxi no quiso explicarle los detalles, tan sólo le dijo que se trataba de algo relacionado con una desaparición que podría tener algo que ver con el fenómeno de la transformación de la luna de la noche anterior. El hijo de unos amigos suyos había sido al parecer secuestrado por un hombre que se hacía llamar Ulises y que podría vivir en la provincia de Lugo o aledañas. Por el tipo de lenguaje utilizado en la nota encontrada en la casa, podría ser que todo fuera obra de un científico o de un investigador, pero que no se podían descartar otras profesiones. «Probablemente se trata de un hombre de más de treinta años», le había dicho Lourdes por teléfono, pero le pidió que elaborara una lista con las personas mayores de veinticinco por si acaso. También le dijo que fuera lo más discreto posible y que bajo ningún concepto debían saltar rumores a la prensa. De momento quería sólo la lista. Al día siguiente a mediodía, si es que no resultaba que era todo un gran engaño o una falsa alarma, se pondría en contacto de nuevo con él para contarle el resto de la historia.

Carlos, que la conocía bien, no perdió el tiempo en hacerle preguntas; no serviría de nada, pues a la vez que eficaz era muy tozuda. El director del CNI puso enseguida a uno de sus agentes al trabajo. A las nueve y media de la noche, tumbada en la cama de un tren en la que apenas cabía, Lourdes recibió en su móvil el resultado de la investigación. Faltaban cincuenta y una horas para que, según lo que había dicho Ulises, el tiempo se acabara.

Había ciento cuarenta y tres nombres en la lista, «menos mal que no se le ha ocurrido llamarse José Antonio —pensó Lourdes—, claro, que para alguien cuyo destino es eliminar a la especie humana hubiera sido un nombre demasiado vulgar.» Quizá ni siquiera sería el verdadero. Por un momento dudó de la utilidad de su viaje, pero al pensarlo bien se dijo que era lo menos que podía hacer por Jaume y por la desdichada de su querida amiga

Montse. Junto a cada nombre de la relación, aparecía el número de carné de identidad, la edad, la profesión y la dirección actual. Ninguno le dijo nada en especial. Había bastantes cuyo número comenzaba con una X, señal inequívoca de que no eran nacidos en España. Por lo que parecía, Ulises era un nombre bastante común al otro lado del Atlántico.

El viaje iba a ser largo, alrededor de doce horas, y deseaba leerse de nuevo *El Igual a Él*. Hacía años que lo había hecho por primera vez y todavía lo conservaba en su biblioteca. Recordaba que le había gustado, pero no los detalles concretos del argumento o de los personajes. Lourdes solía dormir unas cinco horas, así que probablemente tendría tiempo suficiente para terminarlo antes de llegar a su destino.

A la mañana siguiente, Elena fue a buscar a Lourdes a la estación de tren. Después de llevarla a su casa y de que se acomodara en la habitación de invitados, le proporcionó ropa de faena (tuvo que dejarle la de Héctor) y se marcharon a la obra. Además de que tenía muchas cosas que hacer, no quería alterar sus rutinas. Si lo hiciera, quizás Ulises podría acabar tomando represalias. Las dos se gustaron al instante. Tras tratarla tan sólo durante cinco minutos, Lourdes se dio cuenta de que aquella mujer no tenía ningún motivo para mentir; no parecía de la clase de personas que buscaran excusas para justificar los hechos: era resuelta, cariñosa y dinámica, algo que sin duda no era fácil de encontrar. No es que ahora se creyera su historia, pero no se imaginaba que se la pudiera estar simplemente inventando. Durante los trayectos, tras haber leído con suma atención la nota que había dejado el hombre, y más tarde en su despacho, Lourdes le estuvo haciendo un sinfín de preguntas.

—¿Así que la vaca Ramita ha dicho varias veces que el padre de Ulises asistió a su muerte y después a su resurrección?

—dijo sorprendiéndose de la naturalidad con la que ella misma comenzaba a hablar de aquel galimatías.

—Eso es lo que dijo, sí.

—Entonces debe tener al menos cincuenta años.

—Yo diría que muchos más —dijo Elena—. Una vez nos contó que cuando escuchaba la radio estaban hablando de la guerra civil española, y para entonces ya tendría dos o tres.

—O sea, que según tú, tendrá al menos setenta. En mi opinión eso descarta todos los nombres de esta lista que sean extranjeros. Si su padre estaba ya aquí y vivía por la zona en esos tiempos, Ulises entonces debe de ser español y haber nacido cerca. Nos quedan por tanto treinta y cinco nombres. La mayoría de ellos son agricultores o se dedican a la pesca, hay tres maestros, cinco comerciantes, un abogado y un médico. Veamos qué edad tiene cada uno, no creo que…

Entonces sonó el móvil de Elena. Era una llamada de Carmen. Estaba muy alterada; aquella noche había soñado con Ramita y todavía no había podido salir de su estupor. Por mucho que se hubiera creído desde el principio la historia que le había contado su amiga, no imaginaba que ella misma acabaría teniendo relación con aquel animal, y mucho menos una relación tan carnal como la que había tenido. Y es que Carmen ignoraba que había podido mantener contacto con Rami sólo porque en su día, al haber intercambiado fluidos corporales con Héctor, ella había absorbido también parte de la misma clase de hierba con la que la vaca se había alimentado cuando era pequeña.

Mientras le narraba a Elena su sueño, Lourdes le hizo señas con sus grandes manazas para que activara el altavoz del móvil; deseaba hablar con ella cuanto antes.

—Carmen, soy Lourdes, encantada de saludarte, menuda locura en la que estáis metidas —dijo ya sin tapujos al sentir que estaba empezando a creérselo todo.

—Desde luego, es una cosa de lo más extraña.

—A mí me sigue pareciendo increíble, pero os veo tan lúcidas que no sé ya qué pensar. Según lo que acabo de oír, esta noche has soñado con la vaca, ¿no es cierto?

—Sí. Ha sido un sueño bastante desconcertante.

—Bueno ya le pediré a Elena que me lo cuente, pero antes quería preguntarte si en algún momento habló de Ulises.

—Sí, sí lo hizo. Dijo que, como se había llevado a Héctor y como eso no era parte de su misión, ella misma se estaba planteando saltarse su propio código y ponerse de nuestro lado.

—¿Dio algún detalle sobre él?

—Ninguno. Sólo que se iba a pensar si nos ayudaba o no.

—Carmen, me gustaría que, ahora que lo tienes aún fresco, me dijeras las palabras exactas de la vaca cuando lo nombró, son muy importantes —dijo dejando ya definitivamente de lado todas las trabas que su mente lógica se empeñaba en ponerle.

—Hum, no sé si podré recordarlas —contestó llevándose una mano a la cabeza al otro lado del teléfono.

—Sí podrás, confía en mí. Hay gente que amas que depende de que lo puedas hacer —replicó Lourdes con firmeza.

Carmen guardó silencio y, con un gesto de concentración, rebuscó en el fondo de su memoria. Entonces, lentamente, comenzó a desmadejar el ovillo de las palabras de Ramita. Cuando llegó a la parte en la que había nombrado a Ulises recordó en voz alta: «En realidad mi código me impide tomar ningún partido y me obliga a mantenerme completamente al margen, pero ya que Ulises, el geólogo planetario, ha transgredido el suyo y ha tomado a Héctor en sus manos, yo misma he decidido aventurarme». Y al decirlo se dio cuenta de que Ramita había decidido ayudarlos antes incluso de fundirse con ella en un abrazo.

—¡Vaya, parece que ya había tomado partido al decirme que Ulises era geólogo planetario! ¿Crees que nos será útil?

—No te quepa duda —dijo Lourdes—, si es cierto, te apuesto a que no existe más que una persona en este país con ese nombre y con esa profesión que le viene tan al pelo. Ahora tengo que dejarte y hacer una llamada.

Entonces Lourdes le dio el teléfono a Elena, cogió el suyo, y llamó a Carlos del Río. Esta vez contestó de inmediato.

—¿Qué tal Lou, te ha servido la lista que elaboramos?

—Por desgracia no —dijo sin rodeos y sin saludarlo y ya convencida de que Héctor no había desaparecido por propia voluntad—, pero he descubierto algo muy interesante; parece que Ulises es geólogo planetario, y además no es que viva cerca de la provincia de Lugo, que puede que lo haga, sino que nació allí, que es muy distinto.

—¿Ah sí?, Lourdes, no sé qué te traes entre manos, pero con esos datos nos será bastante fácil encontrarle. Por ahora no pienso hacerte preguntas; pero necesito que me pongas al corriente lo antes posible, ¿qué quieres que haga?

—Ya te lo contaré todo con detalle. De momento mira a ver si puedes averiguar su paradero. Gracias Carlos.

—No hay porqué darlas, ya lo sabes. Te llamo enseguida. Un abrazo. *Ciao.*

Mientras esperaban su llamada, Elena se fue a controlar los trabajos de excavación del túnel. Tenía cosas que hacer y sabía que si se hubiera quedado allí parada le hubiera acabado dando un síncope. La obra después de todo iba bastante bien. Ya llevaban perforados 1.485 metros; si todo continuaba así la tuneladora alcanzaría su posición final en unas pocas horas. Elena se sentía agradecida por no haber tenido problemas graves durante la ejecución. Tal como estaban las cosas, no sabía si hubiera sido capaz de reaccionar con eficacia, aunque en el fondo ella creía que sólo cuando se nos presentan las verdaderas dificultades llegamos a ser conscientes de nuestro verdadero potencial. De todas formas se sentía afortunada. Los maquinistas, Arcolino Cacciatore y Víctor Geraldes, eran grandes profesionales y lideraban sus equipos con eficacia. En ese momento se fue a verlos a la cabina de los pilotos. Sin duda hablar con ellos le vendría bien.

—¿Qué tal chicos?, ¿cuándo terminamos?

—Hola Elena —contestaron con dos grandes sonrisas. No solía haber muchas mujeres en las obras, y menos que además de guapas fueran la ingeniera jefa—, creemos que esta noche estará listo, ¿vas a venir a celebrarlo con nosotros?

—Por supuesto, pero antes tenéis que terminar. Las celebraciones ya las haremos cuando la máquina esté fuera del agua. Aún quedan muchas tareas delicadas por hacer.

—Huy, eso es pan comido, ya verás —dijo Arcolino.

—Eso espero. De momento, en cuanto lleguemos al punto exacto, tendréis que comenzar a vaciar el túnel de todos los equipos. ¿Cuánto tiempo calculáis que se tardará en esta operación?

—En unos veinte días estará todo listo.

—Veinte son demasiados, estoy segura de que si os ponéis de verdad lo podréis hacer en quince.

—Tal vez —dijeron—, pero sólo si nos prometes salir una noche con nosotros —y se les abrieron los ojos como platos.

—Eso está hecho, pero que sepáis que yo con vosotros no tengo ni para empezar —y entonces, por primera vez desde hacía muchas horas, Elena se rio de verdad—. Bueno, ahora en serio. Quince días, más el tiempo de inundar el túnel. El volumen a inundar es de 10.600 m³; si lo hiciéramos desde el pozo de ataque mediante bombas, tardaríamos dos días y medio. ¿O sabéis alguna manera más rápida?

—Hay una —dijo Víctor—, pero no es muy recomendable.

—¿Ah sí?, ¿cuál?

—Una vez retirado todo el material, podríamos abrir hidráulicamente el *bypass* del circuito de lodos y permitir que el agua del mar entrara por él. Calculo que debido a las más de tres atmósferas de presión, en menos de cinco horas quedaría inundado.

—¿Y cómo lo accionaríais?

—Vamos a dejar una manguera para activar los cilindros de acción invertida que hacen que, antes de rescatarla, la tuneladora se despegue del primer tubo de hormigón. Para abrir el *bypass* podríamos utilizarla.

—¿Y cuál sería el problema?

—Pues que además de agua entraría una gran cantidad de arena que sería imposible de retirar después. Y entonces la obra no serviría para lo que ha sido construida.

—Eso sería una gran desgracia. Si lo hiciéramos así sería mejor que yo me quedara dentro de la máquina y me inundarais a mí también.

—Bueno, la máquina precisamente no se inunda. Ya nos aseguraríamos de cerrar bien la esclusa; te quedaría aire suficiente para vivir allí un día entero, lo bastante como para que te rescataran, te despidieran, y tal vez te metieran en la cárcel — dijeron soltando una gran risotada.

—De eso nada guapos, a la cárcel yo no me voy sola. No quiero oír hablar de nada que tenga que ver con el *bypass* —y ya se iba a volver a reír cuando el recuerdo de Héctor provocó que tuviera que apartar la mirada para que no se dieran cuenta de que estaba llorando.

—Sí, mejor será.

—Bueno, ahora me tengo que marchar. Nos vemos luego.

Cuando volvió a su despacho, Lourdes acababa de terminar su conversación con Carlos del Río. Se la veía excitada. Al parecer existía un Ulises apellidado San Juan que era geólogo planetario y que trabajaba adscrito a una de las misiones en Marte de la agencia espacial americana en el centro de Robledo de Chavela, en Madrid.

El MDSCC, *Madrid Deep Space Communications Complex*, formaba parte de la red de espacio profundo de la NASA desde donde se realizaba el seguimiento de las misiones interplanetarias. Carlos había averiguado que San Juan colaboraba, gracias a su especialidad, en el estudio e interpretación de los datos obtenidos por los *rovers* desplegados en la superficie de aquel planeta, el *Spirit* y el *Opportunity*. Ulises vivía en la Colonia El Viso, un barrio de viviendas bajas cerca de la calle Serrano, y según su ficha había nacido en un pequeño pueblo de la provincia de Lugo hacía treinta y cinco años. Parecía que habían dado con el hombre que estaba reteniendo a Héctor.

Nada más escuchar estás palabras, Elena, intentando abarcarla del todo pero sin conseguirlo, abrazó a Lourdes y le dio un beso. Por un lado estaba muy contenta de escuchar que había una persona de carne y hueso detrás de todo aquello y de poder comprobar que la historia de la vaca no era un producto de su imaginación, pero por otro era consciente de que todo estaba adquiriendo un cariz siniestro y empezaba a temer de verdad las consecuencias de las amenazas que había proferido.

Lourdes por su parte le siguió contando que, para no despertar sospechas y averiguar el paradero de Ulises, Carlos le había encargado a un periodista de confianza amigo suyo que llamara al científico al centro espacial para pedirle una entrevista en relación a los hechos ocurridos la noche anterior acerca de la transformación de la luna. Al fin y al cabo era en cierta medida un especialista y no podría sorprenderse de una llamada así. De hecho, con toda probabilidad ya habría recibido varias de distintas agencias y periódicos. En ese momento estaba a la espera del resultado de la gestión.

Cuando acabaron de hablar, Elena y Lourdes se miraron a los ojos; ambas los tenían claros. Estaban muy cansadas y se sentaron en torno a la pequeña mesa de reuniones que había en el despacho de Elena. Ésta se levantó y sin decir nada se fue a buscar dos cafés a la máquina. Al cabo de un minuto regresó. Las dos bebieron en silencio. Estaban pendientes del teléfono y ninguna deseaba romper esa especie de quietud que se había creado. Lourdes por su parte estaba ya convencida de que era cierto lo que le habían contado; comenzaba a haber demasiadas casualidades para que no lo fuera. Tras haberse releído la noche anterior los desvaríos del monje normando Odilon de Bernay, ahora se daba cuenta de la magnitud de lo que podría llegar a suceder. Si como él contaba, después de que el *Gran Ojo* apareciera y pestañeara tres veces, la humanidad iba a sucumbir, entonces lo que estaban haciendo no serviría de nada. Todo le sonaba de lo más lúgubre y sólo un puñado de personas estaba al tanto de la enormidad de la posible catástrofe. Transcurrieron cuarenta minutos sin que pasara nada. Aparte de algunas llamadas por asuntos de la obra, Elena recibió dos casi consecutivas de Montse que decidió no contestar; no tenía ánimos para ponerse a fingir sobre una situación que ya de por sí la superaba. Tampoco había tenido más noticias de Carmen, por lo que se imaginó que todavía no habían encontrado el pergamino. Finalmente sonó el teléfono de Lourdes; era Carlos del Río. Mientras lo descolgaba conectó el altavoz para que Elena pudiera escuchar la conversación.

—Lou, no te lo vas a creer —le dijo Carlos en un tono que denotaba impaciencia antes de proceder con su relato—:

»Pues resulta que Marcos, el periodista del que te hablé, ha llamado al MDSCC para preguntar por Ulises San Juan y, después de haberlo tenido un buen rato al teléfono, le han dicho que llevaba más de tres semanas sin aparecer por allí. Luego le han despedido sin más explicaciones. Entonces he llamado yo personalmente al director del centro, un americano muy simpático llamado James Ricksman y le he dicho que era del CNI y que tenía que tratar con él un asunto confidencial, a lo que me contestó que no había problema, pero siempre que la embajada americana le confirmara primero mis credenciales y el carácter privado de nuestra conversación.

»A los diez minutos, tras haber accedido a sus condiciones y después de corroborar que el ayudante del embajador le había llamado, he vuelto a hablar con él. Entonces le he preguntado por el paradero de Ulises San Juan y me ha dicho que hacía tres semanas que apenas lo había visto: al parecer su padre había fallecido y se había ido inmediatamente a su pueblo a organizar las cosas del entierro. Una semana más tarde regresó, recogió un montón de papeles de su despacho y le dijo a James que estaría unos días fuera para ocuparse de unos asuntos familiares; desde entonces no ha vuelto a tener noticias suyas. Según dicen Ricksman y su secretaria, sobre todo desde que ocurrió el fenómeno de la transformación de la luna hace dos noches, han intentado ponerse en contacto con él innumerables veces, pero sin éxito. Estaban muy extrañados porque en todos los años que ha trabajado allí no había faltado ni un solo día. No lo han denunciado porque se imaginaron que al tratarse de la muerte de su padre, que era la única familia que tenía, querría tomarse un período de descanso. Después de todo jamás había disfrutado de sus vacaciones. Por lo que cuentan, Ulises se pasaba los días encerrado en el centro trabajando, y también muchas noches. Aun así parece ser que es un tipo bastante simpático, nada que ver con uno de esos típicos científicos locos e irascibles.

Lourdes a duras penas había podido permanecer callada todo ese tiempo sin interrumpirlo. Según escuchaba la historia, se le iban ocurriendo multitud de preguntas, pero sabía que Carlos, si le dejaba terminar, acabaría contestando la mayoría de ellas; era muy bueno haciendo informes.

—¡*Guau!* vaya historia —dijo Lourdes—. Así que el tipo ese no parece un científico loco, pues entonces me dirás tú qué es.

¿Me imagino que habrás averiguado cuál era la dirección del padre en su pueblo natal?

—Sí, claro. Y tengo que decirte que acertaste; está a menos de una hora y media de camino de donde estáis vosotras.

—¡Joder!, ¿y ahora qué hostias hacemos? —dijo Elena, que hasta entonces había permanecido callada mordiéndose los labios—. Hay que atrapar a ese tío enseguida.

Por un momento se hizo un silencio entre los tres. Todos sabían que las cosas no serían tan fáciles.

—De momento nada —dijo por fin Lourdes—. Tengo que informar ahora mismo a Jaume, es hora de que regrese a España. Lo importante es no poner en peligro la vida de Héctor.

—Sí, eso es lo más importante, pero vosotros sabréis qué hacer en estos casos, ¿no? —recalcó Elena cerrando los puños—, para eso os hemos llamado.

—¿No te parece Lourdes que ya es hora de que me cuentes lo que está ocurriendo? —dijo Carlos tratando de hacer que Elena se calmara—. Si es algo relacionado con los cambios de la luna y representa alguna amenaza seria necesito saberlo. Una cosa es que te ayude a encontrar a un chico desaparecido y otra muy distinta es ocultar información crucial sobre unos hechos que se están investigando en todo el mundo. Para empezar, los americanos ya me han enviado un correo preguntándome por qué he querido hablar confidencialmente con el director de su agencia en Robledo de Chavela. Todo lo que tenga que ver con la astronomía, en estos instantes les huele a posible pista. A estas alturas ya sabrán que San Juan ha desaparecido, y sabiendo que es uno de sus empleados querrán hablar con él. Quizá Ricksman esté ya en problemas por no haber informado antes a sus superiores.

—Vaya, sí que se complican las cosas rápido —contestó Lourdes—. Espero que no se les ocurra ir tras la pista del tío ese sin vuestro consentimiento estando en suelo español.

—Con esos nunca se sabe. Venga Lou, déjate de juegos y cuéntame lo que sabes. Tengo tiempo, todos mis otros asuntos pueden esperar.

Entonces Lourdes le hizo una seña a Elena para tranquilizarla y le pidió que por favor la dejara hablar con Carlos a solas. Elena recogió sus cosas y se dirigió hacia la puerta, pero justo antes de salir, Lourdes le dijo:

—Una cosa más, me gustaría que en algún momento me presentaras a Ramita, ¿crees que nos será posible encontrarla? —y esbozando una sonrisa en medio de su cara de pan le hizo un gesto de despedida y continuó con su conversación.

Al terminar de escuchar la historia, Carlos se quedó Petrificado; en su vida se habría podido imaginar una sarta de disparates de tal calibre. Un hombre que quería destruir a la humanidad, una vaca que hablaba y que se aparecía en sueños para dar información vital, un pergamino que anunciaba el fin del mundo; al lado de todo esto el espionaje internacional, los golpes de estado, las luchas de poder, las guerras, el tráfico de armas, la venta de drogas y cualquier otra cosa no eran más que juegos infantiles. Según Lourdes, dentro de treinta y seis horas un *Gran Ojo* se manifestaría, pestañearía tres veces, y como consecuencia de ello el Fin del Mundo tendría lugar; y a estas alturas todo el planeta estaba tan tranquilo sin sospechar absolutamente nada. Desde luego si iba a sus superiores contándoles una historia como ésa, o bien su carrera se acabaría en ese mismo instante porque pensarían que se había vuelto loco, o acabaría igualmente dentro de un día y medio, si es que de algún modo fuera cierta. Lo mejor sería no informar a nadie y unir sus fuerzas a las de Lourdes y a las de la gente que estaba investigando por su cuenta en Francia. Si había alguna posibilidad de detener a ese hombre, él tenía el poder suficiente para hacerlo, y además sería más fácil así que involucrando a los políticos. De esta manera, si todo resultaba un fiasco, no tendría que pedirse la jubilación anticipada.

Tras su conversación y mientras Lourdes hablaba con Jaume, decidieron esperar un poco a ver cómo evolucionaba la investigación en Rouen. Mientras tanto, Carlos trataría de averiguar más detalles sobre Ulises; cuanta más información tuvieran sobre él, mucho mejor. Para entonces habían dado las cuatro de la tarde. Faltaban treinta y dos horas para la supuesta aparición del *Gran Ojo*.

Capítulo 18

En tiempos del milenio

A la mañana siguiente, Jacqueline, que no había apenas dormido pensando en el encuentro que se le avecinaba, decidió mantener la biblioteca cerrada al público y ayudarlos en la búsqueda del pergamino. Comenzaron a las siete y media, tras desayunar en una cafetería cercana un café con cruasanes. A pesar de que entre los cuatro la tarea resultaba un poco más fácil, a las doce del mediodía tan sólo iban por el armario número trece.

A la una de la tarde llegó Alain. Había ido directamente desde la estación de tren a la biblioteca. Cuando se presentó ante ellos estaba muy inquieto, deseaba saber cuanto antes lo que estaba pasando con todo aquel asunto del *Gran Ojo*. Fue entonces cuando Jacqueline, sabiendo que tenía la sartén por el mango, comenzó con su juego sicológico. Tal como le había prometido, lo puso enseguida al corriente de la historia que Pierre y Fransuá le habían contado el día anterior. Lo hizo en un tono frío, quitándole hierro a la importancia de su participación. En dos ocasiones le pidió al chico que aclarara algunos de los puntos, empleando con él una confianza calculada y una cercanía física que rozaba la línea de lo que podría ser considerado como poco decoroso para su posición. Alain se le había sentado justo enfrente. Diez años mayor que ella, la miraba con fijeza a través de sus gafas, con la cabeza ligeramente ladeada, una mano apoyada en el mentón cubierto por una barba cana pero todavía briosa, escudriñándola como lo había hecho muchas veces al hacer que se desnudara para él, todavía vestido pero con un deseo imperioso de poseerla, alargando el tiempo limitado del que disponían para sus encuentros y de los que ella siempre salía con una angustia hueca, como si toda la pasión vivida la dejara vacía en vez de satisfecha. Pero Jacqueline era más fuerte incluso de lo que ella misma pensaba. Después de los primeros instantes en que la invadió el pánico mientras aquellos ojos oscuros taladraban su alma, recuperó el control; al fin y al cabo Alain era tan sólo un hombre, uno más de una lista que todavía no había acabado de escribir, aunque si él lo hubiera deseado habría sido el último. Tras sostener su mirada largamente y adivinando que aquel primer envite había resultado en tablas, Alain se concentró en asimilar los detalles de la historia y comenzó a darse cuenta de las implicaciones que podía tener.

Una vez hubo escuchado todo el relato, le pidió a la directora que por favor trajera el manuscrito del propio Odilon, ya que quería consultar una cosa. Sólo en ese momento fue cuando los demás cayeron en la cuenta de que eso era algo que debían de haber hecho con anterioridad. No supieron decir bien por qué, pero a ninguno de los tres se le había ocurrido consultar la primera de las fuentes; tal vez habría sido porque imaginaban que lo que allí ponía ya había sido descrito por el propio Alain en su novela, pero ahora que lo pensaban detenidamente, les pareció un grave error no haberlo comprobado. Quizás ahora podrían encontrar alguna nueva pista.

A los diez minutos, Jacqueline, que le había pedido a Carmen y a Fransuá que la acompañaran, volvió con el grueso volumen. Se trataba de un manuscrito del tamaño de un maletín, encuadernado con recias tapas de cuero y que despedía un olor muy fuerte, parecido quizás al que flotaría en un cálido establo. Sus páginas eran de un papel muy basto, grueso y amarillento como la mantequilla. Sin embargo, en cuanto lo abrieron, pudieron contemplar la delicadeza de los minúsculos caracteres que componían el texto, bellos y retorcidos como adornos florales. Carmen se quedó extasiada. Intentó inútilmente leer algunas líneas, pero apenas si pudo distinguir dos o tres palabras de la antigua lengua romance. Se veía a la legua que Alain conocía el manuscrito de memoria; en menos de un minuto había localizado las páginas en las que el monje hablaba del pergamino y del *Gran Ojo*. Entonces, tradujo los párrafos al francés moderno. Después Fransuá hizo lo propio al castellano:

> *«En tiempos del milenio numerosos prodigios se manifestarán en memoria del Cristo. Como si los trastornos del cielo no debieran ser ya testimonio de la gloria de Dios sino advertencia a los hombres de que una desgracia se apresura a abatirse, yo, Odilon de Bernay, monje normando de la abadía de Jumièges, por la gracia divina que me ha sido otorgada, os anuncio que, la tercera de las noches después del primer brillo, cuando el Gran Ojo haga su aparición y su formidable párpado se cierre por tercera vez, el mundo de los hombres desaparecerá. Yo, en este año de Nuestro Señor, bajo la luz de esta plateada luna me limito a recordaros las palabras de Aquémenes que yacen en este legajo que ahora se me revela nítido, para que no sean olvidadas y para que cuando llegue el momento el mundo no pueda reclamar la falta de advertencia.»*

Cuando Alain y Fransuá terminaron de traducir, un silencio sepulcral se hizo en la sala. Lo que el profesor había escrito en su novela había sido tan sólo una adaptación de las palabras del monje, y ahora, al escuchar la versión original y a la luz de los hechos recientes, el texto se tornaba mucho más inquietante. Si lo que allí ponía sobre el primer brillo se refería concretamente a la transformación de la luna que había tenido lugar hacía dos noches, entonces, el *Gran Ojo* aparecería dentro de otras dos, es decir, en sólo treinta y cuatro horas. Al parecer, ese era el período del que disponían para encontrar la clave a la que se había referido Ramita, quizás incluso menos.

A partir de ese momento, los cinco trabajaron codo a codo. Jacqueline, que había visto la cara de preocupación de Alain, en cuanto oyó lo que había escrito el monje se dio cuenta de que todo lo que le habían contado aquellas tres personas podría ser verdad y dejó de pensar en su pequeño plan. «No están las cosas para futilidades; será mejor que arrime el hombro o de esta no salimos ninguno», y entonces propuso que hicieran dos equipos, con ella y Alain, que eran los que mejor podrían diferenciar los documentos, al frente de cada uno de ellos. Para facilitar la manipulación de los cajones, colocaron otras dos mesas en uno de los rincones libres de la sala. Después, la directora llamó a Bernard, su ayudante de confianza, y le pidió que se uniera a la búsqueda. No sabían exactamente cómo debían hacerlo, pero imaginaban que a medida que avanzara el proceso, irían aclarándoseles las ideas. Carmen para sus adentros le pedía a Ramita con todas sus fuerzas que por favor le revelara alguna otra información. Era consciente de que sólo podría hacerlo a través de sus sueños, así que con frecuencia miraba su reloj, deseosa en parte de que las horas transcurrieran rápido y de que llegara la noche.

Los dos equipos trabajaban ahora de una forma mucho más coordinada y los cajones eran extraídos y después devueltos a sus cunas con rapidez. Habían quedado en echar tan sólo un primer vistazo general y apuntar sólo las ubicaciones de aquellos que les despertaran alguna sospecha. No tenían tiempo de estudiarlos todos con detenimiento; les hubiera llevado semanas de trabajo. Sin embargo, aún confiaban en que el pergamino tuviera algún dibujo o símbolo que les permitiera reconocerlo. Después, dependiendo del idioma en que estuviera escrito, lo digitalizarían para enviárselo a algún experto. Durante un breve descanso, Alain y Jacqueline habían elaborado una lista de personas que podrían encargarse de la traducción. Decidieron no intentar localizarlas; no tenía sentido hacerlo antes de hallar lo que buscaban. A las nueve de la noche se encontraban exhaustos. Acordaron parar para comer algo fuera de la biblioteca y descansar un rato; no serviría de nada seguir trabajando sin mantener una mínima capacidad de concentración. Antes de irse, metieron los últimos cajones en el armario número veintiséis y recogieron sus chaquetas. Después salieron al fresco de la noche.

El cielo estaba encapotado y había comenzado a llover ligeramente. El ambiente era húmedo y hacía un poco de frío. Los seis apretujaron sus cuerpos y, cruzando la calle, se metieron en el pequeño restaurante en el que solía comer el personal de la biblioteca. Se sentaron en un rincón tranquilo y pidieron varios platos de pasta, un par de ensaladas y una sola botella de vino. Carmen estaba enfrente de Fransuá. Con aquella luz la cara de aquel chaval regordete adquiría unos contrastes realmente hermosos —se había pillado pensando en un momento dado—. Luego sin embargo desechó aquella idea; sin duda era muy majo pero no era su tipo, y además era demasiado joven.

Mientras comían, los seis siguieron hablando de los acontecimientos que habían vivido en los últimos días. Alain, que se había sentado a propósito frente a Jacqueline, se había quitado un zapato e intentaba con su pie descalzo acariciarla. Ella, colocada entre Fransuá y Pierre, conversaba animadamente con ellos mientras de vez en cuando rozaba el hombro izquierdo del primero y no evitaba que Alain progresara un poco más hacia sus muslos. Bernard hablaba con el exalcalde sobre barcos antiguos. Carmen notaba que por debajo de la mesa ocurrían cosas de las que era mejor darse por no enterada. Seguía fastidiada por la excesiva confianza que la directora se tomaba con el chico; se decía que la razón era porque era impropio, pero luego ya no estaba segura de que no tuviera motivos inconscientes. En la televisión emitían las noticias de la noche; se veían imágenes de la última reunión de la Comisión Europea de

Finanzas, después hablaron de las recientes inundaciones en Honduras y de otro puñado de desgracias. Al parecer, ya nadie hablaba del extraño suceso de la luna.

Al salir del restaurante había dejado de llover. Carmen quiso acercarse un momento al hotel para lavarse un poco y los demás se ofrecieron a acompañarla; a todos les vendría bien andar un rato y respirar un poco de aire puro antes de volverse a encerrar en el sótano. El hotel se encontraba a sólo diez minutos. Caminaban despacio y la ciudad aparecía desierta, como si los habitantes se hubieran preparado para el rodaje de una película de ciencia ficción.

Avanzaban por la acera de la Rue du Baillage en dirección a la avenida Saint-Patrice. A su izquierda había un parque con un pequeño lago. La silueta de los árboles se recortaba tímidamente en la negrura de la noche. De repente, un espacioso claro se abrió entre las nubes y la luz de la luna se reflejó en el agua. Fransuá se detuvo y se quedó mirando el estanque, hipnotizado. Algo se estaba despertando en su conciencia; en su mente se apareció la figura de Odilon de Bernay envuelto en un tosco y mugriento hábito mientras que, sentado a la luz de las velas, escribía la historia de su vida. Junto a él, al lado de una ventana sin cristal por la que penetraba la silenciosa luz plateada de la noche, se encontraba un viejo e indescifrable pergamino en cuya parte superior aparecía el dibujo de un ojo amenazante. Los demás habían continuado caminando. Cuando se percataron de la ausencia del chico, volvieron sus miradas y lo vieron parado en medio de la acera, embelesado con la imagen nocturna del estanque, como si estuviera asistiendo a la escena de un baile de fantasmas. Al verlos darse la vuelta, Fransuá pareció despertar de su estado de trance. Y entonces les gritó excitado:

—¡Tenemos que volver!

—¿Cómo dices? —replicaron los otros cinco casi al unísono.

—¡Que tenemos que volver inmediatamente a la biblioteca! Estamos cometiendo un grave error.

—¿Qué dices Fransuá, te has vuelto loco o qué? —dijo Pierre.

—No, no me he vuelto loco —replicó—, hemos de inspeccionar los pergaminos a la luz de la luna. Así lo expresa Odilon en su manuscrito. El grabado del ojo sólo se podrá observar bajo la influencia de una luz plateada.

—¿Y cómo se te ha ocurrido ahora semejante idea? —exclamó el exalcalde.

—¡Calla Pierre, el chico tiene razón! —dijo Alain— Cómo no se me había ocurrido antes. Tenemos que volver a empezar desde el principio y exponer los manuscritos a la luz de la luna.
—En ese momento todos dirigieron sus miradas hacia el cielo; el astro era todavía visible, pero la sombra de una oscura nube amenazaba con ocultar su rostro.

—Pues tendremos que darnos prisa —apuntó Jacqueline—, no parece que esta noche vaya a brillar durante mucho tiempo.

Animados por esta nueva perspectiva, retrocedieron sobre sus pasos y se encaminaron a la biblioteca. Ante la posibilidad de que sólo dispusieran de breves lapsos de tiempo durante los cuales la luna arrojaría su luz, a Fransuá se le ocurrió una idea: los dos pisos del edificio disponían, en una de sus fachadas principales, de amplios ventanales orientados todos hacia el oeste. Durante el tiempo en que las nubes estuvieran tapando la luz, podrían aprovechar y extender los pergaminos al lado de las ventanas. Una vez volviera a brillar, bastaría una pasada rápida por su lado para ser capaces de observar el supuesto grabado del ojo. De ese modo no habría tiempos muertos.

Acordaron entre todos hacerlo así y, mientras la luna permanecía oculta, fueron subiendo cajones y extendiendo los manuscritos sobre las mesas que previamente habían colocado junto a las cristaleras. Jacqueline les dijo que ya no era necesario preocuparse del orden interno de cada cajón, sería suficiente con que cada documento volviera al suyo original con independencia de su posición; ya habría tiempo para el orden más tarde, si es que un más tarde llegaba a existir alguna vez.

Había en total treinta ventanales. En cada uno de ellos, contando con ponerlos en hileras paralelas, había suficiente espacio para colocar el contenido de unos quince cajones. El trabajo era inmenso, pero por suerte la biblioteca disponía de dos montacargas y de suficientes carritos para llevar un buen número cada vez. A las diez y media se pusieron manos a la obra. Durante las primeras dos horas, la luna no salió de entre las nubes. En ese tiempo pudieron extender el contenido de cuatro de los armarios. Iban a necesitar mucha suerte para que aquella noche pudieran encontrar algo. A las doce y media el cielo les dio una tregua y la pálida luz de la luna se desparramó por todos los salones. Los pergaminos se desplegaban en mesas, sillas, aparadores y todo tipo de superficies, incluyendo el suelo. Se distribuyeron las habitaciones y cada uno se fue a inspeccionar su lote. A los veinte minutos, se encontraron otra vez en el hall. No habían visto nada. Discutieron sobre la posibilidad de cambiarse los cuartos y dar una nueva pasada para asegurarse de que lo que buscaban no se encontraba allí. Jacqueline miró el reloj: sólo disponían de lo que quedaba de esa noche y no podían contar con que hubiera luz constantemente, así que tendrían que arriesgarse; no había tiempo para volver a verlos.

La siguiente hora y media la dedicaron, mientras la luna seguía brillando, a mirar los cajones del quinto, sexto y séptimo armarios en el ventanal de la planta baja. A las dos, las nubes volvieron. Estaban agotados, pero sabían que no había tiempo que perder. Metieron los legajos en sus contenedores y los arrumbaron en el centro de cada uno de los salones. Después subieron el contenido de los siguientes ocho armarios y los extendieron. Eran las tres y media cuando la luna volvió a aparecer, aunque lo hizo sólo durante quince minutos y apenas les dio tiempo a echar un rápido vistazo. No estaban muy seguros de haber podido verlo todo, pero no podían permitirse el lujo de esperar hasta que la luna volviera a salir de su escondrijo.

Esta vez se limitaron a amontonar los pergaminos en una esquina. A continuación desplegaron el contenido de los armarios del dieciséis al veintitrés. Eran las cinco y diez. El sol amenazaba con su presencia, pero por suerte la luz de la luna volvió a brillar. Los seis recorrieron las habitaciones a toda prisa. Ya no estaban seguros de nada. Cada uno de ellos comenzaba a sospechar que algo se les había pasado por alto; quizá no habían sido capaces de revisar todos y cada uno de los documentos, quizás una sombra o una mala exposición a la luz les había impedido verlo. El desánimo comenzaba a cundir y ya no quedaba mucho tiempo. Por fortuna, nada más entrar en la cuarta de las salas que le correspondían, Carmen lo vio. Ni Odilon ni Fransuá habían mentido; bajo la luz plateada de la luna, en la esquina de una de las mesas, un ojo amenazante se revelaba nítido sobre el fondo de un antiguo y costroso pergamino escrito en una lengua que nadie en toda Francia comprendía. Apenas quedaban dieciocho horas para que llegara la hora señalada.

Capítulo 19

Héctor

—Ya lo has visto; el mundo entero ha podido observar la primera señal; ya sólo faltan tres días para que comience el principio del fin —dijo Ulises después de que la luna hubiera vuelto a la regularidad de su fase creciente.

—Me parece que aquí lo único que pasa es que de pequeño te leíste demasiados cuentos de *Asterix* y de su poción mágica — contestó Héctor, que a pesar de continuar con las piernas paralizadas prefirió tomarse el asunto a cachondeo.

—Ja, ja, ja, eres muy gracioso, eso sí que ha sido un buen golpe, lástima que no tengamos tiempo para chistecitos; por desgracia ahora tienes que descansar —y entonces le hizo un gesto para que lo acompañara hasta el piso de abajo.

Como solía pasar cuando Ulises le daba órdenes, Héctor no pudo hacer otra cosa que seguirle sin poner objeciones.

—Tu cuerpo necesita dormir —continuó diciendo el hombre mientras bajaban las escaleras—. Por la mañana seguiremos con nuestra amigable charla. Confío en que tu buen humor te ayudará a que al final acabes entendiendo. Por la tarde me tendré que ausentar; hay todavía asuntos importantes que tengo que atender y que no puedo realizar mediante el sueño. A ti te dejaré confinado en esta estancia por virtud del mismo rayo de pensamiento que hace un rato te ha paralizado. No tendrás que preocuparte, porque podrás moverte a voluntad. Dispondrás de comida y de todo cuanto necesites para pasar el rato hasta que vuelva, e incluso la televisión te proporcionará una ventana al mundo. Yo estaré de regreso antes de la tercera noche. Quizás alguien venga a buscarte, pues estoy seguro de que la vaca Ramita, a quien tú ya conoces, intentará jugar sus bazas y equilibrar la balanza de su lado. Sin embargo, te aseguro que aunque lo hagan no serán capaces de encontrarte; la mente es algo que yo puedo manipular sin cortapisas —y sin añadir nada más ni admitiendo una réplica, Ulises le abrió la puerta de su habitación y le ordenó que entrara.

Efectivamente, Héctor estaba muy cansado. Se había pasado la mañana investigando en internet sobre el *Gran Ojo* pero no había conseguido averiguar nada. Lo único que se le habían abierto habían sido páginas pornográficas, y las pocas que no lo eran sólo hablaban del símbolo masón en el que un enorme ojo aparecía encerrado en un triángulo. Cuando terminó su infructuosa búsqueda, se preparó una comida ligera a base de pescado, arroz y verduras. El pescado era algo que abundaba en su casa; no sólo lo traía él de la lonja muchas mañanas, sino que con frecuencia a Elena se lo regalaban en la empresa. Después se fue a su cuarto y se echó una pequeña siesta.

A las cuatro de la tarde escuchó cómo un coche aparcaba justo delante de su casa. Por el ruido del motor le pareció que se trataba de un todoterreno de gran cilindrada. Unos segundos más tarde se oyó el timbre. Era raro recibir visitas. Se imaginó que alguien les venía a entregar un paquete. Como no era fácil encontrar ciertas cosas en aquel pueblo, pues apenas había comercios y la mayoría abrían sus puertas sólo en la temporada de verano, solían hacer pedidos de libros y otros productos por teléfono o por internet. Héctor, con los ojos todavía somnolientos, se levantó de la cama, se encaminó hacia la puerta y la abrió. Al hacerlo se encontró cara a cara con un hombre de mediana estatura. Su silueta se recortaba contra la claridad amarillenta de la tarde. Era musculoso y tenía una melena que le caía con determinación sobre los hombros. Su rostro se hallaba inmerso en la sombra y no podía distinguir sus facciones, pero sus ojos refulgían como los de un felino. Sin titubear, pero también sin violencia, penetró en el hall. Tras caminar unos pasos se sentó en el sofá que había en uno de los extremos del salón. Él se quedó un poco sorprendido, pero era tanta la naturalidad con la que el hombre actuó que apenas se sintió ligeramente incómodo. Sin esperar a que Héctor hablara se presentó sin más. Le dijo que se llamaba Ulises y que él era la persona a la que Ramita se había referido en sus conversaciones. Después de hablar un rato sobre diversos temas, le dijo que él mismo o Elena tendrían que acompañarlo a un lugar que se encontraba próximo. Héctor accedió a irse con él; el hombre tenía una especie de magnetismo al cual le era imposible resistirse. También le pidió cortésmente que dejara su teléfono móvil en el primer cajón de la mesilla de su compañera, puesto que a donde iban no lo iba a necesitar. Antes de salir, Ulises se dedicó a escribirle una nota a Elena, que al terminar le dio a leer por si deseaba añadir algo. Héctor escribió una simple línea, y tras doblar la hoja la dejó debajo de un juego de bolas chinas que había en la mesa del salón. Acto seguido abandonaron la casa y se montaron en el todoterreno.

Ulises condujo en silencio. Durante el trayecto Héctor estuvo sumergido en una especie de trance que le impidió reconocer los lugares por los que circularon. Sólo había sido consciente de que el recorrido tenía muchas curvas y de que a cada dos por tres subían o bajaban por empinadas cuestas. En ciertas ocasiones, cuando coronaban las cimas de los montes, se distinguía el mar en la brumosa tarde; su intenso azul contrastaba con el verde tranquilo de los pastos. Las vacas, al escuchar el sonido del vehículo, alzaban la mirada y los saludaban con sus hirientes ojos. Extrañamente apenas había sido capaz de percibir algún leve sonido, como si hubieran estado viajando en el interior de la pecera de un acuario gigante.

Al cabo de un tiempo indefinido se detuvieron frente a una verja. Al otro lado se veía una gran casa de piedra, vieja y destartalada. Tras franquearla avanzaron por un camino que se adentraba en un pequeño bosque de zarzas y espinos. A los doscientos metros, después de una curva pronunciada, apareció ante ellos un elevado silo que tenía la pinta de haber sido reformado no hacía mucho tiempo. La azotea, construida a base de grandes cristaleras oscuras, se hallaba coronada por una lanza de bronce, y el conjunto, por alguna razón inusitada, recordaba la torreta de un submarino ruso atrapado entre los hielos de la Antártida. Aparcaron el coche y subieron por una escalera tortuosa. Tras un breve descanso, Ulises comenzó a explicarle sus motivos. Mientras hablaba, Héctor se daba perfecta cuenta del poderoso influjo que ejercía sobre él, sin embargo hasta entonces no había sido capaz de liberarse. Un poco después la luna llena había brillado en el oeste.

Y ahora estaba allí, descansando en esa habitación desprovista de lujo pero agradablemente acogedora. Del interior de su mente le llegaban señales de advertencia, pero se encontraba demasiado cansado como para atenderlas. Decidió irse a dormir; ya se ocuparía de todo al día siguiente.

Cuando a las ocho de la mañana Héctor se despertó se sentía hambriento. Antes de comer nada entró en el baño y se pegó una buena ducha para despejarse; al levantarse le solía costar un buen rato tomar contacto con la realidad del mundo. Después se preparó un buen desayuno. Tras alimentarse se dio cuenta de que se encontraba mucho mejor. A continuación se dirigió a la azotea. Allí estaba Ulises, sentado en una desvencijada silla. Se le veía enfrascado en la lectura de unos viejos cuadernos. Tenía una barba incipiente. Su negra melena le caía sobre los hombros con aplomo y vestía una camisa de algodón blanca a cuyo trasluz se podía adivinar su musculoso cuerpo. Sin saber por qué, al ver esta imagen, Héctor pensó en la figura del Cristo de Medinaceli. Una vez, siendo todavía un niño, en uno de sus viajes a España durante la Semana Santa, sus padres lo llevaron a ver su procesión. Desde entonces su cara se le había quedado grabada en la memoria. Ahora, después de tantos años, allí estaba él, encarnado en un hombre maléfico; tan sólo le faltaba la corona de espinas.

Cuando entró en la estancia, Ulises alzó el rostro y le sonrió. Tenía una expresión simpática. A Héctor no le acababa de encajar que ese ser estuviera planeando acabar con una especie que había tardado millones de años en evolucionar.

—Espero que hayas descansado bien. Pero por favor, no te quedes ahí parado y toma asiento —y le ofreció una silla.

—Gracias —dijo Héctor, sorprendiéndose por su amabilidad. Ignoraba por qué, pero era incapaz de mostrarse contrariado con aquella persona. Por mucho que sus palabras indicaran otra cosa no veía en él rastro ninguno de maldad.

—Sé lo que estás pensando. No acabas de creerte que vaya a ser capaz de borrar a la especie humana de la faz del planeta. No piensas que yo pueda ser un ser tan deplorable.

—Lo has adivinado. Creo que al final no lo harás, pero no porque crea que eres bueno, sino porque confío en el amor.

—Eres muy capcioso, Héctor. Efectivamente, la bondad y la maldad sólo existen dentro de la mente. En el mundo real todo se limita a los hechos sin más. Un planeta es creado y al mismo tiempo en otro lugar otro desaparece. El equilibrio ha de ser mantenido y poco importa lo que haya de pasar para lograrlo. Tu confianza en el amor es natural, pero no deja de ser una pura proyección de que el futuro existe.

Héctor, que aún no se veía con la claridad mental suficiente como para ponerse otra vez a filosofar, se limitó a preguntarle:

—Ulises, ¿me puedes decir lo que esperas de mí? Ayer me dijiste que querías que Elena y yo informáramos al mundo de las razones de por qué tienes la intención de eliminarnos, pero, si vas a terminar con todos nosotros, ¿para qué necesitamos saber el porqué?, ¿acaso nos importará cuando ya estemos muertos?

—Ja, ja, ja, otra vez me haces reír, confieso que Ramita ha acertado contigo. En efecto, eso carecerá de importancia cuando ya estéis muertos, pero sí la tendrá mientras estéis vivos.

—Deduzco entonces que nuestra muerte no será inmediata. Sin embargo, tú afirmas que cuando el *Gran Ojo* se manifieste dentro de dos noches todo habrá terminado. Creo que te contradices, y si no es así, ¿de cuánto tiempo disponemos?

—Héctor, Héctor, ya te advertí que todos los detalles te serán revelados a su debido tiempo. Primero tengo que acabar de leer otra vez los escritos de mi padre y luego he de irme a resolver unos asuntos, pero mañana por la tarde, antes de la hora señalada, estaré aquí de nuevo, y después de que ocurra lo que tiene que ocurrir te lo explicaré todo. A ti y también a Elena, aunque sospecho que ella está manifiestamente contraviniendo mis indicaciones. Y ahora por favor déjame solo.

Héctor, como llegado un punto siempre ocurría, no pudo dejar de obedecer sus instrucciones y bajó al piso de abajo. Una vez allí tomó asiento en el sofá de la salita y encendió la televisión. Por lo que se veía, el fenómeno de la transformación de la luna había dejado de tener interés y en todos los canales se hablaba de los temas de siempre: de los accidentes de tráfico y de la violencia machista en sus más diversas formas. Héctor se daba cuenta de que en el fondo Ulises podría tener razón. No había esperanza para ellos. Por ninguna causa el ser humano, y en particular los hombres, dejarían de hacer lo que estaban haciendo, excepto quizá por la ocurrencia de una desgracia de grandes proporciones, una desgracia tan enorme que nos costaría a todos la vida. Quizá sería mejor así. Quizá de esa manera otras formas de vida tendrían alguna oportunidad para continuar su viaje; era muy posible que alguna evolucionara en algo más inteligente que nosotros y que hubiera llegado el momento de apartarse y dejarla pasar. Sin embargo, él no podía quedarse parado; amaba demasiado. Cada uno tenía su cometido en la existencia y a él le había tocado ése. Qué se le iba a hacer; las elecciones muchas veces eran irremediables.

Tras apagar el televisor se puso a hacer gimnasia. Héctor sabía que le vendría muy bien una buena sesión de estiramientos. Estuvo haciendo ejercicio durante media hora. Por la razón que fuera no tenía ganas de escaparse de allí, ¿sería ése el condicionamiento que Ulises le había insertado en la mente? Era probable que en eso consistiera todo. Que él pudiera ver, no había ningún elemento de seguridad que lo retuviera en el silo. Las ventanas se podían abrir, puesto que de hecho una de ellas estaba entornada para dejar pasar el aire. Además, estaba seguro de que la puerta no estaría ni siquiera cerrada con llave.

A la una volvió a sentir apetito. Ulises seguía en la azotea. Se preparó un gran plato de pasta al que añadió algo de queso y unos champiñones que había encontrado en la nevera. Luego decidió dormir durante un rato. Estaba otra vez cansado y necesitaba disponer de todas sus energías. Se levantó a las seis de la tarde. Cuando lo hizo el silo estaba en completo silencio. Fue a la azotea, pero allí no había nadie; al parecer Ulises se había marchado. Héctor se preguntaba adónde habría ido y cuáles serían esos asuntos que debía atender. Después decidió actuar. Se volvió a duchar y se dirigió a su habitación. Al lado de la vieja cama de hierro había una alfombrilla gastada. Daba la impresión de haber sido tejida hacía muchos años. En el centro de la estera se veía la silueta inconfundible de una vaca. De su boca, aunque ya descolorida por el paso del tiempo, sobresalía una pequeña hebra de hierba silenciosa. Héctor cogió un cojín que había encima de una de las sillas y, sentándose en medio de la alfombra, se puso a orar.

Orar era algo que solía hacer cuando estaba confundido. Aunque no tuviera muy claro qué era lo que él mismo pensaba o creía sobre Dios, Héctor había constatado muchas veces que el hecho de exteriorizar en voz baja sus propias incoherencias ejercía un efecto benéfico sobre sus estados de ánimo. En su interior se mezclaban, de una manera que casi se podría calificar como esquizoide, las distintas creencias de los lugares en que había vivido y de la gente con la que había crecido. Sin embargo a él, aunque no fuera capaz de explicar de forma congruente todo su sistema de valores, aquello le proporcionaba un profundo sentido de la vida que hacía que se sintiera conectado con un mundo que de otra forma le hubiera resultado incomprensible. Así que estando en ese trance, Héctor se sentó en la alfombrilla de la vaca y, adoptando la típica postura yóguica, se puso a hablar con Dios, o al menos con el Dios que en esos momentos andaba por allí. Y esta fue su oración:

¡Oh Dios!, tú que estás siempre disponible y que incluso en los momentos en los que yo te olvido permaneces paciente e incansable a mi lado, ayúdame por favor una vez más a darme cuenta de que todo lo que siento y pienso no es más que una ilusión del mundo de las formas. No permitas que sea yo el que tome las riendas de este juego, sino más bien que sea el instrumento de Tu voluntad, cualquiera que ésta sea. Todo lo que nace tiene que morir. Si ha llegado mi hora no tengo más remedio que aceptarlo de buen grado y acoger a la muerte como un paso más hacia la unión perfecta con Tu alma. Sin embargo, por la misma voluntad por la que mis pulmones se expanden treces veces por minuto para aspirar el aire que necesitan para subsistir, he de oponerme a las intenciones de Ulises con todos mis alientos. Yo navego en un barco de cuyas velas soy el único patrón y he de intentar aprovechar los vientos para ser el primero que llegue hasta la meta. Si éstos han de ser favorables o no, es algo en lo que yo no puedo intervenir. Pero, ¡oh Dios!, si me has dado la caña del timón no me pidas al mismo tiempo que desvíe mi rumbo porque eso sería

incompatible. Y ahora permíteme sumirme en Tu silencio y ahondar
en el extremo de Tus causas.

Y tras decir estas palabras a media voz, se quedó en silencio y empezó a meditar. Lo primero que Héctor percibió fue el estado energético de su cuerpo. Al centrar su atención en la respiración observó los movimientos de su pecho al expandirse y luego al contraerse. A fuerza de observarlo todo, su nerviosismo se fue haciendo cada vez más evidente para él. Lo que antes era como una sensación de angustia indefinida tomaba ahora una forma concreta. Resiguiendo esta corriente, primero por su tronco, luego por sus brazos, y después por sus piernas, pudo ponerla por fin en el primer plano de su conciencia. Y entonces su consciencia corporal se expandió por completo: ahora el límite de su piel ya no constituía el límite de su entidad corpórea. Todos los sonidos, objetos, olores y sensaciones que pertenecían a aquel lugar habían pasado también a formar parte de él. Desde este punto trascendente, Héctor pudo sentir la fuerza de su torrente sanguíneo fluyendo por sus venas; aquello era una fuente de energía inagotable que alimentaba todas sus células y las nutría de vida. Fue en ese momento cuando tuvo la impresión de que, mezclados con su hemoglobina, algunos fragmentos de algo sólido circulaban también por esos ríos, como si fueran briznas de hierba oscura que lo hicieran mucho más poderoso. Pero al cabo de pocos segundos aquella sensación se había difuminado. Héctor permaneció inmóvil en ese lugar durante el espacio de dos horas y media, tomando cada vez más y más consciencia de esa energía cósmica infinita.

Después, desde ese promontorio de absoluta presencia, tomó contacto con su plano afectivo. Dirigió la atención a la zona del pecho. Un sinfín de emociones anidaban allí entremezcladas, impidiéndole distinguir exactamente quién era él en realidad. Héctor sabía de sobra que al igual que los objetos energéticos, los objetos emocionales pertenecían también al mundo de las formas. Si uno los observaba con detenimiento sin permitir que la mente interfiriera en su interpretación, podía darse cuenta de que toda su esencia estaba hecha de amor. Por un lado percibía el miedo de sentirse atrapado en aquel silo sin poder remediarlo, por otro lado percibía la ira en contra de la persona que lo estaba reteniendo, y por otro su propia frustración por la incapacidad de escapar de aquel lugar. Mientras tanto, su mente, ante todo el dolor que aquello despertaba, no paraba de lanzarle mensajes: «*ya te ocuparás de todo esto más tarde, ahora mejor ponte a ver la tele, ten por seguro que estarán hablando de cosas importantes...*» Héctor sin embargo continuó inmóvil, ignorando las señales automáticas de su cerebro, sin hacer gestos en contra o a favor de nada, como si fuera un espectador imparcial contemplando un partido de tenis. Transcurrieron otras dos horas. Dentro de él nada se movía. A pesar de que el estado de su cuerpo y de que sus emociones seguían cambiando, la llama de su conciencia permanecía estática, invulnerable a todos esos cambios.

Entonces dirigió su atención a la intrincada estructura de su mente. Y lo que allí vio fue que ésta se encontraba llena de pensamientos inservibles, ideas que circulaban de un lado para otro sin parar y que no tenían utilidad ninguna, como si fueran un enjambre de moscas atrapadas en un tarro vacío. Cada uno de aquellos seres reclamaba su espacio y exigía ser atendido de inmediato. Al principio eran como una gran maraña imposible de desmadejar, pero lentamente la velocidad de los objetos mentales fue disminuyendo y pudo comenzar a distinguirlos. En ese momento todo el eje de su ser se alineó, dando lugar a un solo punto central de silencio y quietud. Aquel punto eterno era lo que él era; la esencia inmutable de su persona, lo único que no cambiaba a lo largo de todos los cambios de la vida. Y fue entonces cuando pudo verlo con toda claridad.

En un principio tenía la apariencia de una idea cualquiera y apenas llamaba la atención, pero reuniendo toda su voluntad pudo observarlo con mayor detenimiento y darse cuenta de que, en realidad, era como una aguja finísima que estuviera atravesándole el cerebro; aquello era el pensamiento de Ulises insertándose en su mente. Desde el lugar en el que estaba podía distinguirlo. Se trataba de un objeto sumamente delicado. Sabía que si intentaba modificarlo Ulises se percataría y que entonces no podría liberarse. Héctor se encontraba en un atolladero; tenía al alcance de su conciencia la llave de su prisión, pero no podía cogerla. De momento sólo podía esperar. Otra hora transcurrió. Al seguir concentrando su atención en ese trozo de substancia mental, se dio cuenta de que la aguja era en realidad una tubería hueca de cristal y que por su interior se podían ver las instrucciones que Ulises mandaba a su cerebro en forma de órdenes, haciendo que su cuerpo no deseara abandonar el silo. Era un código que se repetía sin pausa, en un bucle infinito sin principio ni fin.

Transcurrió una hora más. Su cuerpo estaba entumecido y había perdido la noción del espacio y del tiempo. Entonces supo que debía volver; ése no era el momento para tratar de desviar el rayo. Necesitaba recargar energías. Pero estaba satisfecho, sabía que la próxima vez que quisiera llegar hasta allí no le llevaría tanto tiempo y quizá para entonces podría encontrar la manera de romper ese vínculo sin que Ulises pudiera impedírselo. Poco a poco Héctor fue recuperando la movilidad del cuerpo y abrió los ojos. Eran las seis de la mañana. Estaba agotado, así que, pensando en Elena y en recobrar sus fuerzas lo antes posible, se acostó de nuevo en la cama y se puso a dormir.

A las diez, Héctor se despertó sobresaltado. Las palabras que Ramita le había dicho en su sueño hacía ya más de una semana le habían venido a la mente y habían interrumpido su intranquilo descanso:

«Si por el contrario te detienes ahora y dejas que la ciudad sea pasto de las llamas y que innumerables personas perezcan en ellas, al despertar te acordarás de todo y podrás, tal vez, llegar a comprender su significado, aunque eso es algo que a mí se me escapa y que no me concierne. Pero en este caso te aseguro que una noche no muy lejana, como pago por tu negligencia, uno de tus ojos te será arrancado. Tú decides.»

Además de haberlas olvidado, Héctor tampoco había logrado encontrarles sentido con anterioridad. Hasta ese momento había pensado que sólo eran parte del lenguaje alegórico de sus sueños y no se las había tomado como algo literal; después de todo el incendio tampoco había ocurrido de verdad. Sin embargo ahora su significado lo había golpeado como la maza de un herrero a su yunque. De repente había visto con claridad lo que tenía que hacer. Al pensarlo detenidamente se mareó de espanto, pero comprendió que no tenía elección. Tras reflexionar un rato se dio cuenta de que estaba otra vez hambriento, pero pensó que sería mucho mejor para sus fines no ingerir nada sólido. Por el contrario sí bebió mucho líquido. Después fue al baño y evacuó; quería sentirse lo más ligero y alerta posible. Debía esperar a la noche para hacer lo que, según las indicaciones de la vaca, era necesario que hiciera.

Hasta entonces pasó el tiempo viendo la televisión y haciendo gimnasia. A las nueve y media, cuando ya se disponía a preparar el camino de su meditación, Héctor escuchó un gran estruendo. Al principio no pudo reconocer lo que era, pero, transcurrido un minuto, se dio cuenta de que se trataba del bramido infernal de un helicóptero. Cuando el ruido se acalló, se escucharon voces a lo lejos. Eran hombres gritando órdenes; sin duda lo habían encontrado. Ulises tenía razón; alguien había venido. Héctor sin embargo seguía sin tener ganas de moverse de allí. Ni siquiera se le había pasado por la mente acercase a las ventanas. Todo lo que deseaba era mantenerse tranquilo. El sonido de las voces se prolongó durante más de una hora. Mientras tanto, el zumbido de las aspas retumbaba en las paredes de su habitación, como si alguien estuviera tratando de succionar el aire con una bomba de vacío. No habían entrado donde él se encontraba. Ulises ya se lo había advertido: nadie iba a ser capaz de rescatarlo. Finalmente los motores volvieron a bramar; el helicóptero alzó el vuelo y su estruendo se fue perdiendo poco a poco en la distancia. Y entonces Héctor se dispuso de nuevo a meditar.

Sentándose otra vez encima de la vieja alfombrilla, le pidió a Dios las fuerzas necesarias para seguir adelante con aquella tarea. Después guardó silencio. A medida que el tiempo transcurría fue llegando hasta los mismos lugares que la noche anterior, con la diferencia de que ahora conocía el camino y que el viaje fue bastante más rápido. En su ruta interior y por breves momentos tuvo también aquella extraña sensación de que había briznas de hierba circulando por sus estrechas venas. Un poco más tarde, sobre las tres de la mañana de la segunda noche después de que hubiera tenido lugar la transformación de la luna, pudo ver otra vez con toda claridad el tubo de pensamiento de cristal que contenía el bucle infinito con el código de Ulises. Le entraba justo por el iris de su ojo izquierdo. Al parecer, la información era recogida por la retina y transmitida a través del nervio óptico hasta su subconsciente.

El rayo apuntaba siempre al mismo sitio y lo seguía donde quiera que fuera; no había forma de poder esquivarlo. De alguna manera Ulises podía dirigirlo desde la distancia haciendo que atravesara los objetos que tenía delante, incluyendo las gruesas paredes del silo o sus propios párpados. Y por eso Héctor había decidido hacer por fin lo que la vaca una vez le advirtió. Tendría que extraerse un ojo y cortar el nervio, tratando de conseguir con ello que la información no pasara al cerebro. Si obraba con cautela quizá lo podría lograr. Sin embargo, el tubo cristal era increíblemente frágil y cualquier despiste haría que Ulises se percatara de sus intenciones, y entonces ya no dispondría de ninguna otra oportunidad. Y además estaba la cuestión del dolor. Para superarlo debería reunir toda su voluntad; el dolor físico iba a ser inmenso y la simple idea se le antojaba demasiado macabra. En un estado de meditación profunda el sufrimiento del cuerpo se podía relativizar al máximo, pero Héctor no estaba seguro de poder controlar la situación. Aun así no pensaba echarse para atrás; reunirse con Elena era para él lo único importante.

Antes de tomar asiento, Héctor había cogido una cuchara sopera de la cocina. En cuanto tuvo a la vista el delicado tubo de cristal comenzó a escarbar con ella en la cuenca de su ojo izquierdo. Por suerte tenía los ojos saltones como los de una rana, por lo que la tarea le iba a resultar presumiblemente un poco más sencilla. Cuando se aplicó el cubierto contra el ojo, sintió enseguida el frío de su tacto metálico. El vello de todo el cuerpo se le erizó al instante. Sobreponiéndose a esta primera sensación, presionó la cuchara con la mano derecha y la introdujo por la parte baja de su globo ocular. Después de encontrar algo de resistencia, el extremo curvo se abrió camino entre la carne, los vasos sanguíneos y las arterias. La sangre comenzó a manar de manera solemne. Una punzada de dolor le atravesó el cerebro. Héctor continuaba en silencio sin moverse, afincado en un lugar remoto desprovisto de sensaciones, como si estuviera sentado en la butaca de un cine en el que pasaran una película de terror; veía la escena, pero gracias a su férrea convicción, el sufrimiento era como si fuera el de otra persona.

Con un último giro de su muñeca, el ojo saltó de su órbita y quedó colgando del nervio óptico, descansando sobre la mano que había colocado ya en forma de cuenco. Un torrente de sangre brotó con fuerza. Para cortar la hemorragia aplicó presión sobre la cuenca vacía con un ovillo hecho con la funda de la almohada de su cama. Continuaba viendo por el ojo que acababa de extraer, pero la perspectiva de todo había cambiado; su cerebro registraba dos escenas distintas y eso era algo para lo que no estaba diseñado. Las imágenes de los dos ojos se superponían como dos fotos diferentes que se hubieran revelado sobre el mismo papel. Nada tenía sentido. Entonces, envolviendo con ella el ojo huérfano, cerró su mano izquierda, recuperando así su visión normal de los espacios. El único problema era que sin uno de sus ojos el mundo se había convertido en un mundo plano y carente de sentimientos. Héctor no podía imaginarse tener que vivir en un sitio así por el resto de sus días, pero parecía que no iba a tener otro remedio. El siguiente paso que debía dar era cortarse el nervio, para lo cual se había provisto de unas grandes tijeras. Lentamente quitó la presión del trapo y separó el ojo de la cuenca con la mano izquierda. Con la derecha sostuvo las tenacillas y las abrió. Cuando el nervio óptico estuvo situado justo en medio de sus dos hojas, inspiró de forma sonora y, sin pensarlo dos veces, las cerró de un golpe seco; se había imaginado que un fuerte dolor acudiría de manera inmediata a su cerebro, pero para su sorpresa éste no llegó. Había algo que no podía entender. Con su ojo válido miro oblicuamente hacia el otro y se dio cuenta de que el nervio estaba todavía intacto; había fallado. Acostumbrado a ubicar las cosas con una visión estereoscópica no era fácil interpretar la verdadera posición de los objetos. Por desgracia para él, tendría que volver a intentarlo.

De nuevo sostuvo las tijeras y las acercó al nervio; esta vez se aseguró de que estuviera bien metido entre las hojas. Volvió a inspirar una gran bocanada de aire. Y ya se disponía a cerrarlas con todas sus fuerzas cuando de repente se dio cuenta de que el rayo de Ulises ya no estaba. El fino tubo de pensamiento había desaparecido y el bucle de código no entraba en su cerebro. Súbitamente tenía unas ganas enormes de marcharse de allí. No entendía lo que había pasado, pero esa era la realidad. Quizá sin darse cuenta hubiera roto el fino tubo de cristal y quizás Ulises en esos momentos estuviera viendo la manera de poder restablecerlo. No tenía forma de saberlo, pero tampoco había un minuto que perder. Haciendo acopio de todo su valor, Héctor volvió a insertar su ojo en la cuenca vacía. Al volverlo a colocar en su sitio sonó como si hubiera aplastado un huevo duro. Un coagulo de sangre salió por su cuenca, como si fuera el rastro de la lava caliente de un volcán submarino. A pesar de la horrible visión, Héctor sabía que no tenía tiempo para contemplaciones; debía de irse de allí lo más rápido posible.

En cuanto hizo el gesto de levantarse, su estado meditativo se rompió y sintió un dolor agudísimo. Era como si le hubieran atravesado la cabeza con un cuchillo al rojo vivo. Para tratar de aliviar el dolor, volvió a aplicar presión contra el ojo con la funda de almohada. Tan pronto como pudo, Héctor se levantó y buscó la salida. Sin embargo era muy difícil orientarse y mantener el equilibrio en esas circunstancias. Cuando finalmente la encontró, se dio cuenta de que tal y como había supuesto la puerta no estaba cerrada. Salió al camino en medio de la noche; la luz plateada de la luna creciente iluminaba el entorno. Con cierta dificultad pudo seguir el camino hasta la verja principal pasando al lado de la vieja casa destartalada. La cancela estaba cerrada por medio de un grueso candado. Miró a ambos lados buscando una forma de escapar, pero a lo largo de todo el perímetro de la finca, hasta donde alcanzaba su torpe vista, se extendía una valla de unos dos metros de altura rematada con alambre de espino. Héctor se dio cuenta de que no se encontraba en disposición de hacer de saltimbanqui. Pensó en volver al silo en busca de alguna herramienta para cortarla, pero decidió no hacerlo; temía que una vez dentro pudiera quedar atrapado de nuevo bajo el influjo de Ulises y no estaba dispuesto a correr ese riesgo.

Se encontraba mareado, así que decidió descansar un momento. Al sentarse apoyó la espalda contra la fría puerta. Cuando giró la cabeza vio a su lado un tocón cilíndrico de madera; a primera vista tenía el mismo aspecto que los troncos de árbol que cortaban los *aizkolaris* en sus campeonatos. Al fijarse bien, y aunque era bastante difícil distinguirlo en la noche con un solo ojo, pudo ver que tenía un símbolo grabado. El símbolo no había sido tallado en la madera sino que había sido quemado con algún tipo de instrumento. Se trataba de la silueta de una oronda vaca. Tuvo una premonición y sin dudarlo levantó el cilindro de madera. Debajo había una llave. Parecía que Ramita estaba ayudándolo de nuevo; la vaca siempre se las apañaba de algún modo para adelantarse a sus movimientos y Héctor le agradecía el gesto.

Cogió la llave y la introdujo en el candado de la puerta; ajustaba a la perfección. La giró; el candado no se abrió. La volvió a girar, pero la llave no se movió ni un milímetro. Algo no cuadraba; si Ramita estaba tratando de ayudarle aquella llave debería poder abrir ese candado. Lo volvió a intentar, pero esta vez con más cuidado, como cuando uno trata de abrir una cerradura con una llave que no funciona bien. La llave tampoco se movió. Reflexionó un instante. Tal vez no se tratara de un candado convencional, quizás aquel lo hubieran fabricado en Inglaterra. Giró la llave en sentido contrario. Entonces se escuchó un clic. El mecanismo saltó y el candado quedó abierto. Hasta ahora había permanecido sentado, pero en cuanto se abrió la cerradura se incorporó y, sujetando la funda de almohada contra el maltrecho ojo, abrió la verja y salió a la carretera.

No recordaba desde qué dirección habían venido y en la noche no alcanzaba a ver ninguna referencia, pero sí podía sentir el aroma del mar que le llegaba desde el costado derecho. Se dirigió hacia allí; «en algún lugar no muy lejos de la costa debe haber algún pueblo.» Héctor se puso a caminar. Estaba muy cansado y el dolor del ojo lo estaba matando, pero no se detuvo. No había tiempo que perder; tenía que salir de allí lo antes posible y tratar de contactar con Elena o llegar a su casa sin llamar demasiado la atención. En esas circunstancias, con un ojo sangrante y con toda la ropa manchada, no iba a ser nada fácil; no llevaba dinero ni teléfono y estaba en medio de la nada. Sin embargo Héctor se encontraba lleno de fuerza y confiaba en que todo saldría bien. Eran las cinco de la mañana de la segunda noche. Apenas quedaban veinte horas para que llegara la hora señalada.

Capítulo 20

Un escáner cilíndrico

—Es arameo antiguo o alguno de sus dialectos —dijo Alain tras haber examinado el pergamino durante unos segundos.

Después de que Carmen lo hubiera encontrado a la luz de los últimos rayos de luna, los otros cinco la habían abrazado en señal de júbilo. Estaban literalmente exhaustos, pero su esfuerzo había tenido la recompensa deseada. Pensaban que ya habían resuelto la parte más difícil, la de encontrar el manuscrito aqueménida, pero se equivocaban; aquella había sido la más fácil, y también la menos peligrosa.

—Aunque el alfabeto es muy parecido al hebreo moderno —continuó diciendo Alain emocionado— son caracteres fenicios cuyo significado nada tiene que ver con el actual. Yo dispongo de un programa que puede traducir a un lenguaje silábico textos ideográficos utilizando como fuente una imagen escaneada, y, aunque la mayor parte de las veces los resultados no sean muy fiables, quizá nos dé alguna pista valiosa. ¿Qué os parece si le damos una intentona?

—Tal vez más tarde —se apresuró a decir Jacqueline con acritud, pues a pesar de todo no había olvidado que deseaba apretarle las clavijas a ese escritor pretencioso—. En este momento lo importante es conseguir que alguien lo traduzca lo antes posible.

—Sí claro, tienes razón —dijo él en tono conciliador—. ¿En quién has pensado?

—En el Dr. Gabriel Nitzan. Es un viejo amigo. Lo conocí en esta misma biblioteca hace unos años. Da clases y es investigador en la Universidad de Tel Aviv —respondió dirigiendo la mirada a todos excepto a Alain.

Efectivamente, hacía seis años, el Ministerio Israelí de Cultura había enviado al Dr. Nitzan a Rouen para que, como experto conocedor de las antiguas lenguas semíticas, ayudara a la catalogación de una parte de sus fondos documentales. Como contrapartida él se llevaría a su país una copia digital de todos sus fondos para su posterior análisis.

—Es un poco arrogante, pero seguro que podrá traducirlo —continuó diciendo la directora—. Aquí es muy temprano todavía, pero en Tel Aviv ya estará todo el mundo levantado y trabajando. Ahora mismo le llamo. Bernard, vete mientras tanto a la sala de documentación y haz un escáner de alta resolución del pergamino.

—Enseguida —dijo el ayudante, y cogiendo el documento con mucho cuidado se marchó a cumplir su cometido.

Jacqueline consiguió hablar con Gabriel al primer intento. Era domingo, primer día de la semana judía, y estaba en su oficina; al parecer a esa hora todavía no habían comenzado las clases. Evitando rodeos, Jacqueline le habló del pergamino y le pidió por favor que se lo tradujera a la mayor brevedad, puesto que según ella se trataba de un asunto de vida o muerte. Al escucharla, el profesor Nitzan se quedó muy sorprendido, tanto que incluso se creyó que era todo una broma. Sólo después de que insistiera con vehemencia en que era cierto, accedió a su petición. Sin embargo, antes de comprometerse necesitaba conocer más detalles. No quería verse involucrado en ningún tipo de conflicto político o religioso; las cosas estaban muy revueltas con la confrontación judeo-palestina y no deseaba problemas.

Jacqueline le aseguró que aquel asunto no tenía nada que ver con eso y que en cuanto lo viera comprendería de lo que estaba hablando. Gabriel guardó silencio por unos instantes. En diez minutos tenía que dar una clase de historia, pero enviaría a su adjunto. Tras suspirar aliviada, Jacqueline se levantó y se fue con los demás al encuentro de su ayudante.

En la oficina de documentación la imagen ya estaba lista. Bernard había utilizado un escáner cilíndrico de alta resolución y el archivo pesaba casi 1 Gb. Al no ser posible enviarlo por correo electrónico lo subieron a la página *web* de la biblioteca y le pasaron el *link* al profesor Nitzan en Tel Aviv. A continuación, Pierre acompañó a Alain a su casa a buscar el ordenador con el programa de traducción: no esperaban gran cosa, pero valía la pena probarlo.

Cuando regresaron a la biblioteca se reunieron con todos los demás alrededor de la pequeña mesa redonda que Jacqueline tenía en su despacho. Tras encender el equipo e introducir el archivo en el programa, los seis se quedaron mirando con impaciencia el titilante icono de «*traducción en proceso*», como si aquello fuera lo más importante que hubieran hecho en sus vidas, aunque bien pensado, tal vez de verdad lo sería. Pasaron diez minutos, pero no ocurrió nada; la CPU seguía procesando. Carmen, que ya no pudo resistir más los nervios, agarró a Fransuá de la mano. El chico se la apretó con fuerza. Pasaron otros diez minutos; todo seguía igual. A la vista de que no sucedía nada, Alain decidió abortar la operación.

—Parece que es demasiado grande —dijo.

Tendrían que bajar la resolución o introducir sólo una parte del texto. Decidieron utilizar el formato *jpg*, mucho menos pesado que la imagen *TIFF* que habían utilizado. En cinco minutos tuvieron listo el nuevo archivo. Lo intentaron primero con el texto completo. Tras cargarlo en el programa volvieron a sentarse en torno al ordenador y a su titilante icono. Fransuá, que seguía apretando la mano de Carmen, terminó abrazándola.

Jacqueline, que veía que su voluntad comenzaba a resquebrajarse, para no lanzarse sobre Alain, se sujetaba con fuerza a la silla. Tras otros diez minutos de espera el programa produjo por fin el fichero que podría contener la solución para la supervivencia de toda una especie. Contuvieron la respiración. Alain buscó la carpeta en la que debía encontrarse el texto. Cuando lo localizó hizo doble clic en él. Un mensaje apareció en la pantalla: *«por favor indique con que aplicación desea abrir el documento»*, y daba a elegir entre cuatro distintas. Alain escogió el programa *Word*. El documento se abrió:

> ÕÐ7dæ£É>.ã4Æ®ŽÛ‰Úl$ÝÓ¥×ùÌZ6"¬]ç•Â)T½å´×Kˆá9ç„k\
> ÁŒÈy`¬QWa4LÆprºü„Ð|âŠg,Û•TØZ÷òS¥äÖÈ"ºª]Ð•vR½Aý
> Ìømçð8…o1¡G&Ë"»ôTY_ŽË4ng¥vÖì¸´ü*ï0èºæ¸f@9Ã²_cçtÉ¦,ˆq
> ªñéÐŽ9}YÎ•g ÅòO;^ÑˆÓ˜&‹ºžµfª¶C+bbì> Œ~<§Ûpí³)tPœ>/Í
> .SASnp7~aULº0dÈÝyÈ¨€ *U}âN'¦¼êSTÔÝB¼¡dz8Œ©3›ŠO¬
> Kf1VWÿ"_l(,Y{Œ¿/:"Ï¾¤u<DÄOt)Å/n ñ`KºsÝÄƒ…Ìê5´óžÖ×
> ÂùØ±'‰î3uv¢D«H›âÞÏ¼ÃA…w®¶ædì&„«;W!óÛjÞJåŽµ#ÓM
> %Ã¬vHÕÏåu';ePºM)#«²ÜŠýÊ¥ÛCŽ;0Ÿ7b<L:Ã‡SkÜÐQÛG.Hÿ
> b<BÔ=_ž'Ü•z2‰PÍÕ´&"@[oô)(9á³Kj,Ty%]Ïá5ð"©¯bÔ¢jg€®â
> ŽsµoP®mf>/Í.SASnp7ÈŸyÈ

Los seis soltaron una exclamación; se trataba de algún error, no era posible que esta fuera la traducción al francés de un texto escrito en arameo antiguo. Alain entonces trató de abrirlo con el *bloc de notas*; estaba seguro de que ese programa no fallaría. Efectivamente, al hacerlo, el siguiente texto se mostró por fin en la pantalla:

> *«El tiempo llegará cuando en el perfil del natural devenir de las cosas será necesario inventar sus exactos. Otros tres mil años habrán transcurrido y el mundo lo que un día fue. Seres alimentados con una falsa comida borrará las tierras los cielos y los mares, y un terrible indoloro veneno terminará por calcinarlo todo. Una noche estrellada la Luna*

brillaba más de la cuenta. Tres días después del gran ojo hará su aparición. Luego el tercero morirá. Sólo la verdad quizá pueda evitarlo. Para ello antes de que se pierda por tercera vez la auténtica comida de la vida llegará por la noche señalada. No hay nada establecido. El animal los encontró y ellos pudieron entenderlo. El tiempo está en marcha, y los ángeles acabarán con trompetas.»

—¡Bravo! —dijo Pierre—, ¡ha funcionado!

Alain leyó el texto en voz alta. Tal como aparecía, ninguno de los allí presentes llegó a comprender el significado, y mucho menos Carmen, pues Fransuá a duras penas había podido traducir algunas frases. Se miraron con cara de extrañeza. Por lo único que se sentían aliviados era porque daba la impresión de que se trataba del pergamino correcto: en el texto se nombraba el *Gran Ojo*, se hacía referencia a un animal que bien pudiera ser Ramita, y aparecía también una expresión muy similar a la que había utilizado la vaca varias veces; «*el tiempo ya está en marcha.*» Sin embargo, el texto no mostraba continuidad y sus ideas estaban deslavazadas, no siendo posible adivinar el sentido de su contenido con esta simple traducción.

Para intentar descifrar el mensaje decidieron dividirse en dos equipos de tres personas y tratar de darle por separado una estructura coherente. Trabajarían en distintas salas para no influenciarse. Por un lado Pierre, Fransuá y Jacqueline, que se quedaron en el despacho de la directora, y por el otro Alain, Bernard y Carmen. Cuando el otro equipo salía por la puerta, Jacqueline recibió la llamada de Nitzan. Hablaron en inglés por el altavoz.

—Jacquie, estoy descargándome el fichero en este momento. ¿Me puedes contar los antecedentes del manuscrito?

—Te lo resumiré: se trata de un pergamino aqueménida al que un monje normando del siglo XI, Odilon de Bernay, hizo mención en el libro que escribió sobre su propia vida. En él,

Odilon afirmaba que, llegado el momento, la humanidad sería castigada por sus pecados, pero que antes de que eso ocurriera un *Gran Ojo* se manifestaría. Mucho nos tememos que pueda haber algo de cierto en esta profecía y que los hechos tengan que ver con la transformación de la luna de hace dos noches.

—Vaya, así que es eso. Menudo revuelo se ha armado. Hay muchos rabinos muy preocupados por el fenómeno; temen que pueda tratarse de una señal divina.

—Gabriel, te pido por favor que primero lo traduzcas y luego decidas qué hacer.

—Está bien. Te aseguro que no es mi deseo enfervorizar a todos esos fanáticos, bastante tienen ya con cinco mil años de tradición como para darles nuevos motivos para sus desvaríos.

—Me alegro de oír eso, ¿cuánto tardarás en traducirlo?

—Creo que podré tener un primer borrador en una hora, pero la revisión quizá me lleve todo el día. Además es probable que necesite ayuda.

—No disponemos del día entero. Si hay algo de verdad en todo esto tendremos que hacer algo muy pronto —dijo Jacqueline alzando sin querer la voz.

—Pues no perdamos tiempo. Te llamo en una hora.

Cuando la directora colgó el teléfono se pusieron a trabajar sobre la traducción que había hecho el programa. A los treinta minutos ambos grupos habían producido cada uno un texto que interpretaba lo que allí ponía. El grupo de Alain, Carmen y Bernard escribió lo siguiente:

«*Dentro de tres mil años el mundo ya no se parecerá a lo que antes era. Los seres que habitarán la tierra, los cielos y los mares terminarán por calcinarlo todo con su indoloro veneno. Una noche estrellada la Luna brillará más de la cuenta y tres días después el Gran Ojo aparecerá. Tras el tercer parpadeo alguien morirá. Sólo la verdad quizá podrá evitarlo. Esa noche, antes de que el párpado se cierre por tercera vez, llegará la auténtica comida de la vida. La vaca los encontró y ellos pudieron entenderla. El reloj ya está en marcha y los ángeles tocarán sus trompetas.»*

El grupo de Jacqueline, Pierre y Fransuá, con muy ligeras variaciones, escribió prácticamente lo mismo. Tras leer ambas versiones en voz alta, se sentaron otra vez en torno a la mesa de la directora e intentaron sacar algunas conclusiones. Fue Pierre el que comenzó a hablar.

—Creo que a estas alturas no hay duda de que nos encontramos ante el pergamino de Odilon. El manuscrito no sólo vaticina que alguien, presumiblemente el ser humano, morirá, sino también que quizá sea posible evitarlo, pero por desgracia no se entiende qué debemos hacer para que así suceda. Espero que la versión de Nitzan nos permita averiguarlo.

—En eso confiamos —añadió Jacqueline. Mientras los demás hacían un gesto de aprobación, Carmen dijo en español:

—Estoy segura de que Ramita se encargará de que así sea. Yo ya no tengo nada más que hacer aquí; ahora me toca ir al lado de mi amiga —añadió mientras miraba a Fransuá fijamente—. Ella me necesita, sólo faltan dieciséis horas para que se cumpla el plazo dado por Ulises. Tengo que buscar la combinación más rápida para llegar a Lugo.

—*Y si nesesitágs haceg algo aquí, ¿que hagás entonces cuando estégs en Lugo?* —contestó Pierre en castellano antes de que Fransuá hubiera traducido las palabras de Carmen.

—Estoy segura de que no hará falta, y si lo hiciera, estaréis vosotros para resolverlo. Además, Fransuá se quedará aquí por si las moscas, ¿no es verdad amigo mío? — preguntó Carmen al tiempo que le cogía la mano.

Al oírla, Fransuá se emocionó. Le gustaba mucho aquella mujer e incomprensiblemente tenía la sensación de que ella estaba empezando a sentir lo mismo. Sin embargo no quería engañarse, no creía que fuera a tener tanta suerte. Pero incluso siendo así, deseaba mostrarse simpático.

—Claro, Carmen, yo hago lo que tú me pidas.

—Gracias *bon ami*, has sido un regalo del cielo —y le plantó un beso en toda la boca.

El gesto pilló a Fransuá desprevenido. Ni en el mejor de sus sueños podría haberse imaginado que Carmen lo fuera a besar allí, delante de todos. Sonrió con orgullo. Sus negros ojos refulgían como dos carbones encendidos. Por primera vez en su vida se sentía valorado de verdad por una mujer, y además por una que era bellísima. Estaba en una nube.

Carmen, que vio la emoción del muchacho, se dio cuenta de que quizás había ido demasiado lejos. Le caía muy bien, pero no era la clase de hombre que la atraía. Al cogerle antes de la mano y luego besarlo se había dejado llevar por la emoción del momento y ahora se arrepentía. Lo último que deseaba era hacerle daño. Y estando así las cosas, antes de que Fransuá se decidiera a decir o imaginar algo inapropiado, le dijo a Pierre para cambiar de tema:

—¿Podrías arreglar tú el viaje, Pierre?, quizá con tus contactos sea mucho más fácil.

—*No falgtaba más mademoiselle.*

Mientras que junto a ella la cara de Fransuá adquiría una expresión de tristeza, Pierre se puso manos a la obra para organizarlo todo y facilitar la vuelta de Carmen a España. Sin duda lo más rápido sería que él mismo la llevara al aeropuerto de París y que desde allí cogiera un vuelo hasta Santiago de Compostela, donde podría alquilar un coche y conducir hasta casa de Elena. A los pocos minutos ya había reservado plaza para Carmen en un vuelo que salía a las diez de la mañana. Eran las ocho y media; si se daban prisa llegarían a tiempo. Pierre dijo que podrían ir directamente hasta las pistas con un coche oficial; así no sería necesario que pasaran los controles de seguridad del aeropuerto. Con suerte, para la una de la tarde estaría ya en casa de su amiga.

A continuación Carmen se despidió de los demás. Primero lo hizo de Jacqueline y Alain. Les dio efusivamente las gracias por su ayuda y le plantó dos besos a cada uno. Sabía que había algo entre ellos y que el tema no estaba resuelto, pero intuía que aquella mujer diminuta se saldría con la suya con aquello que se le hubiera metido en la cabeza. Y tenía razón, pero aún deberían pasar muchas vicisitudes para que todo se acabara aclarando.

Cuando llegó el turno de Fransuá, éste estaba todavía alicaído. Carmen lo abrazó con afecto, pero tratando a la vez de no inducirle falsas esperanzas. Al separarse, su expresión le dio a entender que había comprendido. Y quizá fuera así, o quizá fuera ella la que no comprendía lo que estaba pasando.

Capítulo 21

Una intervención bovina

—Ulises San Juan nació en la provincia de Lugo hace treinta y cinco años. Su padre era campesino y tal como nos dijo Ricksman murió en su pueblo natal hace escasas tres semanas —le contó por teléfono Carlos del Río a Lourdes Santos—. Curiosamente el nombre de la madre no aparece en su partida de nacimiento.

—¿Y cómo es eso posible?, que yo sepa ningún recién nacido puede ser inscrito en el registro sin aportar los datos de la madre; en España se necesitan los dos apellidos.

—Ya lo sé, yo tampoco me lo explico. Supongo que en aquellos años las administraciones no eran muy eficientes. Le pusieron los mismos que a su padre: San Juan Segundo. Cuando cumplió los dieciocho, después de haber estudiado el bachillerato en un colegio religioso, se fue a Madrid a cursar la carrera de Ciencias Geológicas, donde tras graduarse hizo el doctorado obteniendo la calificación *Cum Laude*. ¿A que no adivinas cuál era el tema de su disertación?

—No tengo ni idea —respondió Lourdes intrigada.

—Pues nada más y nada menos que la extinción de las especies a lo largo de la historia geológica de la Tierra. Aquí, justo encima de mi mesa, tengo una copia.

—Vaya, así que es algo que estaba fraguándose desde que nació. Sus apellidos, el misterio de no tener madre y el tema de su tesis doctoral parecen indicarlo. ¿No nos estaremos enfrentando a algo así como al anticristo, verdad Carlos?

—A cualquiera que le vinieras con ese cuento te tacharía de loca, pero dime tú si no de qué se trata. Yo desde luego no le pienso contar esta historia a ninguno de mis superiores, lo primero que harían sería encerrarme en un manicomio.

—Claro. ¿Qué más has averiguado?, un momento que pongo de nuevo el manos libres; Elena acaba de entrar.

—Hola Elena, ¿cómo estás?

—Bien, gracias por vuestra ayuda.

—No hay por qué darlas, más bien diría que es al revés. No sé qué punto de verdad hay en todo esto, pero por si acaso creo que lo mejor sería localizar y detener a Ulises lo antes posible.

—Antes hay que encontrar sano y salvo a Héctor.

—Elena, te voy a ser sincero. Voy a hacer lo indecible, pero mucho me temo que hasta que no demos con él, Héctor no aparecerá, y si lo que dice es cierto, cuando aparezca dentro de veintiocho horas ya será demasiado tarde para todos nosotros. Yo no me acabo de creer todavía que nos estemos acercando al fin de los tiempos; más bien me inclino a pensar que, a pesar del extraño brillo de la luna, se trata sólo de un loco y que todo se acabará resolviendo satisfactoriamente.

—¿Pero cómo puedes decir eso a estas alturas? —dijo Elena airada—. ¿Qué me dices entonces de la vaca que habla y de todo lo referente al pergamino?

—Bueno, calmaos un poco —intervino Lourdes—, lo importante es que todos estamos trabajando como si fuera a suceder de verdad, así que concentrémonos en lo que podemos hacer y no en lo que podría pasar o no pasar. Síguenos contando, ¿qué más has averiguado sobre Ulises?

—Tienes razón Lou —dijo Carlos antes de continuar—. Pues bien, después de estar un par de años como profesor adjunto de Geología Estructural en la facultad, Ulises se especializó en Geología Planetaria, obteniendo años más tarde un puesto en el centro de la NASA de Robledo de Chavela, el MDSCC, *Madrid Deep Space Communications Complex*, donde trabaja actualmente. Como ya te he dicho, su jefe me ha contado que San Juan lleva casi tres semanas desaparecido. Tampoco se encuentra en su casa. Hace cosa de una hora informamos a la compañía del gas de una falsa avería en su domicilio, pero cuando llegaron los operarios nadie abrió la puerta. Luego hemos ido nosotros con una orden y hemos registrado la vivienda. No hemos hallado ni rastro de él ni ninguna evidencia de dónde pudiera estar. Ahora tengo a dos agentes vigilándola, al igual que los accesos del centro espacial. Si aparece por allí me avisarán enseguida.

—¿Y qué haréis si lo hace?, sus instrucciones eran muy claras: ni hacerlo público ni tratar de buscarlos —objetó Elena.

—Eso ya lo decidiremos cuando llegue el momento.

—Quizá no deberíais haber intervenido vosotros.

—Eso es algo que el padre de Héctor decidió —se defendió del Río—. Sé que tú eres su pareja, pero mucho me temo que el derecho de un padre es algo en lo que tú no puedes inmiscuirte. Por cierto Lou, ¿qué sabes de él?

—Te equivocas Carlos —dijo Elena con convicción—, no se trata de que yo sea su pareja, sino de que deseo que no le ocurra nada. Y claro que puedo inmiscuirme, porque al igual que su padre, que para que lo sepas viene ya de camino desde Tailandia, puede tomar sus decisiones y yo las respeto, yo también puedo tomar las mías. No obstante, quizá tengas razón y lo mejor sería detenerlo.

Carlos, aunque sorprendido por las audaces y ásperas palabras de Elena, siguió con su explicación.

—Ahora mismo me voy al helipuerto. Hay una unidad esperándome para trasladarnos a la finca de su padre; es muy posible que sea allí donde tenga retenido a Héctor. Saldremos a las siete de la tarde. Esperamos entrar en la finca sobre las nueve y media. Mi teléfono tendrá cobertura en todo momento, así que me podréis llamar para cualquier cosa que necesitéis. ¿Hay alguna novedad de la investigación en Rouen?

—De momento nada de nada. Parece ser que tienen un par de miles de pergaminos que inspeccionar y se les antoja una tarea bastante ardua, si no imposible. Todos ellos están escritos en lenguas muertas muy antiguas y la mayoría están sin traducir. Mucho me temo que vamos a necesitar una intervención divina para encontrarlo.

—O una intervención bovina —dijo Lourdes, que había empezado ya a creer en la vaca y lo expresaba sin tapujos—, quizá Ramita nos ayude de nuevo.

—En eso confío, hasta ahora nunca nos ha fallado.

—Esperemos que así sea —dijo Carlos escéptico.

—Lo que sí parece es que el monje normando ya predijo el extraño brillo de la luna de hace dos noches; por lo que se ve el círculo se está cerrando.

—Entonces no hay tiempo que perder. Me marcho ya. Toda esta operación está empezando a levantar sospechas. No creo que tarde mucho en llamarme el Secretario de Estado para saber qué está sucediendo. Los yanquis están nerviosos, no me extrañaría que me pusieran sus satélites encima. En fin, con suerte lo podremos resolver antes de que cunda la alerta.

Cuando acabaron de hablar con Carlos del Río, Elena y Lourdes recogieron sus cosas y abandonaron la obra. Los trabajos de perforación seguían su curso y era probable que esa misma noche la máquina alcanzara su posición final. Pero eso a Elena le traía sin cuidado. Ya podía averiarse la tuneladora o inundarse el mundo que por una vez no se ocuparía de nada; tenía asuntos mucho más importantes de los que hacerse cargo.

Mientras esperaban, Lourdes recibió una llamada de Jaume; había logrado llegar a Bangkok desde Chiang Mai, al norte del país, y se disponía a embarcarse en un vuelo de Finnair que al cabo de treinta horas, tras hacer escala en Helsinki y en Madrid, aterrizaría en el aeropuerto de Santiago de Compostela. Antes de colgar, Jaume le pidió que hablara con su exmujer. Con él no había querido intercambiar más de dos palabras. Héctor querría que hicieran todo lo posible por mantenerla al corriente de los hechos, y quien mejor que ella, que había sido su amiga durante muchos años, para intentarlo.

—Se lo han llevado a Moscú. La *OMAC* lo tiene retenido en un centro de seguridad del antiguo KGB. Todo va a salir bien, la *Junta* tiene un infiltrado.

—Montse, estoy en casa de tu hijo con su novia, creo que él desearía que estuvieras a aquí. ¿Puedes venir? —le contestó Lourdes en un tono casi de súplica esperando con ello hacer mella en el gran muro de protección que llevaba ya años levantando.

—¿Venir?, ¿cómo se te ocurre?, tengo que coordinar la intervención: ¡Vamos a entrar!

—Te lo digo de verdad Montse, te necesitamos aquí, deja que algún otro lo haga, ¿no ves que es todo una locura?

—Pero…, es que no puedo.

—¿Por qué?

—Pues porque no. —Montse no pudo seguir hablando. A partir de entonces su boca se limitó a emitir un lamento sin pausa, como el aullido de un perro tristísimo cuyo amo lo hubiera abandonado y que no deseara vivir. Después colgó; su mente no estaba preparada para aceptar que su vida no tenía sentido.

A las diez y media de la noche, sin ninguna de las dos haber querido expresar en voz alta lo impacientes que estaban, sonó el teléfono de Lourdes. Era Carlos del Río. Para responder lo puso en modo manos libres.

—¿Qué ha pasado?

—No ha pasado nada. En la finca no hemos encontrado a nadie, sólo hemos visto una vieja casa abandonada. Ha sido todo muy extraño. En las fotos del satélite, cerca de esa vivienda se ve claramente otro edificio, algo así como un silo de almacenamiento, sin embargo, al dirigirnos hacia él hemos sido incapaces de seguir avanzando. No es que hubiera algo que nos lo impidiera, sino que cuando queríamos proseguir en su dirección desistíamos por propia voluntad. Jamás había experimentado algo parecido. Lo hemos intentado por todos los medios pero no ha habido forma. Me temo que nos enfrentamos a algo muy distinto de lo que estamos acostumbrados a ver. Ahora sí que estoy preocupado de verdad. Esto se me escapa de las manos. Tengo que informar al Secretario de Estado ahora mismo y después al Ministro, y ya te adelanto que los americanos no tardarán en enviarnos al embajador. Creo que van a decirme que estoy loco, pero mis mejores agentes lo han visto con sus propios ojos. No hay duda de que Ulises habla en serio; haríamos muy mal en no intentar detenerlo con todos nuestros medios.

—Joder —dijo Lourdes—, ese cabronazo va a ser muy difícil de pillar.

Capítulo 22

El teléfono rojo

Héctor seguía avanzando con determinación. Tenía prisa: sabía que si no lo veía un médico enseguida acabaría perdiendo el ojo y quedándose tuerto. Le dolía a rabiar, pero eso no le impedía pensar con claridad. La hemorragia se había detenido, pero no por ello dejaba de presionar la herida. Había transcurrido una hora desde que había abierto el candado de la verja. La noche estaba iluminada por la luz del cuarto creciente de la luna, las sombras de los árboles bailaban la música del viento, a lo lejos resonaba inquietante el ulular de un búho.

Durante el tiempo que llevaba caminando, ni había visto a nadie en ninguna de las numerosas fincas que había bordeado ni se había cruzado con ningún vehículo. No debía de encontrarse muy lejos del mar, y sin embargo le daba la impresión de que estaba atravesando un extenso desierto. Pronto amanecería y con el alba esperaba encontrar alguna referencia; después de todo no habían ido muy lejos y era imposible que no hubiera gente en las inmediaciones. Por fin la luz del sol comenzó a asomarse por el cielo del este. En ese punto la carretera estaba flanqueada por un espeso bosque de eucaliptos y Héctor no podía divisar lo que había detrás. Delante de él sólo podía ver un asfalto deteriorado que se empinaba hacia la cima de una pequeña loma. A su paso actual tardaría todavía diez minutos en coronarla. Tenía la certeza de que desde allí distinguiría algún signo de vida. Héctor era fuerte y estaba en forma, pero respiraba con extrema dificultad a medida que seguía ascendiendo. A pesar de lo temprano de la hora, sudaba copiosamente bajo la ropa que se le pegaba a sus potentes músculos. Al haber perdido sangre, el corazón le latía a mil por hora. Necesitaba descansar, pero su voluntad le ordenaba seguir. Cuando llegó a la cumbre pudo ver con nitidez el mar. A su derecha se recortaban los tejados de un pueblo costero y un poco más allá se veía el blanco y el azul de los barcos del puerto. Calculaba que le quedarían al menos diez kilómetros. De repente Héctor escuchó el ruido de un motor. Retrocedió para ocultarse; temía que pudiera ser Ulises, pero por desgracia, para cuando se dio cuenta de que no lo era, ya era demasiado tarde y al salir a la calzada el coche había desaparecido de su vista.

Cuando llegó eran las siete y media. La avenida principal era estrecha y bajaba serpenteante hacia un mar azulado. Antes de alcanzar las primeras casas pudo ver la señal en la que estaba grabado el nombre de aquel pequeño pueblo. La primera persona que lo vio lo miró sorprendida; no era de extrañar, con la ropa llena de sangre y con la funda de almohada en la cara no tenía un aspecto muy tranquilizador. A pesar de su amenazante apariencia el hombre no hizo además de apartarse. Héctor se acercó y le pidió un poco de agua; no respondió, pero con un gesto le indicó que siguiera sus pasos. A unos cien metros el aldeano se detuvo y abrió el portón de una casa. Héctor lo siguió a su interior. Tras recorrer un largo pasillo le señaló lo que imaginaba sería la puerta de un aseo. Héctor entró, bebió agua en abundancia y se lavó la herida. Al quitarse el paño pudo distinguir algunas luces; «al menos todavía hay esperanzas», pensó para sí. Cuando terminó de lavarse le pidió por favor al hombre que le dejara hacer una llamada. Él, de nuevo sin articular palabra, lo llevó hasta una salita. Al lado de un sofá de *skay* había una mesa con un teléfono rojo de un modelo ya pasado de moda. Entonces Héctor descolgó el aparato y llamó a Elena.

—¿Dígame? —dijo en cuanto se puso el móvil en la oreja.

—Elena mi amor, soy yo, Héctor.

Elena se quedó en silencio mirando a Lourdes con incredulidad; no podía imaginarse que iba a escuchar su voz así de pronto. Las cosas no solían ser tan fáciles. Héctor se había marchado con un hombre sumamente poderoso que pretendía aniquilar a toda la humanidad y era imposible que se hubiera escapado. Debía haber alguna otra explicación para que estuviera ahora al otro lado de la línea. La otra la miraba expectante. Sólo entonces Elena reaccionó.

—Héctor, por dios, ¿dónde estás?, ¿te encuentras bien?, ¿te ha liberado Ulises?, por favor cariño, dime que estás bien.

—Sí, estoy bien. He conseguido escaparme y estoy en… —y le dio el nombre la localidad en la que se encontraba.

—Ahora mismo vamos a buscarte. Estoy con Lourdes Santos, la amiga de tu madre.

—¿Y dónde está ella?

—Se ha quedado en Barcelona, ya sabes cómo están las cosas. —Héctor sintió una punzada de dolor; con todo el lio apenas se había acordado de lo mucho que su madre lo necesitaba y lo poco que había ido a verla en los últimos tiempos. Se prometió que cuando todo acabara le pondría remedio.

—¿Y el jeta de mi padre?

—Está de camino hacia aquí desde Tailandia. —Héctor no dijo nada.

Mientras continuaban hablando, Lourdes le tiraba del brazo para llevarla hasta el coche. Tras instalarse en el interior del vehículo programaron el GPS con el nombre del pueblo que Héctor les había facilitado. La pantalla marcaba sesenta y cinco kilómetros y una duración estimada del viaje de hora y media. Mientras conducían, Héctor les contó todos sus avatares. Al darles los detalles sobre el estado de su ojo Lourdes hizo algunas llamadas; una ambulancia medicalizada iría enseguida hasta aquel lugar. Lourdes también llamó a Carlos del Río. Había estado en comunicación con él durante toda la noche y deseaba darle la noticia.

Después de la operación de la finca del padre de Ulises, Carlos había regresado a Madrid. Durante el trayecto había llamado al Secretario de Estado para las Fuerzas de Seguridad y le había informado de los acontecimientos. Dos horas más tarde se reunía con él en su domicilio; estaba muy contrariado. Al parecer el embajador de Estados Unidos en persona había llamado al Ministro del Interior en relación a uno de los trabajadores españoles de su centro espacial de Robledo de Chavela que se encontraba en paradero desconocido. Por lo que le acababa de decir el Ministro al Secretario, los americanos tenían fundadas sospechas de que aquel hombre pudiera tener información sobre el extraño brillo de la luna de hacía dos noches. Cuando Carlos le relató la historia no se la creyó. Aunque había llevado a su domicilio al capitán de su unidad para que corroborara los hechos ocurridos en la finca, para él aquello no constituía una prueba que justificara sus teorías. Y por eso acabó diciéndole de malas maneras que debía concentrarse en localizar a San Juan, y que una vez detenido ya avisarían después a los yanquis.

Tras ver lo que había pasado en la finca, estaba convencido de que Ulises constituía una amenaza real. Ahora, gracias al embrollo que se había montado tendría las manos libres para hacer todo lo que considerara oportuno. A esas horas Carlos se encontraba otra vez en un helicóptero de camino a Santiago para recoger a Carmen y después ir con ella hasta casa de Elena.

A las diez de la mañana, Héctor estaba siendo atendido por los médicos, que se encargaron de cauterizarle la herida y de reducir la inflamación de su ojo. Sorprendentemente no parecía que hubiera daños en el nervio óptico y dentro de lo que cabe tenía bastante buen aspecto; confiaban en que pronto recuperaría la visión. Lo único que les alarmó fue que habían encontrado algunas hebras de hierba sobresaliendo de su globo ocular. Para prevenir una posible infección, después de vendarle la herida le pusieron varias inyecciones. Cuando se lo comentaron, Héctor se extrañó mucho; estaba seguro de que en su huida había tenido el ojo tapado topo el tiempo, no entendía cómo aquellas hebras podrían haber llegado allí. Mientras tanto Elena no se alejaba de él ni un segundo. Cada vez que los médicos se lo permitían, lo abrazaba con fuerza. Sólo habían permanecido separados dos días, pero les había parecido una eternidad.

Poco antes de su sorprendente llamada, Elena había recibido una de Carmen. Acababan de encontrar el pergamino con el símbolo del *Gran Ojo* y se disponían a traducirlo con la ayuda de un especialista israelí en arameo antiguo y de un programa informático. Durante el viaje desde su casa hasta el pueblo el teléfono de Elena no había dejado de comunicar. No fue hasta al cabo de una hora, cuando llegaron los médicos y dejaron de hablar, que Carmen pudo contactar otra vez con ella. Entonces le informó del contenido de las primeras traducciones. También le dijo que en ese momento salía con Pierre Montier en dirección al aeropuerto de París para coger un vuelo a Santiago; allí alquilaría un coche para dirigirse hacia su casa. Elena, sin consultar con nadie, le dijo que no sería necesario, que habría alguien esperándola. Un poco más tarde, Carlos del Río le dijo a su piloto que primero se dirigiera a Compostela para recoger a una persona.

Para la una del mediodía había un gran alborozo en la casa de la pareja. Carmen había podido reunirse por fin con su querida amiga, y junto con Héctor lo estaban celebrando. Atrás habían quedado las viejas historias, deslucidas por el brillo de las emociones de los últimos días. Carlos y Lourdes, que también se habían vuelto a encontrar, se miraban con cautela. Hablaban con cierta frecuencia, pero hacía mucho tiempo que no se habían visto. Después de un largo rato se abrazaron, azorados por los viejos tiempos; aunque tenían muchas cosas pendientes de las que hablar, comprendieron enseguida que aquel no iba a ser el momento oportuno. A Elena, Lourdes y al propio Héctor los habían conducido hasta allí en la ambulancia. Uno de los enfermeros se había ocupado de llevarles el coche en el que ellos habían hecho el viaje de ida. Luego había llegado el helicóptero. Para asombro de todos los vecinos, había aterrizado en la playa.

Después de hacer las presentaciones oportunas y en cuanto Carlos vio que el muchacho ya se encontraba en disposición de hablar se dirigió hacia él y, junto con Lourdes, comenzaron a hacerle preguntas sobre Ulises. Héctor les contó con todo detalle lo que había vivido y cómo era el lugar en el que había estado recluido. También les explicó la forma en la que había sido capaz de liberarse del rayo de pensamiento de cristal. Carlos, aunque era muy escéptico con todo aquello que no tuviera una explicación lógica, lo creyó; él mismo había experimentado las fuerzas de Ulises y no necesitaba ser convencido del poder que tenía. Cuando le dijo cómo se había extraído un ojo y cómo había estado a punto de cercenarse el nervio óptico, un escalofrío le recorrió el cuerpo. Y fue en ese momento, con el vello aún erizado, cuando se le ocurrió la manera en que podría penetrar el campo mental que Ulises había desplegado alrededor del silo.

Al mismo tiempo, en Tel Aviv, el profesor Nitzan había estado trabajando sobre la traducción del pergamino aqueménida. Era un texto fascinante. En cuanto le echó el primer vistazo supo que se trataba de un documento único. No era uno de aquellos típicos despachos reales en los que se trataba de los impuestos sobre la producción de grano de los súbditos, ni sobre las nuevas conquistas de los ejércitos desplazados en lo que ahora se conocía como Siria, en absoluto, sino que en él se hablaba de una profecía. Al parecer, por las notas a pie de página del escriba, había sido el propio rey Aquémenes quien se lo había dictado. El porqué había utilizado el arameo antiguo en vez del persa de la época, era algo que lo tenía desconcertado. El caso era que debido precisamente a ello el texto se asemejaba mucho a los escritos bíblicos del Antiguo Testamento. Su traducción no iba a ser sencilla, razón por la cual Nitzan se decidió a llamar a una colega suya, Martha Leví, mucho más familiarizada con el lenguaje religioso de aquel período que ninguna otra persona que conociera.

Comenzaron a trabajar de inmediato. Después de que Gabriel le explicara la historia del pergamino, ella también se entusiasmó con la tarea. Les llevó cuatro horas producir una traducción que pensaban se correspondería bastante con el sentido del texto original. Durante ese tiempo habían hablado varias veces con la gente de Rouen de sus progresos y les habían consultado su opinión sobre el significado de algunas de las frases. A las dos de la tarde hora Israelí, o lo que era lo mismo, a la una del mediodía hora española, le enviaron la versión final a Jacqueline, y ésta, antes siquiera de abrir el documento, se lo mandó a Carmen y a Elena por correo electrónico. Quedaban solamente doce horas para que llegara la hora señalada.

Capítulo 23

El Cráter Copérnico

Hace una hora que he llegado al centro espacial de control. Son las diez de la noche anterior a la noche en que habrá de suceder todo. El viaje ha sido tranquilo. Estando aquí he percibido cómo el campo mental desplegado alrededor del silo de mi padre ha sido activado. Tal como sospechaba, la vaca Ramita intenta equilibrar una balanza que no puede ser equilibrada. No importa, cada uno tiene su misión en esta empresa y es natural que deseen cumplirla. De todas formas no han podido hacer nada; hace falta algo más que un simple puñado de hombres enérgicos para doblegarlo. Una vez aquí, he tenido que neutralizar a Ricksman y a los dos agentes que vigilaban los accesos del centro. Yo no utilizo la violencia de forma gratuita; al fin y al cabo ellos serán también elementos necesarios para cuando llegue la hora de la convergencia. Se trata sólo de que después de verme todavía se creen que nunca me han visto. El truco es tan fácil para mí como para un mago sacar un conejo blanco de su chistera negra.

Mi coche está aparcado en el lugar de siempre y permanece a la vista de cualquiera, pero nadie será capaz de establecer la relación entre su presencia y la mía. La mente en sí misma establece los vínculos, pero no entiende nada. Se necesita un nexo de unión inteligente entre ella y el sujeto que en teoría la domina, pero en los tiempos que corren ese nexo es muy débil. Ya nadie quiere vivir en el presente y la gente se anestesia con todo tipo de drogas; la comida, el alcohol, la televisión y el sexo son las más conocidas, aunque es evidente que hay un número infinito de ellas. A todos los efectos mis rayos de pensamiento no son nada, son sólo tubos de cristal con un bucle infinito que inoculan una idea en un cerebro dormido. Después de ver cómo se repuso al poder de mi influjo, sospecho que si Héctor reúne la suficiente paciencia y el suficiente valor, quizá, tras someterse a un dolor insoportable, podrá liberarse de mi yugo, e incluso si lo intenta, quizá logrará aprender a manejarlo. Esa pareja posee alguna cualidad extraña; es posible que algún dato fundamental se me haya escapado. Tal vez haya infravalorado su poder y consigan huir, pero dudo de que dispongan de tiempo suficiente como para intentar algo en contra mía. De todas maneras ahora tengo cosas mucho más importantes entre manos.

Está todo calculado. Primero he desactivado la señal automática de detección de posicionamiento. Después he proporcionado al sistema las coordenadas correctas y el radiotelescopio se ha alineado con la luna por medio de sus motores de precisión de corriente continua. Todo ha de coincidir de manera exacta. Cuando mañana por la noche la luna haya avanzado en su órbita para colocarse en una alineación perfecta con la Tierra y el Sol y se muestre en toda su magnitud, tendré que conocer el lugar preciso. La interacción de las masas terrestre y lunar en el momento de la detención orbital producirá un pulso electromagnético fatal que traerá la desgracia a una especie y la salvación a otras muchas.

Ahora he de calcular con exactitud el punto de convergencia y sobre él habré de radicalizar mi foco. La energía mental de miles de millones de rayos de pensamiento humano incidiendo sobre el *Gran Ojo* será concentrada por la lupa de mi mente y como resultado el giro de la luna será detenido durante una milésima de nanosegundo. Es por eso que será necesario esperar al tercer parpadeo; sólo así la mayor cantidad posible de personas estará pendiente del suceso. No importa que lo estén observando directamente o indirectamente a través de la televisión, lo que importa es que todo esté sincronizado. Por ello mis cálculos habrán de tener en cuenta el retraso medio de la dispensación de la señal por la red de satélites. Entre la primera aparición del *Gran Ojo* y el primer parpadeo, transcurrirán cinco minutos exactos. Para entonces todas las cadenas del mundo estarán retransmitiéndolo en directo. Entre el primer y el segundo parpadeo transcurrirá otra vez la cantidad exacta de cinco minutos. En ese instante la totalidad de la población mundial estará pendiente del evento; todo el mundo caerá hipnotizado por el gran iris azul y su pupila negra y esperarán con ansia a que el párpado se cierre de nuevo. El tercer parpadeo tendrá lugar cinco minutos después del segundo; en ese preciso momento seis mil quinientos millones de personas estarán con sus mentes concentradas en un solo pensamiento. Vuestro gran número, al igual que os ha dado la fuerza para dominar, me va a dar a mí la fuerza necesaria para destruir.

Cuando todo ese haz mental sea concentrado a través de mi foco y dirigido hacia el punto de convergencia, en cuyo cálculo y posicionamiento me hallo ahora inmerso, la luna se detendrá por un instante. Ese nuevo dinamismo de su campo gravitatorio producirá una contracción en el núcleo denso de la Tierra dando lugar al pulso electromagnético fatídico tras el cual vuestra especie quedará extinguida. Podríais pensar que sólo una mente totalmente distorsionada podría albergar unas intenciones tan contra natura, sin embargo yo os digo que no; hace ya mucho tiempo que vosotros inventasteis la bomba de neutrones, que a todos los efectos viene a ser un mecanismo equivalente. Lo único que sucede es que la aplicación de mi remedio será realizada de forma más ecuánime. Nada puede ser precipitado, pues como ya os dije, mi misión no es sólo la de destruir, sino también, y quizás aún más importante, la de inducir a la reflexión, y para ello cierta cantidad de tiempo marginal os será concedida.

Lo primero que he de calcular será el peso de la luna en el momento concreto de la convergencia, es decir, dentro de veinticuatro horas exactas. Como quiera que ahora se encuentra en su punto más próximo de los últimos seiscientos sesenta y seis años, su peso en este momento será mucho mayor que su valor medio, circunstancia que yo he de tener en cuenta para mis propósitos. Es por eso que el dato preciso de la distancia que nos separa del astro, que el radiotelescopio me va a proporcionar dentro de unos minutos, tendrá que ser corregido para compensar el avance orbital durante las veinticuatro horas de desfase.

Mientras el computador central termina de realizar los cálculos basados en las observaciones micro fraccionales del telescopio, estudio el mapa de la luna. Los nombres de algunos de los puntos de su geografía son muy sugestivos, y si resultaran coincidir con el punto final de incidencia del rayo no dejaría de ser paradójico. En él puedo leer topónimos tan atrayentes como: Océano de las Tempestades, Pantano de las Nieblas, Lago de la Muerte, Lago de los Sueños, Mar de la Crisis, Bahía de la Aspereza, y otros tantos más de la misma calaña. Parece ser que las personas encargadas de dar nombre a estos accidentes hubieran tenido ya en aquel tiempo el lejano presentimiento de que la luna sería un elemento clave para cuando llegara la hora de rendir finalmente las cuentas. Yo desde este momento ya os confirmo que así va a suceder.

Durante milenios mirasteis fascinados aquel pálido rostro y muchas fueron las odas y canciones suscitadas por su trémulo influjo. ¿Quién de vosotros no habrá pasado una noche de amor apasionado bajo su ardiente presencia plateada?, ¿quién no habrá admirado la belleza de su redondez perfecta?, ¿quién no la habrá echado de menos en las oscuras noches de silencio estrellado? Aquella que tanto significó para vosotros está ahora a punto de convertirse en el mecanismo fatal de la ignominia. La traición está a punto de ser ratificada y no hay nada que pueda compensar por la esperanza puesta. Así son las cosas en el mundo que os habéis encargado de crear. En él, ni una niña puede confiar en su padre, pues al hacerse adulta éste renegará de ella, o lo que es aún peor, deseará metérsela en su cama. Yo no puedo ser en absoluto partícipe de tales actos y como consecuencia he sido designado para hacer de nuevo tabla rasa. Pero estad atentos, el computador central ya ha escupido sus cálculos. Para que el núcleo denso de la Tierra vibre en la longitud de onda adecuada estos números que ahora arroja los he de trasponer a este mapa que tengo junto a mí y del que ya os he hablado. Veremos en qué ha resultado la lotería de la vida, o quizá sería más apropiado decir, la lotería de la muerte. Todo depende del bando a que se pertenezca. Ninguna verdad es absoluta, y ésta, como no podría ser de otra manera, tampoco.

Traslado las coordenadas X, Y y Z que el ordenador ha calculado. Curiosamente corresponden al centro del Cráter de Copérnico, ubicado al noreste del centro de la cara visible de la luna. El cráter fue fruto de un impacto que tuvo lugar hace mil millones de años y tiene noventa y tres kilómetros de diámetro. Su estructura ha creado una desviación de las fuerzas gravitacionales, lo que hará que, junto con sus paredes esféricas en forma de cuenco, constituya sin duda el punto de convergencia idóneo. Allí irá a parar la fuerza de toda vuestra sustancia mental enfocada por la lente de mis pensamientos. Al recibir este súbito choque el movimiento quedará detenido por un lapso de tiempo tan pequeño que sólo lo que aún no ha nacido podrá percibirlo. Tras el tercer parpadeo, el mundo quedará atónito sin saber qué ha pasado, pero muy pronto comprenderá el verdadero alcance de mis actos.

Ahora tengo que volver al silo, pues ése ha sido el lugar donde empezó todo y donde todo tendrá que concluir. Cuando hace ya años mi padre construyó en él su laboratorio, lo único que pretendía era erradicar la mezquindad del corazón humano. No fue hasta mucho después, cuando el mundo comenzó a transformarse en una burda caricatura de lo que antes era, que la verdadera dimensión de su atrevimiento se le fue revelando. En un sentido él fue mi precursor, y aunque en sus escritos me pedía que os otorgara una última oportunidad antes de hacer lo irreversible, con gran dolor por mi parte no he podido acceder a sus deseos, pues la situación es bastante peor de lo que él nunca pudo llegar a vislumbrar.

Ya he memorizado todos los cómputos, y para que no haya posibilidad de que alerten sobre mis intenciones he destruido todos los papeles y borrado la memoria de los ordenadores, al igual que lo hice anteriormente con mi axioma. La combinación de mis neuronas es única. Nadie más puede tener acceso a este conocimiento y yo me he de encargar de preservarlo. Ahora me dirijo de nuevo a mi coche. Los agentes me ven pasar y me saludan, pero a pesar de que disponen de mi fotografía y de que conocen el modelo de mi vehículo todoterreno de gran cilindrada, no son capaces de relacionar las tres cosas; es como si cada una de ellas estuviera encerrada en un cajón distinto e independiente. Es un truco sencillo pero eficaz, y evita muchas situaciones de violencia inútil.

Arranco el motor. Está a punto de amanecer y habré de conducir hasta bien entrada la mañana, pero no me importa. La luna todavía ilumina graciosamente el camino alrededor de mis focos, las sombras de las antenas se asemejan a grandes insectos que estuvieran a punto de invadir la Tierra, el rumor de las copas de los árboles llena el aire de presentimientos, pero mis ojos apuntan firmes y atraviesan las capas de miedo de los hombres. Cuando ya no estéis aquí, el silencio lo cubrirá de nuevo todo y sanará las heridas infligidas. Cuando por la mañana llegue al silo, Héctor tal vez se habrá marchado, pues el tablero de la partida es más extenso de lo que a primera vista pudiera parecer. Otros peones ocuparán su lugar y yo les daré acceso. Veremos si disponen del valor necesario para acercarse a mí, y si lo tienen, entonces se habrán ganado el derecho a saber, que no el derecho a sobrevivir, pues ése ya tiene agotado su cupo. Soy Ulises, mi nombre hace referencia a un gran héroe del pasado y, aunque yo no apareceré en los libros de historia, pues el lenguaje quedará erradicado, el planeta y la galaxia recordarán mis actos con benevolencia. El reloj ya está en marcha y sólo lo invisible será afectado por su mecanismo.

Capítulo 24

Un veneno incoloro

—¡Aquí lo tenemos! —dijo Elena al abrir el correo con la traducción del pergamino que le acababa de enviar Jacqueline desde Rouen—. Carmen, siento poner la responsabilidad sobre tus hombros, pero fue Ramita la que me dijo que serías tú la encargada de averiguar su significado. ¿Qué crees que querrán decir estas palabras?

«El tiempo en que se deterioren las cosas llegará exactamente. Para entonces tres mil años más habrán transcurrido y el mundo ya no se parecerá a lo que un día fue. Seres alimentados con una falsa comida, negra, viscosa y pestilente, poblarán las tierras, los cielos y los mares, y de sus agujeros saldrá un veneno incoloro que terminará por calcinarlo todo. Entonces, una noche estrellada, la Luna brillará más de la cuenta. Tres días después el Gran Ojo hará su aparición y dará la señal. Al tercer parpadeo la vida humana desaparecerá. Sólo la verdadera unión de dos seres no unidos quizá pueda evitarlo. Para ello, antes de que el párpado se cierre por tercera vez, la auténtica comida de la vida tendrá que rodearles por completo con tres veces su peso hasta que llegue el alba. No hay nada establecido. El animal los encontró y ellos pudieron entenderlo. El reloj ya está en marcha y los ángeles acabarán tocando sus sonoras trompetas.»

—No te disculpes mi niña —respondió bromeando—, aquí cada uno tiene su papel y el tuyo parece que es el de salvar el mundo; lo mío debería estar chupado.

Después de decir esto, Carmen leyó el texto varias veces, concentrándose en las palabras y tratando de intuir su oculto significado. Al cabo de unos minutos volvió a hablar.

—Hay partes que están muy claras. Con respecto a las otras, espero poder contar con la ayuda de Ramita, la echo de menos.

—¿Podrías empezar ya?, tenemos cierta prisa —, intervino Lourdes irónicamente mientras miraba a Carlos, pues le había interrumpido justo cuando se disponía a decir algo.

—Sobre las dos primeras líneas no hace falta comentar nada; es evidente que ha llegado el tiempo al que hace referencia. Las tres siguientes, según las entiendo yo —continuó diciendo Carmen—, se refieren a la era industrial en la que han proliferado toda clase de *seres* alimentados con petróleo, que es la comida negra y pestilente de la que habla. Como todos sabemos, estos *seres* emiten cantidades ingentes de CO_2, un gas incoloro que envenena la atmósfera. Llegará el día, no muy lejano por cierto, que la concentración de dióxido de carbono será tan alta que la temperatura de la Tierra comenzará a subir de manera exponencial; es lo que se conoce como el *efecto invernadero*. Casi todos los científicos tienen ya muy claro que si la temperatura media de la Tierra subiera tan sólo dos grados, la vida, tal como la conocemos, cambiaría de manera radical, y si subiera tres quedaría extinguida.

—Ahora sí que lo entiendo —replicó Lourdes—. Con razón Ramita dijo que debías ser tú la que lo interpretara.

—¡Eso mismo digo yo! —añadió Elena.

—Continuemos —contestó Carmen sin prestar atención a sus cumplidos—. Si seguimos leyendo, lo siguiente que aparece es el vaticinio de lo que sucedió hace dos noches y de lo que en teoría tendría que suceder la próxima: la luna ya ha brillado más de la cuenta y parece que dentro de unas horas un *Gran Ojo* se manifestará y luego parpadeará tres veces. ¿A qué se puede referir con el *Gran Ojo*?

Hasta ese momento, Héctor había permanecido tumbado en el sofá descansando. Aunque le dolía el ojo y continuaba somnoliento por el efecto de los fármacos, escuchaba la conversación con la máxima atención. Elena estaba junto él y le daba la mano. No hacía mucho rato había estado charlando con su padre. Jaume había llegado ya a Helsinki y estaba esperando la conexión hacia Madrid. Por primera vez en muchos años sintió que le hablaba desde el corazón. Había pensado decirle que no hacía falta que volviera, que estaba ya bien y que podía retomar sin preocuparse su enésimo viaje espiritual, aunque ese tampoco le fuera a llevar a ningún sitio, pero al oír su voz había cambiado de opinión. No paraba de preguntarle por su ojo y de decirle que llegaría muy pronto y que deseaba verle. Además, sabía por Lourdes que había intentado hablar con su madre y tratado de convencerla para que fuera a Galicia a esperar junto a Elena. Estaba cansado, y con la que estaba cayendo le apetecía estar con él, a pesar de que quizá no llegaría a tiempo para ver el desenlace de toda aquella historia. Un poco antes de esta conversación, después de que le hubieron curado y tras su emotivo reencuentro con Elena, había hablado también con su madre.

—Hola mamá. Estoy sano y salvo, ya no tienes que preocuparte ni hacer nada más.

—¡Hijo mío!, ¿qué te han hecho? Les dije a los de la *Junta* que debían protegerte, pero no me hicieron caso. Lo siento mucho.

—De verdad mamá, no es culpa tuya —le dijo sabiendo que lo mejor era seguirle en parte la corriente.

—Ahora mismo voy a hablar con el maestro Bhagwan, él siempre supo que eras especial y me avisó de que debías tener cuidado porque tú también estabas en posesión del *don*.

—Lo que yo necesito es que vengas aquí conmigo, ya te he dicho que no tienes que hacer nada más.

—Pero es que tiene que saberlo, él siempre se ocupó de mí.

—Mamá déjalo ya, el maestro sólo pretendía seducirte y ahora está muerto, ¿no te das cuenta? Yo no tengo ningún *don*, aunque dejar de creérmelo me ha costado lo suyo.

Montse, que de vez en cuando tenía ligeros atisbos de realidad, no quiso responderle. Sabía muy bien que abrazó el *amor libre* sólo porque Jaume lo había deseado, y también que mientras pudo compartirlo se le hizo tolerable. Pero después, cuando renegó de lo que él mismo había fomentado y se volvió a casar, un velo negro había caído sobre ella, un manto de oscuridad que la había protegido del desgarro y al que no estaba dispuesta a renunciar. Sólo su hijo la obligaba a veces a mirarse de frente, a pensar que quizá lo que había ahí afuera mereciera la pena, pero no...eso no podía ser, al fin y al cabo, Héctor también la había abandonado para irse con otra.

Después, su madre se había puesto a llorar y le había dicho que lo añoraba mucho. Héctor hacía años que había decidido desoír sus chantajes, pero según la escuchaba esta vez y pensando que quizá, si Ulises conseguía salirse con la suya, no la volvería a ver, sólo pudo sentir una gran compasión. Ahora tenía que colgar, pero se prometió que si salía de esta haría todo lo posible para que su madre se viniera con ellos.

—A mí lo que me parece —intervino Carlos del Río para contestar la última pregunta de Carmen—, por el lenguaje que utilizó Ulises en su nota y por lo que veo escrito en el pergamino, es que será un fenómeno que podrá ser observado por todo el mundo, algo similar a lo que pasó la otra noche con la luna.

—Estoy de acuerdo —dijo Lourdes—, a no ser que de alguna manera el *Gran Ojo* aparezca a través de la tele; al fin y al cabo quienquiera que lo escribiera sabría también que la televisión alcanzaría todos los rincones del planeta.

—Intuyo que será más bien lo que dice Carlos —puntualizó Carmen—. Además, si lo hiciera de esa forma la gente podría pensar que es algún tipo de piratería moderna. Algo que aparece en el firmamento es mucho más impactante. Quizá será la misma luna la que se convierta en un ojo gigantesco con su párpado. Quién sabe.

—Seguro que lo averiguáremos muy pronto, tanto si sucede de verdad como si no. Ahora lo importante es evitar que ocurra—dijo Lourdes con resolución.

Fue entonces cuando Héctor intervino. Antes de hablar se incorporó un poco y un gesto de dolor le atravesó la cara. Los demás se quedaron expectantes. Aunque le habían dejado descansar ansiaban sus palabras, pues era el único que conocía a Ulises en persona.

—Lourdes, te aseguro que el *Gran Ojo* aparecerá, y por lo que he visto lo hará como lo hizo la otra noche la luna llena. Él tan sólo necesita enfocar su mente en aquello que quiera que pase y por alguna razón acaba sucediendo. Desde el punto de vista de la lógica su razonamiento es impecable, y yo mismo muchas veces me he preguntado si no será que en el fondo tiene razón y que es mejor que desaparezcamos. Por mucho que queramos negarlo, Ulises tiene argumentos muy poderosos y su mera existencia demuestra que el ser humano necesita un fuerte revulsivo para salir del estado de mediocridad en el que se halla inmerso. Es muy posible que todo lo que vaya a suceder sea muy necesario para que esto ocurra y que al final, quizá, le tengamos que estar agradecidos. Ya veremos…, pero mejor dejemos a Carmen que continúe con sus explicaciones.

Cuando Héctor terminó de hablar, todos se miraron. Parecía como si sus palabras tuvieran ahora, después de su encuentro con aquel hombre, una profundidad mucho mayor de lo que solía ser habitual en él. No es que fuera una persona distinta, sino que se le veía afectado por algo que no acababa de poder expresar. Después de observarse durante unos instantes, el silencio se hizo tan espeso que nadie se atrevió a romperlo. Fue

Elena quien, conociendo la tendencia que algunas veces tenía Héctor hacia el dramatismo, finalmente habló.

—Venga Carmen, dinos qué piensas de todo esto antes de que vayamos al jardín a cavar nuestras tumbas —dijo provocando una risa generalizada.

—Pues bien, ahora llegamos al punto en el que se dice que sólo la verdadera unión de dos seres que no están unidos podría evitar lo que se avecina, y ahí no tengo más remedio que miraros a vosotros dos —y señaló hacia Héctor y Elena—. Siento lo que pasó —dijo sabiendo que sólo ellos podrían entenderla y un poco triste por todo lo que vivió después—, pero ahora sé que el vínculo que os une en el presente no puede destruirse. Sé también que haber llegado a este punto os ha supuesto un sufrimiento enorme, pero me dais envidia. El futuro nadie sabe lo que puede traer, porque la vida, al igual que el amor, no puede vivir de expectativas, pero intuyo que cada ser humano anhela tener lo que tenéis ahora, y que eso, aun estando al alcance de cualquiera, hoy por hoy es inalcanzable para la mayoría. Y por eso pienso que el pergamino se refiere a vosotros y que Ramita además os encontró por ello.

Ante la vehemencia de las palabras de Carmen, todos se quedaron callados; no parecía necesario añadir nada a lo que ya había dicho.

—Más adelante se habla de lo que esos dos seres tendrán que hacer antes del tercer parpadeo —siguió diciendo en cuanto se recobró del ensimismamiento y de la nostalgia a la que la habían conducido sus recuerdos—, y es aquí donde se encierra el verdadero enigma: «*la auténtica comida de la vida tendrá que rodearles por completo con tres veces su peso hasta que llegue el alba.*» ¿A qué se referirá con la auténtica comida de la vida? —preguntó Carmen dejando la cuestión en el aire durante unos segundos antes de continuar—. ¿Y con lo de tres veces su peso? Yo no lo sé. Y lo peor de todo es que esta es la frase crucial del texto y que si no la interpretamos bien cometeremos un error fatal. ¿Alguien tiene alguna idea?

—Quizá se refiera al amor —dijo Lourdes—, al fin y al cabo es de amor de lo que se alimentan todas las criaturas.

—Sí, pero también de oxígeno y de agua y de otro montón de minerales y nutrientes que son esenciales para que la vida pueda prosperar —dijo Carlos en su tono pragmático de siempre—. Y además, ¿cuál es tres veces el peso del amor?

—Todos ellos son comida, pero ¿cuál es la auténtica comida de la vida? —puntualizó Carmen.

—Yo diría que la auténtica comida de la vida es el Universo, o quizá Dios, ya que sin ellos ninguna criatura podría existir.

—Elena, Dios no es la auténtica comida de la vida —replicó Héctor revistiendo de gravedad sus palabras. Parecía que el secuestro lo había sumido en un estado profundamente introspectivo y cada vez que hablaba sonaba como si lo fuera a hacer un gran oráculo—. Dios es la causa misma de la existencia. La comida se ha de referir a algo que llega desde fuera y que, a través de la *Causa Suprema* que no tiene forma, permite que la vida se exprese en el mundo concreto. El cuerpo físico ingiere alimentos para sobrevivir, y si no lo hace acaba muriendo, pero no es la comida lo que lo anima, sino su capacidad intrínseca de asimilarla y convertirla en impulso vital. Esa capacidad que es eterna y viene de Dios no está sujeta al ciclo del nacimiento-muerte. Por lo tanto la comida autentica debe ser: bien un estímulo afectivo, como lo sería un beso del amado; bien un estímulo energético, como lo son todos los alimentos; bien un estímulo inteligente, como son las ideas o conceptos mentales. Pero llegado aquí no tengo ni pajolera idea de qué hostias significa aquello de tres veces su peso —y entonces toda su seriedad se deshizo de pronto y todos estallaron en risas.

—¡Qué me aspen si entiendo algo de lo que estáis hablando! —espetó Carlos cuando terminó el alborozo—. Son las dos de la tarde, faltan diez horas para el fin de los tiempos y no tenemos ni idea de qué hacer para evitar que Ulises cumpla sus promesas —después, mirando de uno en uno a todos los presentes, añadió—: Yo me inclino por lo más práctico: detenerlo. Estoy convencido de que está en la finca de su padre. Voy a ir otra vez allí con mi unidad para intentar pararlo. Creo que si le atiborramos a sedantes esta noche no será capaz de proyectar la imagen del *Gran Ojo* como dijo Héctor que hizo con la luna; y si no se manifiesta ni parpadea entonces nada más podrá suceder. Hay que arrancar la causa de raíz, todo lo demás sería una locura y demasiado arriesgado.

El resto de los allí presentes lo miraban atónitos mientras hablaba. De repente, un hombre que hasta entonces les había parecido tranquilo, se había convertido en un manojo de nervios. Lourdes, que era la única que lo conocía bien y que no se había extrañado por su reacción, fue la que habló.

—Pero ya estuvisteis antes allí y os fue imposible acercaros al silo. Me dijiste que un campo mental lo estaba protegiendo, ¿cómo pretendes superarlo? —Carlos le guiñó el ojo izquierdo.

—Héctor me ha demostrado cómo hacerlo, con suerte sólo acabaré con una venda en la cara.

—¿No estarás pensando en…? —dijo visiblemente afectada. Porque al escuchar sus palabras una punzada de un dolor muy antiguo había atravesado el corazón de Lourdes. Era verdad que había pasado mucho tiempo y que ya se habían visto después, pero aquello todavía le dolía, como si tuviera un trozo de metralla incrustado en el alma.

—¿Y qué otra opción hay?, ¿quedarnos con los brazos cruzados esperando a que todo termine? —volvió a decir el hombre como si estuviera furioso—. Además, tenemos un médico en la unidad y equipo suficiente para realizar la cura; ya ves lo guapo que ha quedado aquí el colega.

—No estoy seguro de que Ulises vaya a permitiros acercaros a él, y si lo hace no creo que podáis causarle daño —añadió Héctor de forma agorera a pesar de que la broma le había hecho sonreír—. Es muy persuasivo, y aunque tus intenciones sean la de sedarlo o incluso pegarle un tiro, tengo la certeza de que en cuanto trabéis relación con él os será imposible hacerlo.

—No tengo más remedio que intentarlo. Además, tú has averiguado la manera de neutralizar sus rayos de pensamiento. Confío en que funcionará lo mismo para todos. En fin, no quiero desperdiciar el poco tiempo que nos queda. Es mejor que dividamos las fuerzas. Vosotros averiguad qué demonios hay que hacer para contrarrestar sus acciones y yo trataré de neutralizarle. Quizás alguna de las dos cosas tenga éxito.

—Carlos tiene razón, hay que intentar detenerlo —dijo Lourdes, que ya había recuperado su entereza—. ¿Cuándo piensas ir?

—Ahora mismo, tengo siete hombres en el helicóptero preparados para entrar en acción e instrucciones del propio Ministro de encontrar y detener a Ulises San Juan a toda costa; no hay tiempo que perder. Por favor, mantenedme al corriente de lo que averigüéis sobre el pergamino. En caso de que pueda hablar con Ulises no se lo pienso mencionar; es posible que no sepa todavía que alguien, hace tres mil años, vaticinó las acciones que él está a punto de empezar.

—Yo no estaría muy segura—dijo Lourdes—, pero es lo más prudente.

—Me voy entonces. Os mantendré informados si algo ocurre. Hasta luego. Os deseo mucha suerte —y tras recoger su guerrera se dirigió a la puerta, la abrió con decisión y se fue en busca de sus hombres.

Cuando Carlos se marchó se hizo un gran silencio. Todos sabían lo que se disponía a hacer y estaban intranquilos, primero por su seguridad y segundo por las implicaciones que podría tener. No sabían hasta qué punto Ulises podría acelerar las cosas o cambiar sus planes para que no pudieran ser neutralizados. En cualquier caso sabían que estaban en manos del destino, aunque el destino en esta ocasión iba a depender en gran medida de lo que ellos hicieran.

—En fin, espero que Carlos sepa lo que hace. Sin embargo, a nosotros lo que de verdad nos importa es tratar de interpretar las palabras de la traducción correctamente —dijo Carmen retomando la conversación donde la había dejado antes de que el policía la interrumpiera—. «*La auténtica comida de la vida tendrá que rodearles por completo con tres veces su peso hasta que llegue el alba*», ¿alguien tiene alguna idea de lo que esto puede significar?

—A mí lo único que se me ocurre es llamar a Jacqueline para que hable con los traductores en Tel Aviv a ver qué sentido nuevo le pueden dar ellos. Quizá si conocieran la historia con más detalle podrían adivinar el verdadero significado de las palabras. Con las traducciones ya se sabe, hay mil maneras de interpretarlas —respondió Lourdes.

—Eso es una buena idea, y en ese sentido nos viene muy bien que Fransuá aún esté allí —dijo Carmen—. Ahora mismo lo llamo, aunque imagino que habrá habido ya un buen intercambio de información entre ellos y estarán al corriente de todos los detalles. Elena, ¿puedo usar vuestra línea fija?, mi móvil apenas tiene batería.

—Por supuesto. —Y le pasó el teléfono inalámbrico.

Por alguna razón, Carmen no había podido dejar de pensar en él durante todo ese tiempo. Lo echaba de menos. En los dos últimos días se había acostumbrado tanto a su compañía que su ausencia se le antojaba como un gran un vacío. Cuando Elena le pasó el aparato, se fue a otra habitación. Sin reconocerlo abiertamente deseaba hablar con él a solas. Fransuá contestó enseguida. Se notaba que también estaba encantado de escuchar su voz, pero ninguno dijo nada al respecto. El tiempo apremiaba y tenían que ceñirse a lo que en esos momentos importaba.

Como les contó después a los demás, Fransuá le había confirmado que durante las cuatro o cinco horas que les había llevado la traducción habían estado intercambiando información de forma continua y que Gabriel y Martha ya lo sabían todo. Sin embargo, seguían intentando afilar el lápiz y ver si podían aclarar los pasajes oscuros. Carmen le dijo que lo fundamental era saber a qué se refería Aquémenes con *la auténtica comida de la vida*. «No te preocupes, ahora mismo hablo con ellos y se lo transmito, eso corre de mi cuenta. Te llamo en cuanto sepa algo», le había contestado antes de que se despidieran con un largo silencio, pues ninguno de los dos deseaba en realidad colgar.

Capítulo 25

Las galletas glaseadas de Bavaria

El helicóptero alzó el vuelo tan pronto como Carlos del Río y su capitán subieron a bordo. Lo primero que hicieron fue abrocharse los cinturones de seguridad de sus asientos y colocarse los cascos de comunicación. El trayecto hasta la finca les llevaría unos veinticinco minutos. Habían decidido aterrizar a tres kilómetros de la casa y hacer el último tramo a pie; quizás así podrían contar con la ventaja del factor sorpresa.

Carlos, a pesar de que llevaba años sin involucrarse en trabajos de campo, se mantenía en forma. Iba tres veces a la semana al gimnasio y corría con regularidad. Moreno, alto, macizo, con mirada inquisitiva y casi siempre con bigote, los compañeros de la academia se solían reír de él diciéndole que tenía cara de espía y que no podría nunca engañar a nadie en misiones secretas. No tenía hijos, pero había estado casado durante tres años. Su exmujer también había sido policía; difícilmente alguien que no fuera del gremio habría podido aceptar ese tipo de vida. Sin embargo, incluso teniendo los dos este punto en común, la relación acabó tan de improviso como había empezado. Fue a raíz de aquello cuando se dio cuenta de que su vida no estaba diseñada para ser compartida con otro ser humano; si lo analizaba bien, se sentía mucho mejor estando solo. Su trabajo no le disgustaba y el tiempo que le quedaba libre lo dedicaba a su recién descubierta vocación literaria.

En esos momentos estaba trabajando en su primera novela. No era policíaca ni tenía nada que ver con su profesión. Trataba de las aventuras de una ballena corcovada que toda su vida se había engañado diciéndose que era una sardina. Sólo cuando

Jenara, pues ése era el nombre del gigantesco pez, alcanzó los noventa años de edad, fue capaz de reconocer su verdadera condición y se decidió a llevar una vida acorde a lo que era; *una ballena que había tomado la decisión de salir del armario.*

Mientras iba en el helicóptero, Carlos se acordó de la ballena Jenara y también de la vaca Ramita. Curiosamente, dos animales con nombre de mujer y con personalidad humana se habían presentado en su vida al mismo tiempo y estaban ejerciendo una potente influencia sobre ella. Tanto era así que, ocurriese lo que ocurriese en las próximas horas o minutos, él, después de aquello ya no podría ser el mismo. Por alguna razón, en el momento en que volaba en dirección a la finca del padre de Ulises por segunda vez, supo que esa sería su última misión. No es que tuviera la sensación de que fuera a morir en el intento o de que fuera a fracasar, en absoluto, sino que de pronto ser policía había dejado de tener sentido para él. Porque en ese instante Carlos se dio cuenta de que su vida debía de tener una significación mayor que no había logrado descubrir, y que de no dejar ese trabajo jamás podría averiguar. Fue entonces cuando una nueva determinación lo embargó. Por algún motivo Jenara y Ramita le habían abierto los ojos, cada una de ellas a su manera. Por un lado se sentía vacío, pero por otro renacido a una gran esperanza. Durante demasiado tiempo había vivido entregado solamente al trabajo, negándose a que su corazón se pudiera exponer otra vez al dolor que lo había terminado desgarrando.

Siendo todavía muy joven, estando en una misión de inteligencia en Serbia, se había visto atrapado en una emboscada. Su unidad aquella tarde la componían seis hombres y una mujer. La patrulla serbia, tras desarmarles a todos, los había metido en un vehículo blindado y pretendía llevárselos. Aquel día Carlos pensó que ese iba a ser el último día de su vida. Sin embargo, antes de que cerraran el portón trasero, con un movimiento rápido y preciso de judoca, Lourdes Santos le cogió la pistola al líder del grupo y engatillándola lo apuntó a la cabeza. Se hizo un silencio de muerte. Carlos pensó que los soldados los iban acribillar allí mismo, pero no lo hicieron. Aquellos hombres se limitaron a seguir las órdenes que su comandante les daba de acuerdo con las instrucciones en inglés que recibía de la boca de Lourdes. Luego utilizaron el mismo vehículo blindado para escapar tomando como rehenes al capitán y a uno de los soldados. Cuando llegaron al cuartel general, entregaron a los serbios a la comandancia y, tras rendir su informe, se dirigieron hacia Lourdes para darle las gracias y mantearla como le correspondía a toda una heroína. Después de ese episodio se había enamorado locamente de ella. Y al parecer ella también de él, aunque al final no quiso traicionar a su marido, sino que prefirió traicionar sus sentimientos. Desde entonces Carlos y Lourdes habían mantenido una relación distante, a sabiendas los dos de que lo suyo podría haber durado para siempre. Aun así, Carlos no había dejado ni un solo día de agradecerle que le salvara la vida aquella tarde.

Mientras pensaba todo esto, el sonido de las aspas del helicóptero seguía resonando en su cabeza a través de sus cascos de comunicación, como si fuera una bandada de pelícanos graznando alrededor de un barco descargando pescado. Miraba las caras de sus compañeros y veía en ellas expresiones de preocupación. Todos estaban al corriente de lo que tenían que hacer, pero excepto él mismo y su capitán aquellos hombres desconocían por completo a lo que se enfrentaban. Carlos se sentía tranquilo; aquella sería su última misión y estaba seguro de que nada podría salir mal. Con su mano derecha asía con fuerza la funda de su arma. Mientras tanto, en el bolsillo de su guerrera, descansaba la cuchara que Héctor le había dado en su casa. Su capitán hacía lo propio. Habían decidido que sólo ellos dos intentarían entrar.

Eran las tres y media cuando aterrizaron. Una vez despojados de su indumentaria de vuelo, cogieron sus equipos y sus armas y se dirigieron a buen ritmo hacia la finca. A paso ligero tardaron veinte minutos en llegar. La verja de acceso estaba abierta de par en par, tal como Héctor la había dejado esa misma mañana. Entraron en el perímetro vallado. La vieja casa seguía en el mismo lugar. Carlos dio las órdenes para que el resto de sus hombres se desplegaran y cubrieran sus pasos. Él y su capitán avanzaron por el camino hasta llegar a una curva muy cerrada; ése era el punto que la noche anterior les había sido imposible franquear. Con las pistolas en la mano siguieron caminando. Contrariamente a lo esperado pudieron continuar hasta que se toparon con un bosquecillo de zarzas y espinos. Junto al camino se hallaba aparcado un vehículo todoterreno de gran cilindrada. Un poco más allá estaba el silo, elevado y sólido. Una amplia y oscura cristalera coronaba su estructura. En lo alto del todo se distinguía una lanza de bronce con lo que parecía ser una bola de brillante cobre en el extremo superior. El conjunto, por alguna razón extraña, les recordaba a la torreta de un submarino ruso atrapado entre los hielos de la Antártida.

Los dos se dirigieron a la entrada, pero una vez la manija de la puerta estuvo al alcance de sus manos no tuvieron el deseo de abrirla. Se miraron sorprendidos. No sabían muy bien lo que estaba pasando. Con un gesto cómplice se pusieron de acuerdo y retrocedieron unos pasos. Al hacerlo, la conciencia de lo que habían venido a hacer les golpeó de nuevo. Deseaban entrar en el silo y detener a Ulises; esa era su misión y tenían muy claro que debían cumplirla. Una vez más avanzaron hacia la puerta, pero al llegar a ella el deseo de abrirla se esfumó de nuevo, como se esfuman las ganas de comer después de un gran banquete. Aquello era increíble. Volvieron a retroceder sobre sus pasos.

Esta vez estaban decididos, no había otra posibilidad, si dudaban era muy posible que perdieran completamente sus opciones. De sus respectivos bolsillos sacaron las cucharas, una gasa y un rollo de esparadrapo de papel. Se pusieron en cuclillas al borde del camino y con ellas empezaron a escarbar en sus ojos izquierdos; si lo hacían de forma sincronizada tal vez Ulises no lograra detectar la maniobra. Las cucharas comenzaron a abrirse paso entre la carne y los vasos sanguíneos empezaron a crujir, pero antes de que se los hubieran extraído de sus cuencas la puerta del silo se abrió. Un hombre musculoso de mediana estatura salió a través de ella. Llevaba una camisa de algodón blanca y unos pantalones de lino también de color blanco. Su negra y espesa cabellera le llegaba a la altura de los hombros y sus ojos refulgían como los de un felino. Cuando estuvo frente a ellos les dijo con voz autoritaria:

—No es necesario que os inflijáis ningún daño, mi casa está siempre abierta y en general no tengo inconveniente en recibir a nadie. Ayer os detuve porque no era el momento. Ahora levantaos del suelo, y tú, haz el favor de acompañarme —y entonces Ulises se dio la vuelta y se metió en el silo.

Carlos no tuvo ninguna duda en seguir sus instrucciones. Le pareció un hombre muy amable y en ningún momento a partir de entonces tuvo la intención de detenerlo, sedarlo o matarlo, tal y como había planeado antes de llegar a su puerta. Entonces Ulises le explicó sus motivos. Le dijo que él era importante y que la humanidad, si su mensaje era interpretado de manera correcta, antes de extinguirse viviría sus mejores momentos.

Carlos no pudo replicar sus argumentos. Todo aparecía ante él con una lógica aplastante. Su tiempo se había consumido; la parte del pastel que les correspondía se había terminado y ahora le tocaba a otros seres seguir disfrutando de la Tierra. El planeta no era un coto privado de caza destinado a satisfacer los deseos de unos pocos. La alambrada tenía que ser desmantelada y no había forma de hacerlo parcialmente. Ulises le ofreció un café con pastas y él aceptó con gusto. Se sentía hambriento. Un pequeño dolor en el ojo le recordaba lo que acababa de intentar hacía tan sólo unos minutos, pero no alcanzaba a entender las razones de por qué lo había hecho. Ulises lo transportaba a un lugar distinto, un lugar donde nada tenía la importancia de las cosas normales, un lugar que, a pesar de estar hablando de la eliminación de toda una especie, era un lugar de paz y de descanso.

Sólo ahora se daba cuenta de que toda su vida había estado remando contra corriente y de que ese era el momento en que por primera vez había podido relajar sus brazos. El esfuerzo había sido enorme y en su ímpetu no había tenido tiempo de percatarse de lo cansado que se hallaba. Aquel sofá del silo donde hacía mucho tiempo Ulises había sido creado, era para él sin duda el sillón más cómodo del mundo. Y entonces, con una taza de café entre sus manos y comiendo aquellas deliciosas galletas glaseadas de Bavaria, Carlos le comprendió. En el exterior, junto a la vieja casa, el resto de sus hombres y su capitán esperaban despreocupados la vuelta de su mando, como si ellos fueran también conscientes de la importancia de lo que estaba pasando dentro del edificio. Eran las cuatro de la tarde. Faltaban ocho horas para la hora señalada. Cuando aquel hombre moreno lo invitó a quedarse allí para contemplar el espectáculo que tendría lugar aquella medianoche, Carlos aceptó de nuevo sin dudarlo.

Capítulo 26

Sangre por comida

Después de que Carmen hablara con Fransuá y viendo que habían llegado a un punto muerto en la interpretación del texto, a Héctor se le ocurrió sugerir lo de la vaca.

—En mi opinión, sólo Ramita podrá ayudarnos a descifrar este enigma. Os propongo que vayamos en su busca. Queda poco tiempo y no tenemos nada que perder, ¿qué os parece?

Las tres mujeres estuvieron de acuerdo al instante. En menos de cinco minutos estaban todos subidos en el coche de Elena, listos para emprender la marcha. Aunque el camino era malo, si tenían cuidado podrían llegar hasta un lugar muy próximo. Tras aparcar el vehículo atravesaron el bosque y llegaron con rapidez al prado en el que Elena y Héctor habían yacido tantas veces. Allí no había nadie. La pradera estaba desierta y en silencio. La oscura hierba había crecido y no daba la impresión de que una vaca hubiera estado allí alimentándose. El rumor del arroyo se elevaba hacia el cielo con decisión, como invitando a todas las criaturas de los alrededores a arrojarse a sus aguas. Los cuatro se miraron decepcionados. Estaban convencidos de que Ramita estaría esperándoles para ayudarlos a despejar el misterio, pero por desgracia se habían equivocado.

Desanduvieron el camino y se volvieron a montar en el coche. Decidieron ir hasta el área de recreo donde Elena se había encontrado la primera vez con ella, pero cuando llegaron allí quince minutos más tarde tampoco la encontraron. El joven potrillo jugaba con su madre. Había crecido mucho y sus crines negras brillaban en la tarde. Ni siquiera se bajaron del vehículo. Dieron la vuelta y se dirigieron de nuevo hacia su casa.

Después de aparcar entraron en la sala. Al hacerlo notaron que la puerta que daba al jardín trasero estaba abierta; y cuál sería su sorpresa que al asomarse al exterior vieron allí a Ramita, tumbada y descansando, como si no se hubiera movido de aquel sitio en un millón de años. Y entonces los tres que podían entenderla dijeron al unísono:

—Ramita, ¿qué haces aquí?

La vaca, que en ese momento estaba mirando hacia otro lado, volvió la cabeza hacia ellos con indiferencia y no dijo nada, como si estuviera absorta en sus propios pensamientos y no tuviera intención de relacionarse con el mundo.

—Rami, no sabes cuánto me alegro de verte, ¿cómo estás? —dijo Elena enseguida, pues era sin duda la más impulsiva de los tres. Tras unos segundos de vacilación, el cuadrúpedo se decidió a contestar mediante otra de sus largas intervenciones.

—Yo también, pero sobre todo me alegro de ver a Carmen, a la que por fin llego a conocer en carne y hueso. No te creas Elena que me he olvidado de lo brusca que fuiste, y aunque por naturaleza no soy rencorosa, tampoco voy por la vida regalando flores. En fin, eso ya da igual. En cuanto a Lourdes, os agradecería que la saludarais de mi parte, pues ella no puede entender mis bovinas palabras. Después de todo yo sigo siendo una vaca muy especial, y por mucho que con los años haya logrado desarrollar la facultad de hablar a la vez que mastico esta hierba que veis salir ahora por entre mis dientes, hay muy pocas personas que puedan entenderme. Cuando hace ya muchos años el padre de Ulises se compró la radio y yo comencé a investigar sobre los sonidos que por allí salían, todo era muy distinto. Mis compañeras y yo vivíamos realmente aburridas. Con frecuencia, el establo donde nos refugiábamos en los largos inviernos se inundaba con el agua de la lluvia que se colaba por las goteras del cochambroso techo y, como consecuencia, andábamos siempre resfriadas. No es que estuviéramos en riesgo de morir ni nada parecido, pues como bien sabéis, una tarde ventosa, un rayo nos golpeó y nos volvió inmortales…

—Rami, no empieces de nuevo con tus peroratas; el tiempo apremia y necesitamos que nos expliques muchas cosas —dijo Héctor enfadado—. Ahora te voy a hacer tres preguntas, y te ruego que no te andes por las ramas esta vez y que contestes a la primera: ¿sabes por casualidad a qué se refiere el pergamino al decir que Elena y yo tendremos que estar rodeados de la auténtica comida de la vida?, ¿sabes qué sucederá después del tercer parpadeo para que toda la especie humana vaya a ser aniquilada?, y por último, ¿sabes si al hacer Elena y yo lo que dice el pergamino lograremos evitarlo?

Ramita, a la que otra vez Héctor había dejado con la palabra en la boca, decidió hacerse la sueca y no contestar. Aquello era demasiado. Le acababa de echar la bronca a Elena por algo similar y él ni se había inmutado, pero ya estaba bien; esta vez se iban a enterar de cómo se las gastaba una vaca inmortal. Y por eso se lo quedó mirando fijamente, como dando a entender que con ella no valían ciertas cosas.

—Siento haberte interrumpido —añadió Héctor dándose cuenta demasiado tarde de que había metido la pata—, pero comprende que es una cuestión de vida o muerte.

—Ni cuestión de vida o muerte ni hostias en vinagre, parece que con vosotros las palabras bonitas no sirven de nada, más me valdría haber aprendido el lenguaje de los simios, seguro que me habrían deparado mayores alegrías —y con las mismas se dio la vuelta y se puso a dormir.

—Ramita ¿puedo decir algo? —dijo Carmen sin saber muy bien si debía intervenir. El animal, que en el fondo estaba deseando explayarse, no respondió, pero se ocupó de que se viera bien que levantaba una de sus orejas.

—Cuando la otra noche nos encontramos en tu hermosa pradera no tuve ocasión de darte las gracias. Me has ayudado mucho; ahora me doy cuenta de que el amor se esconde también bajo apariencias que yo antes despreciaba. Hay un chico que creo que me gusta, pero como a primera vista no encajaba en mi perfil, sólo después de haber reflexionado sobre lo ocurrido en nuestro sueño he tenido el valor de aceptar la verdad.

Las palabras de Carmen no sólo sorprendieron a Ramita, sino también al resto de los allí presentes. No estaban muy seguros de lo que significaban, pero todo parecía indicar que se estaba encariñando de Fransuá.

—Bueno, bueno, esto se pone interesante —replicó la vaca al sentirse protagonista y ver el impacto que había causado la confesión de aquella chica—. Es una pena que no pueda contestar a tus preguntas, Héctor, y también que todo esto se tenga que acabar; me estaba empezando a divertir con eso del amor. Lo único que puedo adelantaros, aunque creo que a estas alturas ya había quedado claro, es que una vez que el ojo haya cerrado su párpado por tercera vez dispondréis de un tiempo marginal durante el cual la toma de conciencia ha de tener lugar. Ignoro qué extensión tendrá el susodicho tiempo y no puedo deciros si se tratará de horas, días, meses, o semanas. También os digo, y sirva esto para concluir mis intervenciones al menos hasta el momento en que todo haya terminado, que es necesario que Elena siga las instrucciones concretas que Aquémenes logró vaticinar, pero que de ninguna manera por el hecho de seguirlas tendrá vuestra especie garantizada su supervivencia más allá del tiempo estipulado. Y dicho esto doy por contestadas las preguntas en su justa medida —y después, como ya había hecho en otras ocasiones, se sumió en un lacónico silencio.

Tras escuchar las últimas palabras de Rami, Elena, Carmen y Héctor se quedaron consternados. Aunque les había confirmado que esa noche no asistirían a la muerte de millones de seres, no les había aclarado apenas nada. Después de poner al día a Lourdes de todo lo que les había dicho, decidieron volver a entrar en la vivienda. Hasta el momento no habían recibido noticias de Carlos ni de Fransuá y temían que allí afuera, tal vez por alguna distorsión de las ondas debido a la presencia de Ramita, sus móviles no pudieran recibir llamadas. Eran las cinco de la tarde. Faltaban siete horas para que llegara la hora señalada.

Una vez dentro de la casa, Lourdes llamó varias veces a Carlos del Río. Su teléfono no daba señal, no siendo posible ni siquiera dejarle un mensaje. No dijo nada, pero su cara mostraba una preocupación más que evidente. Carmen aprovechó para llamar a Fransuá; al parecer Martha y Gabriel estaban a punto de dar con la clave de algo y necesitaban un poco más de tiempo. Fransuá quedó en que la llamaría en cuanto hubiera alguna novedad. Después de todo esto, con el objeto de disipar la tensión y de hablar sobre algo diferente a lo que les había absorbido por completo durante los dos últimos días, Héctor le quiso preguntar a Elena sobre la obra.

—Bueno, ¿y cómo va el trabajo mi amor?

—Pues es lo que mejor va. Anoche terminaron la excavación del túnel. La máquina ya está en su posición final. Una vez hayan desmontado los equipos del interior de los tubos, cerraremos la esclusa, inundaremos todo y rescataremos la tuneladora mediante un gran flotador cilíndrico.

—¡Genial!, qué pena que tanto esfuerzo no vaya a servir para nada —contestó Héctor, que ya estaba empezando a tomarse a guasa todo aquello—, oye, pero ¿a qué te refieres cuando dices lo de *inundaremos*?

—Pero tío, si te lo he explicado mil veces, ¿quieres volverme todavía más loca de lo que ya estoy? —Héctor se partía de risa, conocía a la perfección cada detalle de la operación de rescate, pues él mismo iba a ser uno de los buzos, pero le encantaba desesperar a Elena haciéndola creer que se había olvidado de cosas importantes.

—Pues yo tengo curiosidad por saberlo —dijo Lourdes desde el otro lado del salón—. Me he pasado el día entre esos cachivaches y estoy muy intrigada.

Elena miró a la mujer con cara de extrañeza; con la que estaba cayendo no se imaginaba que toda aquella maquinaria hubiera despertado su interés. —Te lo explicaré —acabó diciendo complacida—: la tuneladora en su posición actual está situada treinta y cinco metros por debajo del nivel del mar. Eso significa que sobre el cabezal de perforación hay una presión de tres atmósferas y media. Inundando el túnel conseguimos que las fuerzas se equilibren en ambos lados, evitando así que al extraer la máquina el túnel se llene de arena y quede bloqueado.

—¿Y de qué os sirve inundado?

—Esa es su función; proveer de agua a todos los tanques de engorde de la fábrica.

—La verdad es que no he entendido mucho, espero que me lo expliques mejor cuando termine todo esto.

—Por supuesto querida, mañana te lo enseñaré todo…

Pero antes de que acabara su frase sonó el teléfono de Carmen. Era Fransuá.

—¿Sangre? —preguntó Carmen en voz alta tras haber intercambiado algunas frases con él.

—¿Te refieres a que debemos sustituir *comida* por *sangre*?

—Eso es —replicó Fransuá ya por el altavoz del manos libres—. Gabriel y Martha han estado comparando el pergamino con algunas otras traducciones bíblicas posteriores y, aunque los caracteres que utilizó el escriba fueron los que en el lenguaje del vulgo eran usados para expresar el concepto de comida, estos mismos eran utilizados por los sacerdotes para expresar el concepto de alimento divino o sangre. También hay que cambiar la expresión de *seres* por *ingenios*, aunque originalmente hacían referencia a algo así como a herramientas. Te acabo de mandar el texto con todas las modificaciones.

—Vaya, esto sí que parece interesante. Gracias Fransuá, eres un sol, ahora te voy a dejar porque queda muy poco tiempo. Espero verte pronto, un besazo —y al otro lado de la línea el rostro ovalado del chico se iluminó de nuevo.

—Yo también a ti —respondió, y cortaron la comunicación.

A continuación Carmen fue hasta el ordenador de Elena y se apresuró a descargar el nuevo archivo. Cuando lo abrió pudo leer lo siguiente:

«*El tiempo en que se deterioren las cosas llegará exactamente. Para entonces tres mil años más habrán transcurrido y el mundo ya no se parecerá a lo que un día fue. INGENIOS alimentados con una falsa SANGRE, negra, viscosa y pestilente, poblarán las tierras, los cielos y los mares, y de sus agujeros saldrá un veneno incoloro que terminará por calcinarlo todo. Entonces, una noche estrellada la Luna brillará más de la cuenta. Tres días después, el Gran Ojo hará su aparición y dará la señal. Al tercer parpadeo la vida humana desaparecerá. Sólo la verdadera unión de dos seres no unidos quizá pueda evitarlo. Para ello, antes de que el párpado se cierre por tercera vez, la auténtica SANGRE de la vida tendrá que rodearles por completo con tres veces su peso hasta que llegue el alba. No hay nada establecido. El animal los encontró y ellos pudieron entenderlo. El reloj ya está en marcha y los ángeles acabarán tocando sus sonoras trompetas.*»

En cuanto lo leyó, a Carmen se le encendió la bombilla:

—¡Agua!, el texto se refiere a agua —dijo casi gritando.

—¿Agua? —preguntó Lourdes—, ¿te refieres a que Héctor y Elena tendrán que estar rodeados de agua hasta que llegue el alba para salvarnos?, ¿no te parece absurdo?

—Tal vez sea una especie de similitud con el líquido amniótico en el que está sumergido un feto antes de venir al mundo. Sería como un nuevo nacimiento de la especie, un renacimiento libre del pecado original.

—Carmen, todo esto me suena a cuento chino —dijo Elena—. Me parece un poco raro que una especie entera se vaya a salvar sólo por el hecho de que Héctor y yo permanezcamos bajo el agua por una noche; no somos mejores que cualquier otro ser humano, no tiene sentido.

—No se trata de vosotros dos Elena, aquí lo significativo es vuestro vínculo —explicó Carmen—. Tienes razón, ni tú ni ninguna otra persona es en sí misma mejor que nadie, pero el vínculo que tienes con Héctor es algo sagrado que es más grande que tú y que él a la vez. Esa es la fuerza del verdadero *Amor*, la única capaz de hacer que nuestra especie se merezca vivir.

—Yo sigo sin entenderlo —dijo Lourdes—, por mucho amor que haya entre los dos, el hecho de que estén sumergidos durante una noche completa, cosa que ya de por sí no es nada sencilla, ¿cómo podrá afectar a que la especie sobreviva? Me parece increíble que Ulises haya planeado todo esto.

—No, Ulises no lo ha planeado —aclaró Carmen—, él lo que quiere es la extinción completa de la humanidad, pero como nos acaba de confirmar Ramita, no lo hará de manera súbita, sino que dispondremos de un cierto tiempo durante el cual tendremos la oportunidad de madurar y convertirnos en seres dignos antes de desaparecer. Lo que yo aún no tengo claro es lo que pasará después de esta noche.

—Eso nadie lo sabe —dijo Héctor—, me temo que la vaca tenía sus razones para no explicarlo. Sin embargo, hay algo que no encaja. No sé qué es exactamente pero algo falla.

—¿A qué te refieres? —preguntó Elena intrigada.

—Pues para empezar, cuando Rami hace un momento ha dicho que teníamos que seguir las instrucciones de Aquémenes, sólo pronunció tu nombre; en ningún momento habló de mí. Además, desde que leí la traducción tengo una sensación extraña en todo el cuerpo; me siento como si fuera una lagartija a la que le acabaran de cortar el rabo. No me preguntes por qué, pero sé muy bien que algo se nos está escapando.

—Cada vez que te sientes así es que algo va mal. Tendremos que estar atentos —contestó Elena, acostumbrada a confiar en las intuiciones de su compañero.

—Ahora que lo decís, a mí también me parece un poco extraño, pero el texto es muy claro en ese aspecto —añadió Carmen.

—¿Y a qué se puede referir con lo de tres veces su peso? —preguntó Lourdes.

Esta vez también fue Carmen la que contestó:

—Yo me imagino que se referirá a que tendrán que estar sumergidos al menos a treinta metros de profundidad; a esa cota el peso del agua por encima de ellos será equivalente a tres veces su peso. Supongo que de esa manera estarán protegidos de todo aquello de lo que Ulises se disponga a hacer.

—Vaya, vaya, esto se está poniendo realmente complicado —se atrevió a decir Lourdes—. Si tenéis claro que eso es lo que hay que hacer, entonces tenemos que ingeniar la manera de que Héctor y Elena permanezcan sumergidos durante una noche entera nada menos que a treinta metros. Mucho me temo que necesitaremos un submarino para hacerlo, y quedan menos de seis horas para la medianoche. ¿Alguien tiene alguno a mano? —y tras pronunciar estas palabras miró uno por uno a cada uno de los presentes en la sala. Cuando llegó a la altura de Elena, ésta sonrió y dijo:

—Un submarino yo no tengo, pero si una tuneladora estanca descansando en el fondo del océano a treinta y cinco metros de profundidad, ¿crees que nos podrá servir? —y ella misma era la que mejor sabía la respuesta.

En cuanto salieron estas palabras de su boca, todos supieron que había dado en el clavo. Al instante recogieron sus cosas y se fueron de camino a la obra. Mientras Carmen conducía, Elena habló con Arcolino y con Víctor. En esos momentos estaban ocupados haciendo el *planning* para las tareas del vaciado del túnel. Les dijo que por favor fueran inmediatamente a su oficina. Cuando llegaron ya estaban esperándolos allí. Elena, sin darles apenas detalles y por causas que según ella le eran muy difíciles de explicar, les ordenó que los acompañaran a Héctor y a ella misma hasta la máquina, a treinta y cinco metros de profundidad y a mil quinientos de la boca situada en el pozo de ataque, los encerraran allí con los alimentos y el agua que habían traído de su casa, sellaran la esclusa hermética y que, desde la cabina de mando, accionaran el *bypass* e inundaran el túnel con todos los materiales dentro. Al escuchar sus palabras se quedaron atónitos. No podían creer lo que estaban oyendo, y como cabía esperar se negaron en rotundo a hacer lo que Elena les pedía. No podían hacer eso; su empresa perdería cientos de miles de euros y las obras se retrasarían por tiempo indefinido. Elena les gustaba mucho en todos los sentidos, pero no hasta el punto de hacer tamaño disparate. Estaban convencidos de que se había vuelto loca; ella y todas las personas que estaban allí.

Durante diez minutos intentaron razonar con ellos y explicarles lo mejor posible la historia de Ulises, pero no cambiaron de opinión. Arcolino y Víctor también habían presenciado la transformación de la luna dos noches antes, pero esto no constituía un argumento suficiente para poner en juego sus carreras y tal vez hasta su libertad. Se encontraban ante un callejón sin salida; ninguno de los cuatro disponía de los conocimientos técnicos para hacer lo que querían hacer. Intentarlo sin contar con la ayuda de los maquinistas sería muy arriesgado; si no seguían todos los pasos en la secuencia correcta tal vez podrían hasta perder la vida, aunque bien mirado, parecía que eso iba a suceder de todas formas. Entonces a Héctor se le ocurrió una idea que, aunque al principio le pareció descabellada, decidió finalmente poner en práctica. Al fin y al cabo, que él supiera, no había muchas más opciones. Sin que los demás se dieran cuenta, se afianzó en la silla en que estaba sentado y, cerrando el ojo que le quedaba sano, se concentró en fabricar un haz de pensamiento similar al que había usado Ulises. Ahora sabía cómo eran y cómo funcionaban y tal vez, si reunía todas sus facultades, sería también capaz de manipularlos. No es que la idea le hiciera mucha gracia, pero dadas las circunstancias no le quedaba más remedio. Esta vez tomó el camino más rápido y con un movimiento interno de extrema voluntad se colocó en el mismísimo centro de su ser. Al hacerlo, sin él poder ni imaginárselo, todas y cada una de las partículas de aquella hierba silenciosa y oscura que había en su torrente sanguíneo se pusieron en marcha. En una fracción de segundo y gracias a su influencia, Héctor pudo crear el bucle infinito con el código que quería insertar en las mentes de aquellos dos chavales y, sorprendiéndose a sí mismo de la velocidad con que lo había conseguido, lo introdujo en dos finos tubos de cristal de pensamiento y se los proyectó a los ojos izquierdos de sus desprevenidas víctimas.

En tan sólo cinco segundos los dos pilotos, para asombro de todos los demás, cambiaron radicalmente de idea. De pronto se mostraron muy dispuestos a acompañarlos hasta el pozo de ataque y hacer lo que Elena les pedía. Al ver este cambio de actitud las tres mujeres miraron a Héctor con extrañeza, pero se abstuvieron de hacer ningún comentario. Enseguida cogieron los coches y se encaminaron hacia la obra. Héctor y Elena habían hecho una pequeña bolsa con prendas de diversos tipos. También llevaban alimentos y agua suficientes para un par de días.

Durante el trayecto llamó Jaume; después de acumular varios retrasos acababa de llegar a Santiago y se estaba dirigiendo hacia allí en un taxi. Lourdes le explicó lo que estaban a punto de hacer y cuando terminó quiso hablar con su hijo. Lo primero que le dijo fue que sentía mucho su comportamiento de los últimos años y todo lo que había conllevado para él y su madre, después le dio ánimos; estaba seguro de que saldría todo bien y que se verían muy pronto. Héctor al escucharlo se emocionó, sus sentimientos con respecto a su padre seguían siendo confusos, pero en su interior agradeció mucho sus palabras.

Cuando llegaron al pozo, los seis descendieron por las escaleras de seguridad. Lourdes se despidió de la pareja en la boca de entrada. No estaba en condiciones de andar a lo largo de kilómetro y medio teniendo que saltar obstáculos con un suelo resbaladizo. El túnel aún no había sido desmantelado y multitud de cables y tubos dificultaban el avance por su interior. Antes de separarse, Lourdes los abrazó. Se la notaba triste, pero en ningún momento dio muestras de que tuviera dudas.

Después, Héctor, Elena, Carmen y los dos pilotos desaparecieron en el interior de los tubos de hormigón. Tardaron veinte minutos en llegar a la máquina. La esclusa estaba abierta. No había un instante que perder; apenas quedaba tiempo suficiente para poder inundar completamente el túnel a través del *bypass*. Sabían que haciéndolo así existía el riesgo de que el agua acabara arrastrando gran cantidad de arena y llegara a obturarlo, pero no había remedio. Por suerte, allí dentro siempre tenían listos dos equipos de buceo para casos de apuro; una vez transcurriera la noche les iban a resultar de vital importancia. Tras abrir la compuerta del cabezal de rotación y antes de poder salir al exterior por el lado del mar, deberían primero equilibrar las presiones. Como consecuencia la máquina se llenaría de agua, y sin los respiradores acabarían ahogándose.

Antes de instalarse en el interior de la tuneladora, Héctor, por pura rutina de submarinista experimentado, comprobó el estado de los equipos; para ello acopló los reguladores a las botellas de aire comprimido. Cuando abrió la llave de paso de la primera, el manómetro marcaba cero: estaba vacía. A continuación comprobó la segunda; el resultado fue el mismo. Esto significaba que no dispondrían de aire para escapar. Aquello no podía ser; meterse sin aire para salir de allí sería una locura. En ese momento Arcolino se ofreció para ir a recoger dos botellas que había en el taller; según él, estaría de vuelta en menos de una hora. Víctor miró su reloj; de permitírselo se quedarían sin tiempo para inundar el túnel.

A Héctor se le veía meditativo. Seguía pensando que algo no encajaba. Entonces Elena se dio cuenta de un detalle importante: según lo que habían calculado, allí habría aire para una persona durante un día completo. Esto en un principio podría parecer equivalente a tener aire suficiente para dos personas durante la mitad de ese tiempo, pero acababa de percatarse de que este razonamiento era erróneo. Dos personas respirando producirían el doble de monóxido de carbono que una sola, y antes de que pasaran doce horas morirían por envenenamiento en vez de por asfixia. Sería un suicidio meterse allí los dos. Todo parecía indicar que el presentimiento de Héctor había sido acertado y que debía ser sólo ella la que se encerrara en la máquina.

—Héctor cariño, tienes razón, tengo que entrar yo sola. Ahí no hay aire suficiente para nosotros dos; moriríamos envenenados antes de darnos cuenta. Además, no disponemos de botellas para salir. Tú eres un experto buceador y te has estudiado la tuneladora, aunque no pares de tomarme el pelo. Estoy segura de que encontrarás la manera de suministrarme aire antes de que yo abra la esclusa. Es más, si tú no estás al otro lado, yo ahí no entro. Sería una especie de suicidio —y al decir esto lo miró a los ojos y con su mirada le trasmitió que sabía lo que estaba diciendo—. Créeme, Héctor, es la única forma de que la cosa pueda salir bien. Confía en mí.

Héctor no dudó ni un segundo. —Por supuesto que confío en ti, Elena. Sé que tienes razón. Yo mismo estaba a punto de decirte lo mismo. No hay nada más que hablar. Hay que darse prisa —y tras decir estas palabras la besó en la boca, le dio sus cosas y la acompañó hasta el interior de la máquina. Antes de cerrar, Elena miró a Héctor una vez más y le dijo con suma ternura:

—Mi amor, en realidad no creo que seas un imbécil. Te quiero —y después cerró la puerta tras de sí.

Un par de minutos antes, Arcolino le había entregado a Elena dos linternas y una caja con cuarenta pilas de repuesto. Era probable que incluso con el túnel inundado pudieran mantener el suministro eléctrico, pues todas las cajas de conexión estaban aisladas a prueba de agua, pero no era seguro. Cualquier pequeño fallo la dejaría completamente a oscuras, así que no le vendrían mal ninguna de esas cosas. Víctor se habían encargado de poner allí dentro también las herramientas para abrir la compuerta; estaba provista de tuercas especiales y sólo podía ser abierta desde el interior de la cámara estanca. Luego se aseguraron de sellar bien la esclusa. La tuneladora estaba dotada de un intercomunicador que la unía con la cabina de control, por lo que, en condiciones normales y siempre que el aislamiento no fallase, Elena podría estar en contacto con ellos de forma permanente.

En cuanto cerraron la compuerta a sus espaldas, los cuatro salieron disparados por el túnel. Tenían que accionar el *bypass* lo antes posible. Subieron las escaleras a toda velocidad y cuando llegaron a la cabina, con la respiración todavía entrecortada, pusieron en marcha la unidad hidráulica principal. Justo en ese momento sonó el teléfono de Carmen. Era Fransuá, al parecer los profesores se habían dado cuenta de varios errores en la traducción. En las últimas frases del texto habían utilizado en un principio el plural, refiriéndose a dos personas, pero no debía ser así. Por razones que Fransuá no le acertó a explicar correctamente, deberían haber usado el singular femenino, la palabra *Amor* en vez de unión, y la palabra atado en vez de unido, es decir, que sólo la mujer debía permanecer bajo el agua. El texto al final había quedado de esta forma:

«Sólo el verdadero AMOR de un ser que no está ATADO quizá pueda evitarlo. Para ello, antes de que el párpado se cierre por tercera vez, la auténtica sangre de la vida tendrá que rodearLA por completo con tres veces su peso hasta que llegue el alba. No hay nada establecido. El animal La encontró y ella pudo entenderLa. El reloj ya está en marcha y los ángeles acabarán tocando sus sonoras trompetas.»

Carmen suspiró aliviada. Luego informó a Fransuá de todo lo que había pasado. Cuando se lo contó a Héctor, que estaba a su lado, éste no pudo hacer más que sonreír; de alguna manera era algo que él ya sabía. De no haber sido así, se hubiera encerrado allí con ella, aun a riesgo de morir envenenados. Sin más demora, Arcolino presionó el botón de apertura de la válvula. Una luz amarilla comenzó a parpadear en el panel y el símbolo de *bypass abierto* apareció.

Allí abajo, a mil quinientos metros de distancia y treinta y cinco de profundidad, Elena escuchó el rugir del agua al penetrar con fuerza al otro lado de la pared de hierro de aquel compartimento. El ruido era ensordecedor. Con una presión de tres bares y medio el chorro tenía la fuerza de una locomotora. Estaba sola, pero sentía que estaba acompañada. No sabía lo que iba a pasar, pero en ese momento más que nunca confió en que su *Amor* por Héctor la protegería de cualquier circunstancia.

Capítulo 27

El Gran Ojo

Cuando faltaban dos minutos para la medianoche, Ulises, situado en la azotea donde hacía muchos años había comenzado todo, se levantó de su silla y, atravesando el salón acristalado, salió al balcón. Carlos, sabiendo que había llegado la hora señalada, también se levantó, siguió sus pasos y sin decir nada se colocó a su lado. Los dos estaban juntos, parados de pie junto a la barandilla. La noche envolvía sus figuras. La luna llena brillaba en el cielo del oeste con una intensidad desconocida, pues no a la sazón se encontraba más cerca de la Tierra de lo que lo había estado nunca en los últimos seiscientos sesenta y seis años pasados. El círculo de luz anaranjada era inmenso, y un poco más al norte de su centro, el Cráter de Copérnico, con sus paredes cóncavas y exentas de accidentes, arrojaba su sombra sobre la superficie de un mundo sin atmósfera. Entonces, Ulises fijó su vista en el gélido astro y comenzó a hablar.

—Ha llegado la hora de la convergencia. Falta un minuto para la medianoche y el mundo está a punto de asistir a los últimos prodigios de esta Era. Apenas si existen algunas personas que estén al corriente de las cosas. Las demás no imaginan lo que está a punto de desencadenarse, pero pronto se darán cuenta de que no es lícito continuar despilfarrando. El último bocado del pastel ha sido devorado y ya no queda más. Aunque el horno continúa esperando, los ingredientes de la masa no alcanzan para hacer nuevas raciones. Los comensales protestan y comienzan a tintinear sus cubiertos encima de la mesa, pero es inútil, no hay nada que llevarse ya a la boca. El festín se ha acabado y ahora llega el momento de la hambruna.

Tras pronunciar estas palabras, el rostro de Ulises adquirió una expresión severa. Sus pobladas cejas se fruncieron y con un rápido e imperceptible gesto de su mente se imaginó el *Gran Ojo* y lo proyectó sobre la cara visible y anaranjada de la pálida Luna. A la hora en punto de la medianoche, el *Gran Ojo* por fin había aparecido. El enorme párpado permanecía abierto y en su interior, rodeado de un blanco inmaculado, se encontraba su gigantesco iris azul con la pupila coloreada de un negro incandescente. Ocupaba la superficie entera de la Luna, y pese a que sólo era de noche en la mitad del mundo, el *Gran Ojo* se pudo ver con total nitidez desde todos los confines de la Tierra.

Tres minutos después, todas las cadenas de televisión del planeta interrumpieron sus programas para retransmitir la poderosa imagen. Aquellos que aún no estaban asistiendo en directo al espectáculo, salieron corriendo a sus balcones o jardines o se pegaron a las ventanas de sus cuartos para ver el prodigio, y los que no pudieron, se quedaron mirando a su televisor, hipnotizados por una mirada cargada de presagios. El iris se movía despacio hacia los lados. La pupila cambiaba de tamaño, como si estuviera tratando de adaptarse a la penumbra reinante en una caverna de murciélagos. A los cinco minutos exactos el párpado se cerró con pesadez y así permaneció durante unos segundos. Parecía como si por un momento hubiera caído en un sueño sin fondo y sin memoria. Cuando se volvió a abrir el mundo estaba alucinado; ¿qué podría significar aquello?, ¿qué augurios traería su presencia?, ¿era el ojo un Dios que finalmente hubiera despertado?

Muy pronto comenzaron las especulaciones. Si tres noches atrás la luna llena había brillado cuando no le tocaba y ya no se hablaba de otra cosa, ¿qué pasaría ahora que un ojo imposible y gigantesco había aparecido? Transcurrieron otros cinco minutos y el párpado se volvió a cerrar de manera solemne. Enseguida se corrió la noticia; cada cinco minutos la Luna le guiñaba a la

Tierra su ojo misterioso, como invitándola a una cita nocturna en el espacio. Todas las líneas de teléfono estaban colapsadas, todas las redes de información estaban saturadas, pero antes de que pasaran otros cinco minutos todo el mundo sabía que el párpado lunar se iba a cerrar de nuevo, y nadie, absolutamente nadie, estaba dispuesto a perderse el milagro. Seis mil quinientos millones de personas miraban expectantes, enfocando sin haberlo acordado pero de forma unánime sus mentes hacia el mismo lugar. En efecto, cuando a los cinco minutos exactos el párpado cayó, Ulises, colocando la lupa de su mente en las coordenadas que había calculado, aprovechó la enorme energía de esa masa mental e hizo que el haz de pensamientos convergiera en el punto central del Cráter de Copérnico, produciéndose entonces la micro detención orbital que tenía prevista y cuya duración fue tan sólo de una milésima de nanosegundo.

Ulises lo había conseguido; el proceso ya era irreversible. Ahora sólo tendría que esperar unas horas. Después, la figura del *Gran Ojo* se borró de todo el firmamento. En una mitad del mundo, la luz anaranjada de la cara visible de la Luna volvió a brillar con su cálida bruma, y en la otra mitad, el cielo azulado recobró con presteza su reinado.

—Ya está hecho, Carlos. La detención orbital ha sucedido. El rayo de pensamiento producido por millones de mentes ha sido enfocado y aplicado sobre el punto concreto de la convergencia. Desde este mismo momento las ondas gravitacionales han sido afectadas y el núcleo denso de la Tierra ha comenzado el proceso de la contracción. El micro espasmo ultrasónico tendrá lugar dentro de las próximas horas. Es difícil calcular con precisión el momento exacto en el que el pulso electromagnético se manifestará, pues infinitas son las variables que intervienen en un fenómeno tan extraordinariamente complejo. Algunos aparatos muy precisos habrán podido detectar la variación y en estos momentos quizá los responsables se pregunten a qué han obedecido tales hechos. No importa, es más, yo diría que hasta es deseable; cuanto antes se sepan las consecuencias de lo que esta noche ha ocurrido antes reaccionará el mundo y antes comenzará el cambio del nivel de consciencia.

»Que mis acciones sirvan para que la humanidad desarrolle su alma o por el contrario para que caiga sumida en el caos de la noche y la violencia es algo que ahora mismo yo no puedo saber. Ahora las otras especies y el planeta podrán sobrevivir, pues la rueda de la vida ha sido detenida. Carlos, dentro de unas horas te dejaré marchar y podrás alertar de mi presencia. Con gusto te acompañaré cuando vuelvas a buscarme con aquellos que se hacen llamar tus superiores. Créeme cuando te digo que una hormiga posee más poder que el más poderoso de vuestros poderosos. Pero eso muy pronto se llegará a saber. Entonces, Héctor, y hasta quizá tú mismo, podréis explicarle al mundo el proceso por el que han de pasar. Vuestra es la decisión de cómo viviréis estos últimos tiempos. Yo sólo he sido la herramienta de alta precisión que se ha ocupado de que todo funcione, pero eso no tiene la más mínima importancia. El reloj ya está en marcha y a partir de ahora sólo os queda esperar a la muerte.

Dentro de la máquina, Elena, gracias a que Víctor y Arcolino se las habían arreglado para mandarle la señal hasta el monitor del láser de guiado, había podido también asistir a la increíble escena del *Gran Ojo*. Llevaba cinco horas encerrada. El rugido del agua hacía tiempo que se había dejado de escuchar; ahora solamente era un leve murmullo. La tuneladora se hallaba debajo de más de treinta metros de columna de agua, lo que era equivalente a tres veces el peso de la sangre auténtica del mundo. El aislamiento de las cajas de conexión había resistido. Hasta entonces Elena y Héctor habían estado hablando todo el tiempo por el intercomunicador, pero justo un minuto antes de la medianoche decidieron colgar; deseaban pasar ese momento a solas. Y allí estaban los dos, abrazados con fuerza en la distancia como si fueran uno: él en la superficie y ella en el interior de una cámara estanca, como si se encontrara en realidad dentro de un falso útero fabricado de hierro.

Después, el ojo parpadeó tres veces y se desvaneció. A las dos y cincuenta y seis minutos de la noche se escuchó un profundo lamento. Era el rumor del pulso electromagnético que subiendo desde el núcleo metálico atravesaba todas y cada una de las capas de un planeta que luchaba por su supervivencia. Cuando llegó a la superficie su vibración apenas duró lo que dura el aleteo de una mosca en el aire. Ese simple cosquilleo que envolvió la corteza, en apariencia inocuo pero devastador, fue el que acabó provocando que, en un instante incalculable, los óvulos no fecundados de todas las mujeres se volvieran estériles. Ya podían estar en el interior de un cuerpo desarrollado de mujer o de un cuerpo de niña. Ya podían estar congelados en cámaras con nitrógeno líquido o en los tubos de ensayo de algún laboratorio, daba igual, porque todos fueron igualmente afectados. Todos excepto los que Elena portaba dentro de sus entrañas; aunque aún lo ignorase, el agua y la libertad del *Amor* que entregaba, los había logrado preservar de la muerte. Y es que en esos momentos ni siquiera Ulises sospechaba que existía una grieta por la que se habían escapado unos cuantos ratones.

AGRADECIMIENTOS

Quisiera aprovechar esta última página para expresar mi agradecimiento a todas las personas que, cada una a su manera, han hecho posible la publicación de esta novela, y en especial a las que me han ayudado con esta segunda edición. No escribo nombres porque, si me pusiera a hacerlo, no acabaría nunca.

La Mujer Caníbal, segundo libro de la saga, promete dar continuidad al inquietante final de esta primera parte.

www.ingramcontent.com/pod-product-compliance
Lightning Source LLC
Chambersburg PA
CBHW031254170626
46807CB00001B/132